AF217033

www.tredition.de

STEFAN PREBIL

***

LORENA

2032 - die Zeit der Wahrheit

www.tredition.de

© 2018/2019 Stefan Prebil

Verlag und Druck: tredition GmbH, Hamburg

ISBN
Paperback: 978-3-7497-2629-5
Hardcover: 978-3-7497-2650-9
e-Book: 978-3-7497-2651-6

Cover: Bild: Adobe Stock – Erweiterte Lizenz

              Umschlaggestaltung und Illustration: Stefan Prebil
Lektorat: Barbara Traber, Worb

LORENA
2032 – DIE ZEIT DER WAHRHEIT

Fantastischer Roman

Stefan Prebil

ÜBERARBEITETE VERSION 2019

" Hay que endurecerse,
pero sin perder la ternura jamás. "

Du musst dich abhärten, aber nie die Zärtlichkeit verlieren

— Ernesto Che Guevara

Prolog

Er beugte sich über das Mädchen neben sich und betrachtete sie. Tatsächlich, er hatte richtig gehört, sie schnarchte leise wie ein schnurrendes Kätzchen und schien in einen tiefen, weinseligen Schlaf gefallen zu sein. Sie hatte ihm ihren Rücken zugedreht. Er verzog sein Gesicht und ließ sich neben ihr auf die Matratze zurücksinken.

Er lag neben seiner Berufskollegin – im heiligen Bett seiner Freundin Marie! Was hatte er nur angestellt! Sein Gewissen quälte ihn, und er wälzte sich unter der Decke. Obwohl sich alles um ihn drehte vom billigen Mendoza und den Joints, war ein Teil seines Verstands urplötzlich kristallklar.

Er hatte nicht widerstehen können. Das konnte er noch nie! Egal welche Versuchung sich ihm anbot. Selbst wenn er ahnte, es könnte Folgen haben. Auch dieses Mal hatte er, wie immer, seine innere Stimme beschwichtigen können. Schließlich sei man ja nur einmal jung, und was später sei, um das könne man sich auch später kümmern. Marie würde es nie erfahren!

Er hatte sich an Samira herangemacht. Der Wein hatte seine zaghaften Bedenken versenkt, und er war fest entschlossen gewesen, Samira zu erobern.

Sie hatte ihn gereizt, obwohl sie nicht unbedingt sein Typ war. Samira war blond und etwas rundlich. Er stand eher auf ganz schlanke Girls mit knackigem Hintern. Aber die tiefen Einblicke in Samiras Ausschnitt waren ihm glühend heiß direkt in seine Leisten gefahren. Er hatte sich neben sie in den Sessel gequetscht, und Samira hatte augenblicklich ihre Arme um seinen Hals geschlungen. Was hätte er da noch machen sollen?

Es war keine lange, leidenschaftliche Liebesnacht geworden. Eher ein paar heftige, eher hektische und ungeschickte Minuten, in denen die beiden übereinander hergefallen waren. Schon nach den ersten Küssen waren ihre Hände im Hosenbund des anderen gesteckt. Sie hatten sich aus den Jeans gepult und Bluse und Shirt über die Köpfe gezogen. Halb in den Kleidern gefangen, waren sie im Sessel herumgeturnt. Er war so erregt gewesen, dass er keinen Gedanken an Verhütung verschwendet hatte. Er drang ungestüm in Samira ein. Sie schlang ihre Beine um ihn, seufzte leise und drückte ihn fest an sich. Ein paar keuchende Stöße, ein spitzer Schrei, und schon war es vorbei gewesen

Wenigstens waren seine Kumpels, die er zu seiner Geburtstagsparty in die sturmfreie Bude geladen hatte, nach Hause gegangen, bevor er sich an Samira ranmachte! Keiner hatte was mitgekriegt. Das war das Wichtigste!

Nun lag er auf dem Rücken neben ihr und fuhr Achterbahn mit seinen Gefühlen. Wenn er hochfuhr, schmunzelte er triumphierend, ein Abenteuer erlebt und Samira erobert zu haben.

Dann sauste er nach unten in bleischwere Schuldgefühle, weil er Marie betrogen hatte, und ganz kurz kam ihm auch der Gedanke an Verhütung, aber dann ging es auch schon wieder steil hoch. Es war schon geil, dachte er benebelt und rief sich die Szene wieder in Erinnerung.

Kurz bevor er doch einnickte, beschloss er, die Sache zu vergessen und versuchte sich abzulenken. Halbzeit – noch zwei Jahre und er würde seinen Motorrad-Führerschein machen können. Seit er mit vierzehn ein Mofa hatte ergattern können, träumte er davon, ein echtes Motorrad zu fahren.

EINS

Jacko Brevic schaute sich mit kritischem Blick in seiner Alphütte um. Alles sah ganz ordentlich aus im oberen Stock, wo er sein Schlafzimmer und Büro unter der Dachschräge hatte, und auch unten in dem kleinen Wohnzimmer. Das etwas zerschlissene Ausziehsofa hatte er abgebürstet und den kleinen, roten Lacktisch, der auch als Esstisch diente, von Müsliresten und braunen Abdrücken von Weingläsern befreit. Das tiefe Bücherregal hatte er mit dem Staubsauger bearbeitet und auch seinen ‚Altar‘, die Oberfläche des Regals, auf dem Bilder und Figuren aus allen Ecken der Welt aufgestellt waren, kurz abgestaubt.

Keine Spinnennetze mehr an der Holztäfelung und keine Krümel auf dem großen Kuhfell, das den rauen Steinboden im Wohnzimmer etwas isolieren sollte. Auch die kleine Küche war ganz ordentlich. Die winzige Dusche und Toilette im Raum dahinter hatte er mit Reiniger gebürstet. Frauen waren da heikel – das wusste Jacko sehr gut.

Er hatte den Schwedenofen mit Holz gefüllt, obwohl es Frühling war. Selbst im Sommer wurde es in der Hütte ohne Heizung nie wärmer als fünfzehn Grad. Am Nordhang, unterhalb der Berner Voralpen, zeigte sich die Sonne erst gegen Mittag. Dafür konnte er im Sommer bis abends die wärmenden Strahlen genießen, während die gegenüberliegende Seite des Sees seit Stunden bereits im Schatten lag. Von November bis März gab es allerdings kein Sonnenlicht mehr. Ab Mai wurde es langsam wieder gemütlicher und heller, wenn die Sonnenstrahlen am Nachmittag über den Grat des Faulhorns reichten.

Jacko zog das enge, schwarze T-Shirt hoch, verrenkte sich in dem winzigen Bad, um seine Brust vor dem kleinen Spiegel zu sehen, bleckte die Zähne und grinste sich zu. Er war noch gut in Form für seine bald siebzig Jahre, ohne ein Gramm Fett zu viel auf seinen Rippen – nun ja, zumindest fast –, und mit dem weißen Bockbärtchen mit einer kleinen eingeflochtenen roten Perle zeigte er, dass er immer noch ein wilder Hund sein konnte. Fand zumindest er, andere fanden es ein wenig lächerlich. Der kleine Junge in ihm war jedenfalls sehr zufrieden damit.

Auch darüber, dass er in der ersten Klasse hatte durchsetzen können, zu Jacko zu werden. Den Hänseleien „Jakobeliiii ist ein Bubeliiii", die den Auftakt um die besten Plätze auf dem Affenfelsen einleiteten und denen Halb-Schweizer wie er als Erste ausgesetzt wurden, hatte er mit seinen Fäusten ein klares Ende setzen können. Der Junge, auf dessen Brustkasten er damals rittlings gesessen hatte, war jeweils nur bis zu „Jakooo" gekommen, bevor er einen neuen Hieb eingesteckt hatte. Jakob hatte geschrien: „Tschäko!, Tschäko, Tschäko! Hast du das verstanden? Ich bin Jacko!"

Und so war aus Jakob Jacko geworden. Er hatte auf den tristen Garagenvorplätzen, wo sie Fußball gespielt hatten, schon früh gelernt, dass man schnell und entschlossen zuschlagen musste, wollte man respektiert werden.

Lächelnd rieb er sich vor dem Spiegel den säuberlich rasierten, braungebrannten Kopf mit seinem Lieblingsduft ein: Corbezzolo aus Italien. Obwohl das Parfum heute fast keiner mehr kannte, hatte es eine erstaunliche Wirkung bei den Frauen gehabt, wie er, auch wenn es lange her war, immer wieder erfreut hatte feststellen dürfen.

Seinen kleinen Rucksack auf einer Schulter schwingend, machte sich Jacko auf den Weg über die steile Wiese zur Straße runter, wo er seine Garage hatte.

Vor zwanzig Jahren hatte eben deshalb niemand die kleine Hütte hoch über dem See haben wollen. Man konnte nicht bis vors Haus fahren, und im Winter musste man die Zutaten für das Nachtessen mit Stirnlampe und Schneeschuhen ausgerüstet nach oben tragen. Deshalb hatte er sich seine Soulbase, wie er seine Hütte nannte, mit seinen bescheidenen Ersparnissen und einer kleinen Hypothek erwerben können. Anfänglich hatte er sich hier oben, als er nach langen Jahren als Industrie-Nomade versucht hatte, wieder Wurzeln zu schlagen, sehr einsam gefühlt, aber er hatte es auch genossen, nun eine Art Zuhause zu haben. Bevor er mit einer aus seiner Sicht im Grunde lächerlich simplen Erfindung ein Vermögen gemacht hatte, war er heilfroh gewesen, dass ihn die Zinsen für seine Bleibe weniger kosteten als was er für seine geliebten Zigarillos ausgab.

Die Luft war frisch und würzig vom jungen Gras. Geübt stampfte Jacko bei jedem Schritt fest auf, um im steilen Gelände auf dem nassen Gras nicht auszurutschen.

Die kleine Seilbahn, welche er vor zehn Jahren eingerichtet hatte, als seine Aussicht frei wurde und die Hochspannungsleitung, wie in der ganzen Schweiz, auch vor seiner Hütte in den Boden verlegt worden war, brauchte er nur zum Hinauffahren.

Unten auf der Straße angekommen, steckte sich Jacko eine Zigarillo an. Es brannte in seinen Bronchien, als er den geliebten Rauch in seine Lungen sog. Er ignorierte wie immer das kleine Warnlicht in seinem Kopf, dass seit mehr als fünfzig Jahren aufleuchtete. Das Nikotin tat ihm einfach gut. Es verbreitete eine Art Wärme und Wohlsein in ihm, die er von klein auf vermisst hatte.

Er schwang sich blaffend und hustend auf den Fahrersitz und drückte auf den Anlasser seines Jeeps. Für den brauchte er seit einigen Jahren eine Oldtimer Bewilligung, da er noch mit dem mittlerweile verbotenen Diesel lief. Der Motor sprang an und stand mit seinem Röcheln seinem Besitzer in nichts nach. Er fuhr zur Busstation, um Lorena, seine Enkelin, abzuholen, die in wenigen Minuten ankommen würde. Als er vor vielen Jahren seinen zur Adoption freigegebenen Sohn Rolf, zum ersten Mal in seinem Leben gesehen hatte, hatte ihm ein fröhlich lachendes kleines Mädchen die Tür geöffnet: Lorena. Seitdem hatte er sie nie mehr getroffen.

Lorena hatte vor zwei Tagen telefoniert, und Jacko hatte sofort dasselbe dumpfe Grollen in seinem Bauch empfunden wie damals mit achtzehn, als er einen Anruf von der Klinik erhielt, er werde Vater.

Und wieder hatte sein Bauchgefühl recht gehabt. Lorena war ungewollt schwanger und wollte unbedingt mit ihm darüber sprechen. „Verdammt nochmal", hatte Jacko geflucht, „die Geschichte wiederholt sich!" Nun dachte auch Lorena darüber nach, ihr Kind zur Adoption freizugeben, wie sie am Telefon erklärt hatte. Jacko hatte sofort gespürt, dass er vielleicht doch noch eine alte Schuld würde gut machen können. Er hatte Lorena eingeladen, ihn zu besuchen und ein paar Tage in seiner Hütte zu verbringen.

Allerdings wusste er bis heute nicht, was sie wirklich von ihm wollte. Vielleicht wollte sie sich nur für ihren Vater rächen, ihm so richtig die Meinung sagen? Was genau erwartete sie eigentlich von ihm, ihrem Großvater?

Seit seiner Kindheit hatte er darum gekämpft, geliebt und anerkannt zu werden. Angefangen bei seiner Mutter, die seine Geburt wie das Einrasten einer Kerkertür erlebt haben musste, und später in all seinen Liebesbeziehungen als Erwachsener. Mit geradezu chirurgischer Präzision hatte er sich sein ganzes bisheriges Leben lang ausgerechnet Frauen ausgesucht, die ihn zwar interessant fanden, aber ihn nicht liebten. Er hatte mitunter Monate wie ein Löwe gekämpft, liebenswert zu sein, um seine Sehnsucht nach Zuneigung zu stillen.

Niemand hatte geahnt, dass der erfolgreiche Mittvierziger und CEO manchmal im fünfundzwanzigsten Stock leicht wankend, ein Wasserglas voll Wodka in der Hand, am Balkongeländer stehend in die Tiefe gestarrt hatte, um seinen Schmerz und seine brennende Wut stumm in die Nacht hinauszuschreien. Nur weil er wieder von einer Frau enttäuscht worden war, die er monatelang mit teuren Geschenken und Besuchen in Theatern verwöhnt hatte, obwohl ihn die Stücke, die aufgeführt wurden, einen Scheißdreck interessierten. Er hatte jedoch gehofft, ihr dadurch eine Liebesbezeugung entlocken zu können und zuletzt trotzdem die unvermeidliche, definitive Abfuhr erhalten. Er hatte nichts mehr fühlen und spüren wollen, sich aber im letzten Moment dem Sog in die Tiefe dann doch entziehen können und wie ein abgetriebenes Kind in einer Chromstahl-Nierenschale in seinem Bett gelegen. Er hatte immer danach gelechzt, geliebt zu werden. Genauso wie die leise, verzweifelte Kinderstimme in seinem schwindenden Bewusstsein nach Sauerstoff bettelte, wenn er jeweils beim Freitauchen in dreißig Meter Tiefe die Vier-Minuten-Grenze überschritt.

Am Morgen danach hatte er dann – zwar mit geröteten Augen und belegter Zunge – wieder eloquent, mit gewohnter, lockerer Selbstsicherheit vor seiner Mannschaft gestanden und die exzellenten Monatsresultate präsentiert, während er gleichzeitig den bewundernden Blick der geheimnisvollen Blondine aus der Marketingabteilung als neue beginnende Möglichkeit für seine Erlösung missdeutete.

Es hatte unzählige solcher verzweifelten Situationen gegeben, und noch immer hoffte Jacko, eines Tages Frieden zu finden. Dass er geliebt worden war und wurde, von vielen Frauen, von den wenigen Freunden, die er hatte, schien er auf tragische Weise nicht wirklich wahrzunehmen. Offenbar konnte Liebe das Brennen in seiner Brust nicht heilen, auch wenn er vor einigen Jahren eine verlässliche Partnerin gefunden hatte.

Mit sicherer Hand steuerte Jacko seinen Jeep auf der steilen Alpstraße, wie immer in halsbrecherischem Tempo, zur Busstation im Tal. Zurück würde er mit Lorena ganz langsam fahren, nahm er sich vor. Er wollte unbedingt, dass sie ihn von Anfang an mochte. Alles andere würde sich dann ergeben, hoffte er.

Jacko sprang aus dem Jeep, den er gleich neben der Station geparkt hatte, setzte seine Sonnenbrille auf, um sie gleich wieder abzusetzen. Erstens schien die Sonne nicht wirklich, und zweitens wollte er Lorena nicht mit einer Brille mit verspiegelten Gläsern empfangen. Er wollte, dass sie sich in die Augen sehen konnten. Er hatte feuchte Hände und fühlte sich ein wenig unsicher. Da hätte die Brille ein wenig geholfen, sich geschützt zu fühlen.

Zischend öffneten sich die Türen des Postautos. Die gab es immer noch. Auch wenn sie heute mit Wasserstoff fuhren wie alle Lastwagen und Busse und von Sensoren und Computern statt Chauffeuren gelenkt wurden, aber sie waren unabkömmlich für die Menschen, die etwas außerhalb der Zentren wohnten.

Eine gefühlte Ewigkeit später sprang Lorena locker aus dem Bus und schwang die Tasche hinter sich von den Treppenstufen. Er meinte, sie sofort zu erkennen. Nicht am Aussehen, aber an der Art, wie sie sich bewegte. Wie das kleine Mädchen, welches ihm seinerzeit die Tür geöffnet hatte.

Sie trug eine Sonnenbrille, sogar eine mit verspiegelten Brillengläsern! Jacko grinste. Irgendwie waren sie eben doch aus demselben Holz geschnitzt, bildete er sich ein.

Einen kurzen unsicheren Blick lang schaute Lorena zu ihm hin. Da sonst niemand auf jemanden wartete, musste es der gestylte Alpöhi neben der Tür sein, dachte sie, gab sich einen Ruck und ging auf ihn zu.

„Großvater!", rief sie überschwänglich, schlang ihre Arme um ihn und küsste dreimal neben seinen Wangen in die Luft, wie es in der Schweiz unter Freunden üblich ist.

„Lass dich ansehen", murmelte Jacko. Er hatte von Rolf zwar ab und zu ein paar Bilder von Lorena erhalten, aber darauf war sie nur an Stränden oder an der Uni zu sehen gewesen.

Er musste schmunzeln. Lorena war hübsch geworden. Verdammt hübsch sogar: Groß, schlank und offensichtlich gut in Form. Schulterlanges blondes Haar mit einigen pinkfarbigen Strähnen, volle geschwungene Lippen und – als sie sich von ihm löste und endlich die Brille hochschob, sah er sie – funkelnde, stahlblaue Augen. Sie trug einen kurzen, grünen Lederrock, schwarze Tights, eine Bluse, aus der keck der Ansatz ihrer Brüste zu sehen war, und eine Art Bomberjacke. Die langen Beine steckten in festen Stiefeln. Sie war also seinem Rat gefolgt und schien einigermaßen für seine Hütte ausgerüstet zu sein.

„Was?", schmunzelte Lorena zurück. „Bewunderst du meine Tattoos? Sie folgte seinem Blick zu ihren Armen. Da gibt's noch mehr, aber die zeige ich dir nicht. Sind gut versteckt!"

Jacko lachte befreit. Er war doch tatsächlich in seinem Alter etwas verlegen geworden. „Wenn du nicht meine Enkelin wärst, würde ich dich glatt anbaggern", meinte er und fand mit der Stimme auch seine Fassung wieder.

„Danke – aber davon habe ich gerade ein wenig genug", murmelte Lorena.

„Das war ein Kompliment. Du bist eine sehr attraktive junge Frau geworden", beschwichtigte Jacko. Sie winkte ab und hängte sich wortlos bei ihm ein, und er spürte, wie ihm schon wieder die Wärme in die Wangen stieg. Mit einem Nicken deutete er auf den Jeep.

Als Jacko den Motor startete, schaute ihn Lorena verwundert an.

„Ich habe eine Sonderbewilligung, und das Ding fährt mit Algendiesel", erklärte er. Für Leute wie ihn, die weitab vom Schuss lebten, gab es Ausnahmen von der Elektro- oder Wasserstoffpflicht. Allerdings durfte er mit dem Ding nur bis Interlaken fahren. Nicht in die Stadt, nach Bern oder Zürich. Da würde man ihn wohl auf der Stelle anhalten und bestenfalls zurückschicken, vermutete er.

Wie er sich vorgenommen hatte, kutschierte Jacko den Jeep fast im Schritttempo den Berg hinauf. Wortlos saßen sie nebeneinander, und Lorena betrachtete interessiert die Umgebung.

„Die Aussicht ist ja genial – aber du fährst wie ein echter Großvater", brummelte sie, ohne den Blick vom See zu wenden. Sofort beschleunigte Jacko. Das wollte er nicht auf sich sitzen lassen, und wieder grinste er. Sie war eben doch seine Enkelin.

Knirschend hielt er auf dem Kiesplatz vor seiner Garage an. Jacko hängte Lorenas Tasche an seine Schulter und nickte mit dem Kopf in Richtung des Hangs. Dort oben stand sie, seine kleine Hütte. „Klein, aber mit allem Komfort", erklärte er. Er kannte die Fragen nach fließendem Wasser, Strom und Heizung, die ihm jeweils gestellt wurden, wenn jemand zum ersten Mal bei ihm zu Besuch kam.

„Ich habe sogar schon vor zwanzig Jahren eine hundert Megabit Leitung hier oben gehabt", erzählte er keuchend weiter. Das fragende Gesicht von Lorena ließ ihn erneut lächeln. Er war eben doch alt geworden. Kein Mensch wusste heute noch, was das bedeutete; das Internet wurde längst von Satelliten und Drohnen versorgt, was an jedem Punkt der Erde eine Highspeed Verbindung erlaubte. So hätte man dem wohl früher gesagt; heute war es normal, und niemand hatte mehr eine Ahnung, wie schnell das Internet war. Es funktionierte einfach wie ein Lichtschalter. Einen Spielfilm runterzuladen dauerte kaum länger als Licht anzuknipsen.

Nach dem kurzen ersten Hang erreichten sie seine ‚Talstation'. Jacko half Lorena in die kleine, offene Gondel zu steigen, welche die knapp fünfzig Höhenmeter zu seiner Hütte hinauffuhr.

„Praktisch, aber auch ein wenig übertrieben, findest du nicht?", meinte Lorena, als die Gondel über den einzigen Mast ratterte, den Jacko auf dem Fundament der ehemaligen Hochspannungsleitung aufgestellt hatte.

„Erstens habe ich fast alles in meinem Leben immer ein wenig übertrieben, und zweitens reden wir wieder, wenn du siebzig wirst", zischelte er belustigt.

Oben angekommen, zeigte er Lorena zuerst einmal sein Reich. Da war die Terrasse, welche er aus Planken angelegt hatte. Von dort aus hatte man ein atemberaubendes Panorama über den See und die gegenüberliegenden Berge. Auf der anderen Seite, gegen den Hang zu, hatte Jacko einen kleinen Teich mit Blumengarten angelegt. Jacko hatte Jahre gebraucht, Pflanzen zu finden, die in dieser Höhe gediehen und die eisigen Wintermonate, die lange Zeit, in der seine Hütte im Schatten der Berge stand, überstehen konnten. Über dem Teich thronte ein steinerner Buddha. Den hatte er zu seinem Fünfzigsten geschenkt bekommen.

Lorena fand den Garten „süß", interessierte sich aber mehr für die Feuerschale, die auch als Grill diente, und vor allem für die freistehende Badewanne an der Hauswand. „Du willst mir aber nicht sagen, dass du hier badest? Auch im Winter?", meinte sie mit einem Zwinkern. „Na ja, nicht jeden Tag. Drinnen gibt's keinen Platz für eine Badewanne", lachte Jacko.

Im Inneren war die Hütte schlicht eingerichtet, auch wenn es allen erdenklichen technischen Schnickschnack gab. Eine Kochnische gleich beim Eingang mit Espressomaschine, dahinter das enge Bad mit Duschkabine. Alles mit Warmwasser; Wasser, das aus der eigenen Quelle stammte, wie Jacko betonte.

Lorena beindruckte die Farbe. Küche und Bad waren im Türkisgrün des Sees gestrichen.

Im Wohnzimmer bewunderte sie den ‚Altar' mit den zahlreichen Erinnerungsstücken eines alten Mannes. Von Muslimischen Dritten Augen bis zu Souvenirs vom Jakobsweg lagen auf dem niederen Büchergestell. Darüber hing ein auf Plexiglas gedrucktes Bild. Eine Unterwasseraufnahme eines glasklaren und türkisgrün schimmernden Sees in Island. Neben dem Sofa und dem kleinen, roten Tisch gab es nur noch zwei niedere, graue Metallkommoden vor dem großen Fenster und einige Kerzen in hohen Gläsern. Gemütlich und schon fast romantisch. Hätte ich ihm nicht zugetraut, staunte Lorena. Sie schritt durch die gute Stube und schnupperte wie eine Katze, die einen neuen Raum erkundet.

Oben gab es nur ein Regal mit Büchern, einen Schreibtisch und ein schlichtes Bett mit einer Laterne anstelle einer Lampe.

„Wo werde ich schlafen?", fragte Lorena.

„In meinem Bett. Es ist frisch angezogen. Ich schlafe wie immer ab Mai draußen auf der Terrasse. Außerdem schnarche ich wie ein kanadischer Holzfäller, und wir wollen ja, dass du schlafen kannst", meinte Jacko mit einem Schmunzeln. Das war ein wenig geflunkert. Er schlief zwar oft draußen, und er hatte hinter dem Schlafzimmer sogar ein kleines Gästezimmer, aber der Hauptgrund war, dass er sich immer noch für sein Schnarchen schämte. Er fand, das machte ihn zum alten Mann – den wollte er immer noch nicht wahrhaben.

Jacko ließ Lorena erst einmal ankommen. Sie packte ihre Sachen aus, ging ins Bad, und Jacko kochte einen starken Kaffee. Jetzt verspürte er wieder tierische Lust auf eine Zigarillo. Er wollte es ruhig angehen, Lorena nicht verschrecken oder gar mit klugen Ratschlägen verärgern. Er wollte für sie da sein und hoffte auf seine Chance, eine Beziehung zu ihr aufbauen zu können.

Jacko saß auf der Terrasse in einem seiner Korbstühle, sog an seiner Zigarillo und sinnierte zum See hinunterblickend über den unerwarteten

Besuch. Er bemerkte Lorena nicht gleich, die sich neben ihn gestellt hatte und seinem Blick folgte.

„So lebst du also. Bist du schon lange hier?", hörte er ihre Stimme an seiner Seite. „Schon eine ganze Weile, aber das ist eine lange Geschichte", erklärte Jacko, ohne seinen Blick vom See zu wenden. Er stand auf und holte den Kaffee, schenkte sich und Lorena ein, ohne zu wissen, ob sie Kaffee mochte. Sie mochte.

„Es geht um dich. Ich erzähle dir gerne von mir, aber ich glaube, nur deshalb bist du nicht hergekommen?" Jacko schaute Lorena fragend an.

„Ich möchte dich kennen lernen. Es ist wichtig für mich. Für meine Entscheidung", antwortete Lorena und setzte sich neben ihn.

„Du hast mir am Telefon erklärt, dass du schwanger bist. Willst du mir erzählen, was du zu entscheiden hast und wie ich dir helfen kann? Ich weiß, dass wir uns nicht gerade gut kennen, und ich war kein wirklich anwesender Großvater. Aber ich verspreche dir, es ist mir sehr wichtig. Dass du überhaupt zu mir gekommen bist, finde ich sehr schön. Du bist meine erste und einzige Enkelin und... ich weiß nicht, wie ich es sagen soll. Du bist etwas ganz Besonderes für mich. Auch wegen der Geschichte, die uns verbindet", sagte Jacko und sah Lorena fest in die Augen.

„Ich bin im vierten Monat, und ich weiß nicht, ob ich das Kind behalten soll ", brachte Lorena in einem Ton hervor, als ob sie einen Espresso bestellen würde. Jacko sagte nichts. Sein Bauch rumorte, aber er schwieg, hielt die Stille aus.

„Warum sollte ich? Was hat es denn schon für eine Zukunft, und ich überlege mir auch, ob wir nicht einfach schon viel zu viele Menschen sind auf diesem Planeten", fuhr sie nach einer Weile fort. Lorena redete gespielt locker, wie wenn es um die Frage ginge, eine neue Jeans zu kaufen.

Das war es also, erkannte Jacko. Das war der Grund für den dumpfen Druck in seinem Bauch.

„Wie, ob du es behalten sollst? Du bist im vierten Monat. Da gibt es keine Option mehr… außer… außer einer Freigabe zur Adoption", meinte Jacko nach einer kurzen Pause etwas zu laut. „Damit sind deine Fragen beantwortet – oder zumindest nicht mehr relevant. Es geht nur noch darum, warum DU das Kind behalten sollst", ergänzte er und ärgerte sich im selben Moment, dass er es immer noch nicht schaffte, einfach zuzuhören, sondern wie die meisten Männer seiner Generation gleich analysieren und Vorschläge machen musste. Er biss sich auf die Lippen.

„Du hast ja meinen Vater auch zur Adoption freigegeben!" Lorena war nun auch laut und bestimmt geworden.

„Ja – das stimmt… und es war immer schwierig für mich, damit zu leben", gab Jacko leise zu. „Ich werde dir jetzt etwas erzählen", fuhr er fort. Seine Enkelin war kaum eine Stunde bei ihm, und schon waren sie nahe am Streit. Er wollte sie besänftigen.

Ohne eine Antwort von Lorena abzuwarten, begann er die Geschichte von ihrem Vater Rolf zu erzählen und wie sie sich später doch noch kennen lernten, ohne je eine tiefere Beziehung aufbauen zu können. Aus Lorenas verwundertem Gesicht erriet Jacko, dass dies alles neu für sie war.

ZWEI

*****

Samira war, damals in der Geburtstagsnacht, von Jacko schwanger geworden. Sie hatte es verdrängt so gut es ging und niemandem etwas davon gesagt. Als sie im siebten Monat war und es auch an ihrer Lehrstelle nicht mehr zu verheimlichen war, hatte sie Tabletten geschluckt.

Sie und das Kind wurden gerettet. Jacko war in die Klinik bestellt worden, wo Samira lag. Es folgten Gespräche mit den Eltern von Samira und ihm und seiner Mutter. Sein Vater sollte davon besser nichts erfahren, hatte seine Mutter gemeint. Jacko wurde nicht groß nach seiner Meinung oder seinen Gefühlen gefragt. Ihm wurde klargemacht, dass er ein Mädchen geschwängert hatte und er an der Misere schuld sei.

Die beiden trafen sich erst wieder nach der Geburt auf dem Sozialamt.

„Hier brauche ich Ihre Unterschriften", sagte der Sozialarbeiter sachlich und unbeteiligt, nachdem er Samira – und eigentlich nur Samira – erklärt hatte, worum es ging, was die Konsequenzen waren und woran die beiden sich zu halten hatten. Genauer gesagt ging es dabei darum, wer Opfer und wer Täter war.

Zumindest hatte sich Jacko so gefühlt – als Täter – und war entsprechend behandelt worden. Schnell hatten Gerüchte kursiert, als im Freundeskreis bekannt wurde, wer Samira geschwängert haben könnte. Nur wenige wussten es und die wandten sich allesamt von Jacko ab. Die vorherigen „Hansdampf in allen Gassen und das Flittchen"-Sprüche änderten abrupt zu: „Der Schweinehund und das arme Mädchen" – so wie das Segel eines Boots beim Wenden umschlägt. Marie hatte davon nichts erfahren oder es nicht wissen wollen.

Es gab nur einen Ausweg: Das Kind zur Adoption freizugeben. Ein gemeinsames Aufziehen durch Samira und Jacko war nicht in Frage gekommen. So war es bei dem einen Gespräch geblieben und die Sache geregelt gewesen.

Im September war das Kind zur Welt gekommen. Jacko hatte nur durch eine Bekannte, welche in der Klinik arbeitete, davon erfahren. Die werdenden Eltern waren während der ganzen Zeit der Schwangerschaft mit ihren eigenen Sorgen und Gefühlen allein gelassen worden. Was Samira durchgemacht hatte, hatte Jacko sich gar nicht vorstellen können. Geschweige denn hatte er damit konfrontiert werden wollen. Er hatte genug mit sich selber zu tun gehabt.

Nun waren ihnen die Bedingungen für die Adoption vom Sozialarbeiter erklärt worden. Samira hatte die Bedenkfrist von zehn Tagen nach der Geburt verstreichen lassen. Jacko hatte dazu nichts zu sagen gehabt. Er hatte nur die Rechnung der Geburt erhalten. Das Geld hatte ihm seine Mutter vorstrecken müssen, und er hatte ein Jahr gebraucht, um den Betrag abzuzahlen, was er als unfair empfand. Doch nun hatte er seine Strafe gehabt, womit er hoffte, auch seine Schuld getilgt zu haben.

Nachdem die beiden unterschrieben hatten – Jacko hatte, obwohl er noch nicht achtzehn war, alleine unterschreiben können –, hatte der Sozialarbeiter kurz den Raum verlassen. Sofort hatte Jacko begonnen, in den Unterlagen zu blättern und festgestellt, dass das Kind ein Sohn war und dass er Rolf heißen werde. Das hatte ihn gefreut. Ein Schweizer Vorname.

Das Kind würde in der Region zu neuen Eltern kommen, soviel hatten sie wissen dürfen, aber es war ihnen auch erklärt worden, dass sie kein Recht hätten, je mehr zu erfahren und niemals versuchen dürften, das Kind zu suchen, sonst würden sie sich strafbar machen und diesem womöglich erheblichen Schaden zufügen.

Nachdem Jacko und Samira, Lorenas Großmutter, die Dokumente unterzeichnet hatten, sahen sie sich zwanzig Jahre lang nicht mehr. Samira war in die USA ausgewandert um ein neues Leben zu beginnen.

Als die Sache mit Samira ans Licht gekommen war, schaffte er es trotzdem, noch fast zwei Jahre mit Marie zusammen zu sein.

Seine Beziehung mit Marie war ein Senkrechtstart gewesen.

Jacko hatte Marie an seiner Lehrstelle, in einem Fachgeschäft für Herrenklamotten, kennen gelernt. Sie war vier Jahre älter als Jacko und wurde gerade fertig mit ihrer eigenen Lehre, als Jacko seine anfing.

Die zwei Wochen, in welchen die beiden noch zusammenarbeiteten, hatten ausgereicht, um sich zu verlieben. So hatte es sich zumindest für ihn angefühlt – auch wenn für ihn die Attraktivität des Von-Zuhause-Ausziehens und das Gefühl, zu jemandem zu gehören, vielleicht wichtiger gewesen waren. Marie ihrerseits hatte den durchtrainierten, „verdrehten Kerl", wie sie ihn nannte, sehr genossen. Jacko war ihr Lover – mehr nicht. Dass er bei ihr wohnen wollte, störte sie nicht. Sie fand es ganz praktisch, wenn es auch ein wenig eng werden würde.

Ein paar Wochen später zog er zu Marie in ihre Einzimmerwohnung – in das Satelliten Quartier am Stadtrand. Eine graue, triste Siedlung, wie sie in den Sechzigern zu Hauf gebaut wurden, um die hohen Geburtenraten aufzufangen.

Sie hatten dreißig Quadratmeter, eine Kochnische, ein WC mit Dusche und einen Balkon, in das sie ihr Leben zwängten.

Ein halbes Jahr später hatte sich Marie als Au-pair in London beworben, um Ihre Englischkenntnisse zu verbessern. Sie hatte die Stelle bekommen und war für drei Monate nach England gezogen. Jacko hatte die Wohnung für sich allein.

Zuerst hatte Marie nichts von seinem Betrug mit Samira gewusst, und als er es ihr erzählt hatte, schien sie sich nicht groß daran zu stören und betrachtete es nicht als ihr Problem. Trotzdem waren sie sich fremd geworden. Am Ende ihrer Beziehung sollte Jacko herausfinden, dass Marie es noch viel weniger genau mit der Treue genommen hatte als er. Nur hatte sie sich dabei kaum viele Gedanken gemacht. Die Verbindung zu Jacko war für sie vor allem praktisch gewesen und hatte wenig mit Gefühlen zu tun gehabt. Marie tauchte später ab in harte Drogen. Jacko sah sie ab und zu. Sie verfiel zusehends und wirkte auf ihn wie eine Greisin.

Jacko hatte zwar ein paar Liebschaften aber eine echte, dauerhafte Beziehung konnte er nie aufbauen. Lange Zeit hatte er seine Geschichte und die Adoptionsfreigabe verdrängt. Als er schon fast Vierzig war, hatte er langsam den Mut sich mit seiner Geschichte zu befassen. Kurz darauf wollte er unbedingt herausfinden, wo „sein Sohn" lebte.

Durch Kumpels in der Telekom-Industrie und deren Zugang zu Stammdaten hatte er schließlich den Adoptivvater gefunden. Es gab ja nicht so viele Rolfs, die einen Sohn mit demselben Geburtsdatum hatten, und eine Telefonnummer hatte jeder. Er besaß eine Liste mit fast zwanzig Namen von möglichen Adoptivvätern und hatte den damaligen Sozialarbeiter angerufen und ihm mitgeteilt, er und die biologische Mutter wären bereit für ein Treffen, falls das Rolf jemals wünschen sollte. Nach tausend Erklärungen, dass dies schwierig und eigentlich nicht üblich sei, hatte sich der Sozialarbeiter bereit erklärt, die Adoptiveltern entsprechend zu informieren. Jacko hatte immer wieder angerufen, um nachzufragen, aber stets war er vertröstet worden. Bis eines Tages die Assistentin des Sozialarbeiters am Telefon mit der Hand halb auf der Muschel ihren Chef fragte: 'Hast du jetzt diesem Herrn Meier telefoniert?' Da wusste Jacko: Der Richtige war Nummer zwei auf seiner Liste.

Es dauerte nochmals Monate, bis er sich traute anzurufen. Herr Meier erklärte, er sei tatsächlich der Gesuchte, aber die Situation sei schwierig. Er habe sich gerade von seiner Frau getrennt, und Rolf befinde sich mitten in Prüfungen. Jacko ließ sich erneut vertrösten. Erst Jahre später wagte er es, Rolf direkt eine SMS zu senden. Auch dessen Handynummer hatte er nicht ganz legal durch seine Kumpels rausfinden können. Zu seiner Verwunderung schrieb Rolfs Frau Angelika zurück. Sie wurde die Brücke zu Rolf, der keinen Kontakt wollte, und für das Treffen, das erst einige Jahre später endlich stattfinden sollte.

An Weihnachten 2014 klingelte Jacko mit weichen Knien an der Tür seines Sohnes. Da war Lorena schon vier Jahre alt und Rolf vierunddreißig.

Das kleine Mädchen öffnete und zog ihn an der Hand in die Wohnung. So lernten er und Lorena sich kennen. Er war gerührt von der

Offenheit des Kindes, das nicht wusste, dass es seinen Großvater an der Hand nahm.

Es wurde ein recht kurzes Treffen. Ein gemeinsamer Spaziergang in der Vorweihnachtszeit. Rolf und er sahen sich immer wieder verstohlen an. Gab es da etwas von sich selber im Gegenüber zu entdecken? Viele Sätze wie „Wir dachten, du denkst" oder „Ich meinte, du wolltest oder wolltest nicht" fielen. Reto schien glücklich zu sein. Er hatte eine tolle Frau und eine richtige Familie! Lorena war völlig ahnungslos und unbeschwert, wusste nicht, wer der nette Besucher war, der ihr sogar ein Weihnachtsgeschenk gebracht hatte.

Es sollte keine Wiederholung des Treffens geben. Zu verwirrend waren die Gefühle und zu wenig Sinn sahen Rolf und Jacko darin, eine echte Beziehung aufzubauen.

*****

DREI

Jacko schaute immer noch, versunken in die Vergangenheit, auf den See und sog an seiner Zigarillo. Stille. Was mochte wohl jetzt in Lorena vorgehen? Seine Gedanken kreisten zwischen seiner Geschichte und jener seiner Enkelin. Der Rauch stieg ihm in die Nase, zwang ihn zu einem Hüsteln, und das schien auch Lorena aus ihren Gedanken hier auf die kleine Terrasse hoch über dem See zurückzuholen.

„Phuuh – das ist ja eine wilde Geschichte. Ich kann noch nicht alles begreifen, und es wühlt mich sehr auf", flüsterte Lorena. Sie hatte Jackos Erzählung wortlos zugehört, obwohl sich in ihr Fragen und Gefühle von Wut, Scham, Empörung, Traurigkeit und Erstaunen wie in einem geschmolzenen Familieneisbecher zu einer undefinierbaren, klebrigen Sauce verbunden hatten.

Schweigen. Jacko konnte sich beherrschen und sagte nichts.

„Ich kann gar nicht verstehen, dass es einmal so war", meinte Lorena nach einer Weile.

„Was wie war?", fragte Jacko verdutzt.

„Na, dass das alles so menschenfeindlich geregelt war. Dass die Männer, ich meine die Väter, nichts zu sagen hatten. Selbst wenn sie ein Kind hätten behalten wollen, zählte nur und ausschließlich der Entscheid der Mutter. Dass die Kinder kein verbrieftes Recht hatten, ihre biologischen Eltern kennen zu lernen – wenn sie denn mochten. Oder zumindest, dass man es ihnen sagen MUSS, dass sie adoptiert wurden. Das ist ja alles noch wie im Mittelalter gewesen!", brach es aus Lorena heraus.

„Nun, ich bin ja auch ein alter Mann und komme aus dem Mittelalter!", sagte Jacko verstohlen. Er spürte, wie sein Bauch sich entspannte, weil er nicht angeklagt wurde. Nach wie vor war in ihm Scham vorhanden, für die er sich oft immer noch rechtfertigen zu müssen glaubte. Dabei war er sich heute gar nicht mehr sicher, ob seine Geschichte wirklich die Wahrheit war oder ob er sich Teile davon zurechtgelegt hatte. Von allem, was sich zugetragen hatte, gab es sicher für alle Beteiligten eine eigene Version, und jede entsprach der individuellen Wahrheit.

Jacko schaute seine Enkelin an und las in ihren Augen, wie aufgewühlt sie war. Er strich ihr sanft über den Arm und nickte. Wie zum Einverständnis nickte Lorena kaum merklich zurück.

„Das hat sich alles vor gar nicht so langer Zeit grundlegend verändert. Ich erzähl es dir gern, aber möchtest du vorher nicht noch einen Kaffee oder etwas anderes?", fragte Jacko und erhob sich aus dem Korbsessel.

„Hast du denn keinen PeeCeeAh? – Ja, ich würde gerne noch einen Kaffee trinken, und hast du etwas zu knabbern?", erwiderte Lorena und schaute ihn mit ihren tiefblauen Augen an. Da war viel Wärme zu spüren.

„Nein – so ein Ding hab ich mir nie angeschafft", lachte er und ging ins Haus. Er hatte zwar jeden erdenklichen technischen Schnickschnack, aber diese Personal Convenience Assistants, die es seit ein paar Jahren gab, waren ihm zuwider. Es war ganz praktisch, einen Roboter als Haushalthilfe zu haben, der putzte, Kaffee machte und alles erledigte, was gerade nötig war, aber sich mit so einem Kasten zu unterhalten, den man zwar in verschiedenen Aufmachungen haben konnte, das war ihm zu viel. Obwohl, das Modell „Sexy Maid" mit zusätzlicher Sprachausrüstung, mit dem man sich über Philosophie, Gott und die Welt unterhalten konnte, war verlockend gewesen. Aber er hatte Respekt davor, seine Einsamkeit damit zu überdecken und wie so viele in seinem Alter nur noch mit Androiden zu sprechen. Dass er allerdings ein 3D-Programm hatte und sich manchmal eine virtuelle Gespielin ins Bett holte, das würde er Lorena sicher nicht erzählen. Er schmunzelte bei dem Gedanken und kam mit Kaffee, Kuchen, seinem Handy und zwei warmen Decken auf die Terrasse zurück.

Lorena nahm ihm die Sachen ab und wickelte sich sofort in die Decke. Sie schien zu frösteln. Die Maitage waren noch nicht so warm hier oben auf neunhundert Meter, aber immerhin konnte man schon draußen sitzen. Es war fast Mittag.

Jacko schmunzelte versonnen. Auch mit Siebzig hat das Leben jeden Tag ein Geschenk bereit, dachte er.

„Woran denkst du?" Lorena legte fragend die Hand auf seine Schulter.

„Ich dachte gerade, was ich für ein Glückspilz bin. Als ich von der Geschichte mit Rolf erzählt habe und du mich gefragt hast, wieso das alles damals so geregelt worden war, da habe ich mich erinnert, wie die grundlegenden Veränderungen in diesem Land angefangen haben", erwiderte Jacko.

Lorena rückte ihren Sessel näher an Jacko und schaute ihn erwartungsvoll an.

„Du weißt ja, dass die Demokratie sich in den letzten fünfzehn Jahren entscheidend geändert hat?", fragte Jacko.

„Ob du es glaubst oder nicht, aber ich bin sogar zur Schule gegangen!", lachte Lorena. „Das war doch dieser Locher damals, der die Sache revolutioniert hat und wir Jungen endlich wirklich mitbestimmen konnten, oder?"

Jacko lächelte bei dem Namen Locher. Christian, Chris Locher war ein Jugendfreund von ihm, aber davon wollte er später erzählen – wenn überhaupt!

„Ja, sicher, genau das meinte ich. Deshalb haben wir heute nicht mehr mittelalterliche Regeln, wenn es um das Recht von Eltern und Kinder geht!", meinte Jacko und begann zu dozieren.

„Eine der ersten elektronisch erhobenen Volksinitiativen war damals das neue Eltern-und-Kind-Recht. Die Initiative kam in nur drei Wochen zustande, wurde dann innert drei Monaten zur Abstimmung gebracht – und kaum ein Jahr später war sie Gesetz geworden.

In diesem Gesetz wurde es Pflicht, einen Vaterschaftstest nach der Geburt zu machen, sofern die Mutter einen Vater nennen wollte oder konnte. Damit war Schluss mit Kuckuckskindern und unberechtigten Unterhaltszahlungen. Aber was noch viel wichtiger war, es war auch Schluss damit, dass Kinder erst im Erwachsenenalter erfuhren, wer Vater war oder sich jahrelang in Psychotherapien eine fehlende Identität erarbeiten mussten.

Ebenso wurde es Pflicht, dass der Vater mitreden durfte, wenn ein Kind zur Adoption freigegeben werden sollte. Wollte und konnte er das Kind aufziehen, hatte er den Vorzug vor der Adoption, und die Mutter musste Unterhalt leisten. Wenn das Kind doch zur Adoption freigegeben wurde, musste sichergestellt werden, dass es mit fachlicher Unterstützung spätestens in der Pubertät erfuhr, wer seine biologischen Eltern waren. Es hatte ein Recht darauf, aber erst im Alter von achtzehn Jahren wurde auch den biologischen Eltern die Identität des Kindes mitgeteilt. Selbstverständlich konnten beide Seiten den Kontakt verweigern, doch das kam so gut wie nie vor. Gut, man könnte auch einwenden: Was ich nicht weiß, macht mich nicht heiß. In den rund siebzigtausend Jahren der Geschichte des Homo Sapiens waren wohl die wenigsten Kinder in einer Kleinfamilie und in monogamen Beziehungen gezeugt und großgezogen worden. Aber selbst wenn man mit einiger Sicherheit behaupten kann, dass wir unser Verhalten kaum geändert haben, so haben sich die gesellschaftlichen Veränderungen allein in den letzten Jahrzehnten so drastisch verändert, dass das Recht, die eigene Herkunft zu kennen und auch das Recht der Väter, Gewissheit zu haben, was für Verantwortung und Pflichten sie übernehmen mussten, unumgänglich wurden. Aspekte, die eigentlich schon lange in den Menschenrechten hätten verbrieft sein sollen."

Jacko hielt inne und schaute Lorena an. Sein Blick suchte ihre Augen, um festzustellen, ob er wie so oft viel zu ausschweifend war und sie langweilte. Aber Lorena sah ihn warm und hellwach an.

„So ist das heute anders. Hast du denn vor, den Vater deines Kindes zu melden?", fragte Jacko ganz vorsichtig.

„Ich weiß nicht mal, wo er ist. Es war nur eine Nacht, die wir zusammen verbracht haben, und ich weiß nicht viel von ihm. Er war Gastprofessor an unserer Uni. Ich bin mir nicht mal sicher, ob sein Name stimmt. Wer heißt denn schon Altair?", meinte Lorena etwas kleinlaut.

Jacko nahm sie wortlos in die Arme und spürte sie zittern.

„Alles wird gut...", brummte er und fügte lachend hinzu, „... sagen die Leute, die keine Ahnung haben, wie es weitergehen soll!"

Lorena löste sich aus der Umarmung. Eine Träne funkelte in ihren Augen, aber sie lachte nun auch und sagte: „Ich bin so froh, dass ich zu dir gekommen bin. Ich möchte alles wissen. Niemand erzählt mir das, was mir helfen könnte. Ich muss wissen, wer ich bin, und dazu hilft es mir zu wissen, wer du bist. Ich muss spüren können, wer du bist und woher ich komme, um diese Entscheidung treffen zu können."

Jacko war tief beeindruckt. Er brauchte Jahrzehnte, um sich überhaupt zu spüren und sich seiner Identität zu stellen. Liebevoll sah er Lorena an und versprach: „Ich werde dir alles erzählen, was wichtig ist, und wahrscheinlich noch tausend Dinge mehr, wenn du die Geduld zum Zuhören hast."

„Jetzt gibt's aber zuerst einmal was zu essen!", meinte er und begann Holz in der Feuerschale aufzuschichten und zu entzünden. „Du isst doch Fleisch, oder?", fragte er dann plötzlich unsicher. Die Mehrheit der Jungen war heute vegan oder zumindest vegetarisch.

„Bei dir schon!", antwortete Lorena augenzwinkernd. Offenbar war sie zumindest nicht so verbissen wie viele, die er kannte. Eine weitere Eigenschaft, in welcher Jacko sich zu erkennen meinte.

Das Feuer knisterte in der Feuerschale. Jacko hatte Lammracks vorbereitet und wartete, bis die Glut soweit war. Drinnen hörte er Lorena mit Geschirr klappern. Es fühlte sich an, als wäre sie hier zuhause. Das gefiel ihm. Sehr sogar! Seine selbstgewählte Einsamkeit war mit einem Schlag verscheucht. Natürlich hatte er immer wieder Besuch hier oben. Ein paar Freunde gab es noch, aber die meisten wohnten über den ganzen Globus verteilt. Immer noch reiste er viel, was mit seinen Projekten zu tun hatte, aber er vermisste es nach über zwanzig Jahren immer noch, einfach vor die Tür zu treten, rasch in ein Café um die Ecke zu gehen und den Menschen zusehen zu können.

Als hätte Lorena seine Gedanken erraten, sagte sie: „Es gefällt mir bei dir. Pass auf, sonst ziehe ich hier ein. Zumindest an den Wochenenden!" Als Jacko sie nur anstrahlte, fragte sie, was eigentlich in dem kleinen Nebengebäude sei. Es sah aus wie eine Mischung aus Pergola und Glaswürfel. Sie blickte Jacko aufmerksam an, während sie den Tisch deckte, Wasser in die Gläser einschenkte und den Salat mit der Sauce, die sie im Kühlschrank gefunden hatte, zu mischen.

„Das schauen wir uns morgen an", versprach Jacko, auf seinen Grill konzentriert, und schaute sie kurz an. Er wusste im Moment nicht, ob es klug war zu verraten, was sich dort befand und was er dort machte. Es würde sich zeigen.

Neben seiner Hütte hatte es einmal eine einfache Pergola mit Sitzbänken und einer Feuerstelle gegeben. Der Vorteil der Pergola war, dass sie überdacht und durch das Haus vom Wind geschützt war. Abends setzte immer ein kühler Bergwind ein, der von den zweitausend Meter hohen Gipfeln die Hänge herunterstrich. Dadurch wurde es selbst im Hochsommer empfindlich kühl auf der Terrasse. In der Pergola war man davor geschützt und konnte bis tief in die Nacht zusammensitzen und diskutieren. Nur waren die Abende, an denen Jacko Besuch hatte, leicht an einer Hand abzuzählen. Deshalb hatte er vor Jahren beschlossen, die lauschige Pergola durch einen gläsernen Würfel zu ersetzen, der Platz bot für ein Labor mit zahlreichen Computern, Analyse- und Messgeräten.

Bis vor ein paar Jahren hatte sich seine Werkstatt darin befunden, und er hatte an Propellern, Kollektoren und anderem technischen Kram gebastelt. Als er dann aber einen Durchbruch erzielen konnte mit seinen Propellern, hatte er sich neuen Zielen gewidmet.

Nun waren anstelle von Werkbank und Arbeitsgeräten Käfige für Ratten, Wärmeschränke mit Zellkulturen, Parallelrechner, die schnellsten die es gab, mit der neusten Software aus künstlicher Intelligenz aufgestellt. Und auch – das wäre wohl das Gruseligste für Lorena, dachte Jacko zumindest – Helme mit Sensoren zum Aufzeichnen von Gehirnströmen oder zur magnetischen Stimulation von Gehirnregionen. Neben den Minihelmen für Ratten gab es da auch Modelle, die auf die Köpfe von Menschen passten.

Lorena stellte sich neben Jacko, der mit dem Rauch kämpfte und das Fleisch zu grillieren versuchte. Altmodisch auf Glut, wie früher. Das durfte man nur noch, wenn man eigenes Holz hatte, und das hatte er zum Glück.

Jacko folgte Lorenas Blick über den See. In tiefem Türkis glitzerte die Wasseroberfläche mit hellen und dunkleren Flecken. Beinahe wie in der Karibik. Der Kapitän ließ das Horn seines Raddampfers über den See bis zu ihnen hinauf tuten, und das Echo klang leiser von den Felswänden zurück. Die Luft war erfüllt von Grillgeruch und dem Duft der Blumen, die auch hier langsam den Frühling spürten, und es gab sogar schon die ersten Mücken. In solchen Momenten wünschte sich Jacko, ewig zu leben. Na ja – vielleicht würden seine Projekte ja fruchten und zumindest einige Jahre auch für ihn noch möglich werden.

Nur kurze Zeit später saßen die beiden am Tisch und genossen ihre Lammracks, Kartoffeln mit Sauerrahm und Salat. Wein würde es erst am Abend geben und nur für sich. Lorena war ja nicht mehr allein, beschloss Jacko für sich.

Beim Kaffee – sie waren nun bei der fünften Tasse angelangt – fragte er sich, ob das gut sei für das Baby, ließ es dann aber gut sein. Sie hatten wortlos gegessen. Es war nicht etwa eine bedrückende Stille. Eher eine Vertrautheit, die es nicht nötig machte zu sprechen.

Erst jetzt brach Jacko die Stille und erkundigte sich, ob Lorena noch einen Wunsch habe.

Sie schüttelte den Kopf, und Jacko räumte den Tisch ab. Als er aus der Küche kam, sah er, dass Lorena in die Decke gehüllt ein Nickerchen hielt. Er setzte sich leise und steckte eine Zigarillo an. Der Rauch zog brav mit der aufsteigenden warmen Mittagsluft weit an Lorena vorbei in den Tannenwald hinter ihnen. Verstohlen betrachtete Jacko seine Enkelin und fühlte eine wohlige Wärme tief in sich aufsteigen.

Er drückte den Stummel im Messingaschenbecher aus. Wie auf dieses Zeichen erwachte Lorena aus ihrem kurzen Schlummer und schaute ihn verwundert an. Sie setzte sich auf und streckte sich wie eine Katze. „Wolltest du mir nicht noch von der Schweiz weitererzählen?", fragte sie, gähnte zufrieden, und es fehlte nur, dass sie sich die Pfoten leckte.

„Weißt du, damals kamen die Veränderungen Schlag auf Schlag. Das Land entwickelte sich in den zwanzig Jahren so rasch wie vorher in fünfzig Jahren nicht zur Hälfte", setzte Jacko zum Weitererzählen an.

Er betrachtete Lorena aufmerksam. Sie schaute ihn interessiert an, stand auf und kuschelte sich in Jackos Sessel. Der schaute sie erstaunt an und legte unsicher seinen Arm um sie.

„Erzähl mir bitte, wie das war, als du ein Kind warst", raunte Lorena ihm zu und grinste über das verlegene Gesicht ihres Großvaters.

Jacko löste sich von Lorena und rückte die beiden Sessel ganz zueinander. Er wollte ihr etwas zeigen, setzte sich wieder, legte seinen Arm um sie und seinen Communicator, ein Art Handy, vor ihnen auf den Tisch. Er drückte ein paar Mal auf die Glasoberfläche des kleinen Geräts, das wie ein Taschenspiegel aussah. Die meisten trugen heute ihr Smartphone am Handgelenk, aber auch da war Jacko ein wenig altmodisch. Das Gerät war schon drei Jahre alt – ein Urgestein für die heutigen Jungen.

Er schnippte mit den Fingern und sagte etwas überdeutlich: „Polly, wir wollen uns Bilder aus meiner Kindheit ansehen. Zeig sie uns als 2D."

Polly war die Stimme, die sich Jacko aus dem netzbasierten System gewählt hatte, um seine Geräte zu bedienen. „Sofort, Master", säuselte eine liebliche Frauenstimme mit einem leichten osteuropäischen Akzent aus dem Gerät. Lorena krümmte sich vor Lachen, und Jacko verdrehte verlegen seine Augen.

Sofort erschien über dem kleinen Tisch ein etwa fünfzig mal fünfzig Zentimeter großes Bild. Es zeigte Jacko als Baby. Mit nacktem Hintern auf dem Wickeltisch. Eine Pose, die es wohl von jedem Baby auf einem Bild gab.

Jacko erklärte, dass es sich um uralte Bilder handelte und sie deshalb nicht, wie heute üblich, in 3D als Hologramm erschienen, sondern eben nur wie normale Bilder, die man auch sonst in Bilderrahmen sah.

„Ich bin im Dezember 1962 zur Welt gekommen, in dem Jahr, als in der Schweiz alle Seen zufroren", begann Jacko mit einem tiefen Atemzug.

„Meine Ankunft war nicht gerade erwünscht, wie es wohl bei uns in der Familie liegt", fuhr er fort.

Jacko machte eine Pause und schaute Lorena an. Sie nickte nur.

Mein Vater Joseph, ein Buchdrucker – das waren Leute, die Bücher auf Papier druckten –, hatte seinen Beruf in Slowenien gelernt und ging auf Wanderschaft, um mehr zu lernen. Das war seinerzeit üblich. Schon damals war die Schweiz attraktiv, und man konnte gutes Geld verdienen. So kam es, dass mein Vater hier Station machte und als Saisonnier in einer Druckerei arbeitete. Damals bekam man nur eine Aufenthaltsbewilligung für sechs Monate oder eben eine Saison. Ein Slowenier war damals fast ein Außerirdischer, und obwohl mein Vater gut Deutsch sprach, war es nicht einfach, Kontakte mit Einheimischen zu knüpfen. Frauen, welche sich in den Gruppen der Ausländer herumtrieben, liefen Gefahr, als Flittchen verschriene zu werden. An einem Martinstag, an dem die Ausländer verschiedener Nationen den in der Schweiz unbekannten Feiertag gemeinsam in einer Beiz Namens „Scharfer Ecken" feiern wollten, lernten sich Joseph und Margreth kennen. Er war schüchtern, aber meine Mutter zog ihn sofort in ihren Bann. Die beiden verliebten sich, und bald darauf wurde in derselben Beiz Verlobung gefeiert. Aus Liebe, aber auch um die Anfeindungen zu minimieren, die eine solche Verbindung provozierte. Damals bekamen ja nicht einmal unverheiratete Schweizer Paare eine Wohnung. Geschweige denn Ausländer. Frisch verlobt nahmen sich die beiden ein Zimmer in der Beiz, und da begann offenbar ungeplant auch mein Leben.

Mein Vater stand zu meiner Mutter und wollte für das Kind sorgen. Natürlich entstand eine ungewollte Abhängigkeit, und das war wohl nicht ein sehr einfacher Start für das Paar. Sie arbeiteten sich hoch, aber mein Vater musste jedes Möbelstück auf Pump kaufen. Als ich unterwegs war und mein Vater meine Mutter ins Spital gebracht hatte, musste er in der Nacht zu seinem Chef, um sich Geld zu leihen. Das Spital lehnte es ab, die Frau eines Ausländers ohne eine Vorauszahlung für die Geburt aufzunehmen und zu betreuen."

Polly zeigte zu den Erklärungen von Jacko Bilder aus seiner Kindheit: Jacko in den Armen seiner Mutter. Als Achtjähriger mit Jackett und Krawatte und viele weitere Aufnahmen. Gerade als Jacko von sich als Achtjährigem erzählen wollte, schwebte eine ziemlich große Drohne, getragen von vier Rotoren, auf die Terrasse. Sie landete mit ausgefahrenen Rädern vor Jacko und Lorena, und in der Mitte fuhr eine Art Cockpit hoch, welches aussah wie ein kleiner Kopf mit Haaren. Nur dass die Haare Antennen waren.

Das Ding rollte seitlich zum Ende der Terrasse und gab dabei schnatternde und quietschende Geräusche von sich. Es klang wie das Schnattern einer Ente und irgendwie beleidigt.

Lorena sah Jacko staunend an.

„Oh – das ist Pit. Bitte entschuldige", erklärte Jacko. 'Er ist beleidigt, weil ich seit Wochen seine Energiezellen hätte ersetzen sollen. Normalerweise bleibt er achtzehn Stunden in der Luft und lädt seine Zellen mit seinen Sonnenkollektoren. Aber da seine Batteriezellen nicht mehr richtig funktionieren, muss er alle sechs Stunden landen und einen Ladezyklus machen. Das nervt ihn total"

„Und was tut Pit in der Luft?", fragte Lorena immer noch mit offenem Mund.

„Na ja", meinte Jacko zögerlich. „Pit ist meine Kommunikationsdrohne. Eigentlich sind die Dinger verboten, aber ich habe ihn so gut es geht vor Radarerkennung geschützt. Deshalb hat er so eine flache Form. Er kennt die Lufträume sehr gut und hält sich immer nahe den Bergflanken auf. Etwa tausend Meter über uns", erklärte Jacko und wedelte dabei mit den Armen in Richtung der Felsen über ihnen.

„Ja! – Aber was zur Hölle tut er da?", fragte Lorena und setzte sich auf, um zu sehen, wie der quengelnde Pit unter einem Schacht verschwand und dabei zufrieden grunzte.

„Nun ja", fuhr Jacko fort. „Er stellt meine Kommunikation zu dem Orbit Drohnen sicher und überwacht das Gebiet rund um mein Haus auf Bewegungen. Sicher hat er auch unsere, das heißt deine Ankunft gefilmt. Weil du aber mit mir warst, hat er mir keine Warnmeldung gesendet, wie er das sonst tun würde.

Handy und meine Computersignale sind zu schwach, und Pit operiert als Verstärker zirka tausend Meter über uns. Das ist alles", schloss er.

Dass der wahre Grund Jackos Datenverbindungen zu seinen beiden Firmen in Asien waren, die er unbedingt verschlüsseln und vor neugierigen Augen schützen wollte, musste er Lorena ja nicht auch noch erklären, dachte er.

„Du meinst, Pit hat uns gefilmt, als wir hier hochfuhren?", fragte Lorena immer noch verwundert.

„Sicher", bejahte Jacko und wies Polly an, den Film zu zeigen, wenn es denn einen gab. Es gab einen. Man sah die beiden auf der Gondel, und als das Bild auf Lorenas Ausschnitt zoomte, wies Jacko Polly rasch an, den Film zu stoppen.

„Es ruckelte halt, weil die Verbindung zum Server jetzt über die normalen Datenverbindungen läuft. Siehst du, warum ich Pit habe?", versuchte er abzulenken.

„Das habe ich in der Tat gesehen!", lachte Lorena. Jacko hatte Pit mit ein paar Verhaltensdaten gefüttert, und deshalb war Pit für sein Verhalten und seine Vorlieben sensibilisiert. Mein Gott, wie peinlich, dachte Jacko.

Das werde jetzt eine Stunde dauern, bis Pit wieder in der Luft sei und sie die weiteren Bilder von Polly ansehen könnten, erklärte er und schlug unterdessen einen Spaziergang vor, um Lorena die Umgebung zu zeigen.

Lorena wollte sich zuerst umziehen. Auf dem Weg zum Haus kniete sie sich vor den Ladeschacht von Pit und spähte hinein. Pit war komplett darin verschwunden, und man hörte nur zufriedene Schmatzgeräusche, wie wenn er sich etwas ganz Leckeres reinziehen würde. Lorena ging grinsend und kopfschüttelnd zum Haus, und Jacko rollte zerknirscht mit den Augen. Wenigstens nahm sie es mit Humor, dachte er sich. Doch damit war er auf dem Holzweg.

Kaum war Lorena im Haus, verfinsterte sich ihr Blick. Sie rollte mit den Augen und ihre Lippen formten stumm „fuuuuckiiiing heeeell!". Sie ärgerte sich über ihre Familie und dass alles so furchtbar kompliziert war, und fragte sich, warum um alles in der Welt sie hierhergekommen war? Dieser Mann war zwar ihr Großvater, aber so ein schräger Typ! Und natürlich hatte sie auch seine Blicke auf ihrem Körper wahrgenommen. Was glaubte der eigentlich? O.k. – er war ein Mann und die waren nicht zu ändern!

Anderseits hatte er sich Mühe gegeben und sich um sie gekümmert. Und was er erzählte, war interessant. Wieder war die klebrige Sauce aus unterschiedlichsten Gefühlen in ihr spürbar, ließ sie die Schultern hochziehen und die Zähne zusammenbeißen.

Vielleicht war sie einfach ein wenig überempfindlich. Gerade was ihren Körper betraf. Kein Wunder. Schließlich war sie nicht mehr allein. Die Gedanken kreisten um ihre Gefühle und umgekehrt.

Sie atmete tief in ihren Bauch und kramte ihre Klamotten aus der Reisetasche. Mit jedem Atemzug und dem Wechseln der Kleider verflog der Dampf des Grolls ein wenig. Sie wollte mehr erfahren, sich entspannen und sehen, was passierte. Wenn sie schon einmal hier war!

VIER

Es dauerte nicht lange, bis Lorena wiederauftauchte: in Shorts, leichten Wanderschuhen, Kapuzenshirt und einer Regenjacke. Jacko war erneut beeindruckt. Lorena schien fähig, sich auch außerhalb der Komfortzone der Stadt bewegen zu können. Eine Eigenschaft, die er bei vielen Jungen vermisste. Die meisten waren in seinen Augen echte Weicheier. Nicht fähig, eine Glühbirne zu wechseln – obwohl es die ja nicht mehr gab –, aber trotzdem. Beim kleinsten Widerstand wurde aufgegeben oder geflennt. Das lag nicht an den Jungen, fand er, sondern an deren Eltern, die so behütend agierten, dass die Kinder kaum noch eine Herausforderung selber meistern mussten. Das schien Lorena nicht widerfahren zu sein, und das gefiel ihm. Es war seiner festen Überzeugung nach die Voraussetzung, ein Kind großzuziehen.

Jacko packte Wasser in seinen Rucksack, und beide hüpften beschwingt die steile Wiese von seiner Hütte zur Straße. Jacko entschied sich für den Höhenweg ohne große Steigungen. Er wollte erzählen können und dabei nicht schnaufen müssen wie eine Dampflokomotive.

„Ich verstehe, dass du eine ziemlich harte Jugend hattest", nahm Lorena den Faden wieder auf.

„Wie man's nimmt. Ich hatte schon ein paar harte Zeiten, aber es ist alles eine Frage der Perspektive. Hätte man meinen Großvater gefragt, hätte der wohl kaum von Härte gesprochen.

„Aber du scheinst Ängste erlebt zu haben und hast dich oft nicht wirklich getragen gefühlt?", versuchte es Lorena.

Was sollte das jetzt? Jacko wurde unruhig. Woher wollte Lorena das wissen, hatte sie womöglich von anderen Dinge über ihn erfahren? Und dann dieser Psychologenton. Was sollte das bedeuten? Er beschloss, wohlwollend zu bleiben.

„Ja, sicher, aber das sollte sich erst später in meinem Leben auswirken. Sicher wäre ich wohl, wenn ich mehr unterstützt worden wäre, ein Superschwimmer gewesen oder hätte studiert und wäre vielleicht ein guter Arzt geworden. Aber das Leben hat immer einen Sinn. Meine Eltern taten, was ihnen möglich war, und dafür bin ich ihnen dankbar. Ich hätte nichts anderes gewollt!", antwortete Jacko fröhlich. „Wir waren auch ganz schöne Racker damals", grinste er und begann wieder zu erzählen.

„In der ersten Klasse schon hatte ich mir den Respekt der Älteren errungen. In jeder Pause strömten die Kinder die breite Treppe auf den Pausenplatz hinunter. Da die älteren oben in den Zimmern waren, kamen sie hinter den ABC-Schützen auf die Treppe und trieben die Kleinen von Sticheleien begleitet vor sich her. Eines Tages war es soweit. Ich wehrte mich. Ich ergriff die Hand eines schubsenden Jungen von meiner Schulter und zog sie mit einem Ruck nach vorne. Darauf war der große Junge nicht gefasst. Er verlor sein Gleichgewicht und polterte die Treppe runter. Dabei verlor er einen Zahn, was mir eine Befragung durch den Rektor einbrachte und die Angst, auf dem Heimweg dafür büßen zu müssen.

Aber nichts geschah. Ich hatte den Anführer erwischt, und die anderen trauten sich nicht, alleine Rache zu nehmen. Offenbar war auch derjenige mit der Zahnlücke genügend eingeschüchtert worden. Wir beiden durften danach drei Nachmittage ins Schulhaus zum Putzen antreten."

„Ahaaa", brummte Lorena und bemerkte: „Jungs und Männer meinen halt immer, alles handfest regeln zu müssen!"

„Noch mehr Räubergeschichten?" Jacko schaute sie fragend an. Lorena lächelte. Sie schien froh darüber, viel aus dem Leben ihres Großvaters erfahren zu dürfen. Die beiden schlenderten weiter in der Sonne den Höhenweg entlang.

****

Krankheiten prägten Jackos Kindheit.

Wegen seinem Heuschnupfen und seinem Asthma hatte er anfällige Lungen, und es kam jedes Jahr ein-, zweimal vor, dass er mit einer Lungenentzündung mit vierzig Grad Fieber im Bett lag. Heute würde man ein Kind sofort ins Spital bringen, aber damals war es normal, zuerst einmal abzuwarten, ob man das Fieber in den Griff bekam; wenn nicht, ließ man den Arzt rufen. Einmal war es so schlimm gewesen, dass Jacko alle Bilder, welche er an die Wände seines Zimmers gepinnt hatte, heruntergerissen hatte Er hatte Fieberkrämpfe und schreckliche Alpträume. Das Thermometer hatte fast einundvierzig Grad angezeigt. Vater hatte den Kinderarzt angerufen und auf dessen Rat hin Jacko sofort in feuchte Tücher gepackt. Der Kinderarzt war nach einer halben Stunde gekommen und hatte Jacko zwei Spritzen in den Hintern verpasst. Alle halbe Stunde musste nun seine Temperatur gemessen werden, denn er schwebte offenbar in Lebensgefahr. Sein Atem rasselte, und er sah immer noch furchtbare Bilder vor sich. Furchteinflößende Wesen mit Fratzen tanzten in seinem Zimmer herum, und Schlangen krochen auf dem Boden auf ihn zu. Jacko war froh, dass immer wieder jemand kam, um seine Temperatur zu messen und er nicht alleine bleiben musste. Doch krank zu sein war auch schön. Er bekam die Aufmerksamkeit, die er sonst vermisste, er wurde umsorgt, wurde ernst genommen und stand im Mittepunkt. Das genoss er immer sehr. Im Frühsommer war er regelmäßig krank, bis er mit dem Schwimmen anfing und sich abhärtete. Seine Allergie schwächte sich ab, und er war wesentlich kräftiger geworden

Später, wenn er sich nach Zuneigung sehnte, hatte Jacko sich so zu konzentrieren gelernt, dass er Fieber bekam. Bis knapp achtunddreißig Grad schaffte er in nur einer halben Stunde, indem er sich vorstellte, todkrank zu sein. Dann wurde er umsorgt, und ein netter Nebeneffekt war, dass er nicht zu Schule musste und zuhause mit seinen Lego Klötzen, seine Traumwelt aufbauen konnte. Ein Haus mit einem Garten statt des tristen Wohnblocks, in dem er mit seinen Eltern lebte und wo er als Ausländerkind angefeindet wurde.

Jacko Eltern waren allzu sehr mit sich selber beschäftigt. Sein Halt war seine Großmutter Alena. Bei ihr durfte er oft übernachten und am Morgen feine Holzsprießen spalten, um in der Küche anzufeuern. Alena wohnte mitten in der Altstadt. Jacko durfte dort abends im dritten Stock am Fenster sitzen und die Rocker mit ihren Motorrädern bestaunen. Das waren vielleicht Helden!

Alena hatte Jacko Zuneigung gegeben und das Gefühl, wichtig zu sein. Seine Großmutter war lieb zu ihm, wie auch immer er sich verhielt. Sie war der feste Boden seiner Kindheit. Auch hatte sie ihn nie ausgelacht, wie dies oft sein Vater tat.

Ausgelacht zu werden bedeutete für Jacko das Gegenteil von anerkannt und geliebt zu werden. Dann fühlte er sich ausgeschlossen, nicht dazugehörend. So war fortan respektiert zu werden sein wichtigstes Kriterium im Umgang mit anderen Menschen. Er stellte sich die Aufgaben: Heldenhaft, mutig sein und tapfer zu werden. Alles selber lösen zu können und etwas zu erreichen im Leben.

****

„Entschuldige bitte. Erzähle ich überhaupt Dinge, die dich interessieren, meine Liebe? Ich habe gar nicht nachgefragt, wie es denn dir in deiner Kindheit ergangen ist", erwiderte Jacko etwas zerknirscht.

„Ich glaub, ich muss mich schnell hinsetzen. Mir ist ganz schwindelig", klagte Lorena. Sie war auf einmal leichenblass geworden.

„Mein Gott – ja, setz dich. Trink ein wenig Wasser", sagte Jacko besorgt. Er setzte Lorena auf einen großen Stein und hielt ihr die Wasserflasche hin.

„War wohl alles ein wenig viel heute", meinte er, als Lorena getrunken hatte.

Wortlos betrachtete Jacko seine Enkelin und suchte nach Anzeichen einer Besserung. Aber die Farbe kehrte nicht in ihr Gesicht zurück.

„Wir warten hier und lassen uns abholen. Wir sind doch ziemlich weit gelaufen, und ich möchte dich nicht weiter belasten. Schließlich bist du in anderen Umständen", beschloss Jacko besorgt.

„Hör schon auf. Ich bin nicht krank. Es war nur ein wenig viel heute, und mir schwirrt der Kopf nach all deinen Schilderungen", lachte Lorena schwach und versuchte aufzustehen. Jacko drückte sie sanft zurück auf den Stein.

Da brach es aus ihr hervor. „Was bist du eigentlich für ein komischer Kauz!"

Jacko schaute sie wie vom Donner gerührt an und sagte kein Wort.

„Du meinst wohl, die ganze Welt drehe sich nur um dich. Du erzählst mir von dir und deiner Jugend, von deinen Räubergeschichten – alles schön und gut –, aber mich nervt dabei dieser Unterton. Zuerst dachte ich, es sei Selbstmitleid. Aber damit scheinst du dich nicht zufrieden zu geben. Du machst dich verantwortlich für alles Mögliche und meinst in deiner Pseudo-Reflektiertheit, Dinge und Situationen verändern zu können, indem du die Schuld auf dich nimmst?", zischte Lorena und funkelte Jacko mit ihren blauen Augen an.

„Ich verstehe nicht ganz", murmelte Jacko, aber auch er fühlte die Hitze in seinem Bauch aufsteigen.

„Dieses ganze Getue und deine Einsiedelei, meine ich. Deine Versuche zu erklären, dass du nicht anders handeln konntest damals und dann doch Schuldgefühle dafür zu haben. Als ob das irgendetwas ändern würde – das meine ich!", erwiderte Lorena nun leiser, und ihre Augen verloren das Funkeln, wurden dunkler.

Jacko verstand, dass Lorena zwar seinen Jugendgeschichten gelauscht hatte, aber eigentlich bei der Adoptionsgeschichte ihres Vaters hängen geblieben war.

„Du magst recht haben", meinte er versöhnlich. Die Hitze, die bis zu seinem Hals hochgestiegen war, zog sich schlagartig in den Bauch zurück. „Gib uns etwas Zeit, bitte. Und wenn ich dich nerve, dann sag das auch! Vielleicht machst du nicht denselben Fehler wie ich und urteilst aufgrund deiner Interpretationen über andere? – Komm schon! Wir können darüber reden, wenn du willst, oder es auch lassen. Ich verstehe ja, dass dich das Ganze aufwühlt, und du kannst mir glauben – mich wirft es auch in einen Sturm der Gefühle", sagte Jacko versöhnlich und streckte Lorena beide Arme mit offenen Handflächen entgegen.

Lorena schien mit ihrem Groll zu kämpfen. In der Tat hatte sie Angst davor, in einer ähnlichen Situation wie Jacko zu enden. Deshalb nervte Großvater sie. Sie schluckte ein paar Mal, zauberte aber ein Lächeln auf ihr Gesicht. Jacko kniete sich vor sie hin und legte seine Hände auf Ihre Knie. Lorena fasste seine beiden Hände, und Großvater und Enkelin schauten sich in die Augen. Jacko nickte stumm vor sich hin, bis Lorena sanft über seine stoppeligen Wangen strich. Jacko strich seinerseits sanft über ihr Gesicht und erhob sich.

Er trat auf den Weg und schaute in Richtung Bergflanken, dann wedelte er komische Zeichen mit den Armen. Lorena glaubte am Hang ein schwaches Blinken zu erkennen.

Nach wenigen Minuten erschien Kurt mit seinem Jeep.

„Was ist los? Pit hat mich angerufen und gesagt, du brauchst Hilfe?", keuchte er und musterte interessiert die junge Frau auf dem Stein.

„Er hat ihnen doch nichts angetan, der alte Sack?", zwinkerte er Lorena zu und stellte sich als Nachbar vor.

„Alles in Ordnung, Kurt. Danke, dass du so schnell kommen konntest. Kannst du uns zurückfahren?", fragte Jacko und klopfte seinem alten Nachbarn auf die Schulter.

Er und Kurt kannten sich schon über zwanzig Jahre, und obwohl Kurt schon fast achtzig war, tranken sie regelmäßig eine Flasche Wein zusammen. Kurt wettete jedes Mal, seit zwanzig Jahren, dass Jacko es nicht länger als noch ein paar Wochen in der einsamen Hütte da oben aushalten werde.

Nachdem sie mit dem alten Jeep zurückgerumpelt und mit der Gondel zur Hütte hochgefahren waren, schlug Jacko vor, Lorena solle sich eine Weile hinlegen, er werde unterdessen etwas zum Nachtessen vorbereiten. Den Einwand von Lorena, sie habe keinen Hunger, überhörte er und bugsierte sie nach drinnen.

Der Groll von vorhin schien verflogen. Was hatte er eigentlich erreichen wollen? fragte sich Jacko. Glaubte er wirklich, es könnte sich irgendetwas an seiner Geschichte ändern, wenn sich Lorena anders entscheiden würde als seinerzeit Samira? Natürlich nicht, konstatierte er für sich, und trotzdem fühlte er, dass es doch etwas ändern würde. Der Bann der Wiederholung der Familiengeschichte würde gebrochen werden. Darum ging es ihm – und vielleicht auch um eine Art Vergebung, die er sich in all den Jahren selber nicht hatte geben können.

Die Sonne neigte sich langsam zum Berggipfel gegenüber. Es war Abend geworden, und Lorena schlief seit fast zwei Stunden. Sie schien erschöpft. Jacko schlich sich ein paar Mal nach oben, um nachzusehen, ob alles in Ordnung war mit ihr. Lorena lag in ihrem Top und Boxerpants auf seinem Bett und schlief friedlich. Er betrachtete sie verstohlen. Sie war sehr schön. Durchtrainiert und schlank mit festen, fast weißen Schenkeln. Auf ihren Händen, Armen, Schultern und ihrem Dekolleté waren zahlreiche kunstvolle Tattoos zu sehen. Die Beine waren frei davon und Jacko hoffte, dass es auch unter dem Top keine mehr gab. Er dachte an seine eigenen asiatischen Tattoos auf dem Rücken und den Armen und lächelte. Eigentlich hatte er ihr nichts vorzuwerfen, aber er fand die zahlreichen Tattoos trotzdem ein wenig schade. Eins oder zwei hätten gereicht. Liebevoll und stolz betrachte er seine Enkelin noch eine Weile. In ihrem Bauch wuchs ein neues Kind heran – sein Urenkel!

Jacko wollte schon die Teller mit dem Käse, der Butter und dem Brot wegstellen und sich nur dem Wein widmen, da stand Lorena neben ihm. Sie setzte sich wortlos. Seinen fragenden Blick erwiderte sie ausdruckslos. Alles in Ordnung, frag jetzt nichts, verstand Jacko. Sie begann Brot und Käse zu essen und schenkte sich ein wenig Wein ein. Sie schaute Jacko herausfordernd an, aber der wagte nicht, eine Bemerkung zu Wein und Schwäche und Schwangerschaft zu machen.

„So, meine liebe Enkelin, jetzt gehen wir noch schnell zum Onkel Doktor, ich dulde keine Widerrede", meinte er kurze Zeit später und verschwand in der Hütte. Lorena wusste, was kommen würde, und schaute auf ihr Armband. Das LED blinkte grün. Es musste also alles in Ordnung sein.

Jacko tippte und wischte geschäftig auf dem großen Tablet herum, das er eilig geholt hatte und nun auf den Knien neben Lorena balancierte. Er meldete sich an und verband das Armband von Lorena mit seinem Netz.

Seit über fünfzig Jahren waren alle Schweizer obligatorisch krankenversichert. Und seit zehn Jahren war die technische Entwicklung so weit fortgeschritten, dass jeder auch Zugang zum EmedSwiss System hatte. Im Zuge der Digitalisierung hatten Computer schlicht die Ärzte in der Diagnose überholt. Zumindest bei achtundneunzig Prozent der Diagnosen. Kein Arzt konnte Symptome mit Tausenden von Studien abgleichen, sich zugleich mit sämtlichen Forschungsergebnissen beschäftigen und dann noch die in rasendem Tempo auf den Markt geworfenen neuen Therapieformen oder Medikamente kennen. Computer hingegen konnten das. Voraussetzung waren natürlich Daten in einem Armband, das jeder tragen musste, der Zugang zum Emed haben wollte. Es nicht zu tun, konnte sehr teuer werden. Dann musste man tatsächlich einen menschlichen Arzt konsultieren und die waren erstens rar und zweitens mit Spezialfällen beschäftigt. Banale Erkrankungen – also rund neunzig Prozent aller Erkrankungen – waren nicht mehr ihr Gebiet. Wenn Grippewellen ein Gebiet heimsuchten, erkannte Emed das, bevor Tausende sich an das System wandten, und ordnete einige an, zuhause zu bleiben oder verschrieb präventiv andere Medikamente, um eine Ausbreitung zu verhindern.

Anfangs waren alle extrem skeptisch gewesen. Die Ängste, seinen Gesundheitszustand permanent einem System anzuvertrauen, waren groß, obwohl das alles schon lange vorher angefangen hatte – mittels Sozialer Netzwerke, Telefongesprächen oder E-Mails. Ein System musste sich nur die Daten zusammensuchen. Mit dem Armband waren die Diagnosemöglichkeiten allerdings revolutioniert worden. Das Ding erfasste nicht nur Gewohnheiten und Lebensstil, sondern konnte auch ein gutes

Dutzend Gesundheitsparameter erfassen. Puls, Blutdruck und Temperatur waren dabei die trivialsten.

So las nun Emed die Daten von Lorenas Armband ein, glich diese mit ihrer Krankengeschichte, durchgeführten Therapien und deren Erfolg ab und durchforstete nach dem gefundenen Muster Milliarden von Datensätzen, um zu einer Diagnose zu kommen. Die freundliche Stimme von Onkel Emed stellte noch ein paar spezifische Fragen zum Befinden und allfälligen Schmerzen, und nach einigen Sekunden erfolgte ein Bericht.

Demzufolge hatte Lorena sich überanstrengt, wies einen leichten Mangel an einigen Mineralien auf und war zudem leicht dehydriert. Kein Wunder bei der Wärme und ihrem Kaffeekonsum, dachte sich Jacko.

Doktor Emed versprach, ein Rezept für Nahrungsergänzung auszustellen und fragte nach, ob die Pillen am nächsten Morgen an den momentanen Aufenthaltsort geliefert werden sollten. Zu guter Letzt kam wie immer die Ermahnung, den Lebensstil zu korrigieren. Bei Lorena entrüstete sich Doktor Emed über den Alkoholkonsum, vor allem wegen der Schwangerschaft, hielt einen kleinen Vortrag über die Risiken und nörgelte noch ein wenig an Lorenas Schlafgewohnheiten.

Lorena und Jacko lachten herzlich, sobald Jacko das Tablet ausgeschaltet hatte. Allerdings, wer wusste wirklich, ob Doktor Emed nicht doch über die Sensoren der Armbänder mitbekam, wenn man ihn verhöhnte? Jacko trug kein Armband, und als Lorena danach fragte, hob er grinsend das Hosenbein. Er trug das Ding am Knöchel. Was natürlich keinen Unterschied machte – außer, dass es so nicht ersichtlich war, dass er eines trug. So fand jeder einen Weg, sich mit einer nützlichen, aber auch irgendwie erniedrigenden Überwachung abzufinden. Das System wusste wahrscheinlich sogar, wie viele Orgasmen man im letzten Monat erlebt hatte. Auch wenn das laut Emed der ärztlichen Schweigepflicht ebenso unterlag wie alle anderen Daten. Wer konnte schon wirklich sagen, was mit den Daten passierte. Da blieb nur eines: darüber lachen und versuchen, die Vorteile zu sehen und das Ganze nicht zu ernst zu nehmen. Immerhin waren die Resultate verblüffend. Die Kosten des Gesundheitswesens sanken und das bei steigender Gesundheit und Lebenserwartung. Meinte man nämlich, man könnte eine verschriebene Therapie einfach nicht ausführen oder die Pillen in den Badezimmerschrank stellen, merkte Doktor Emed das sofort. Dann wurde man zur Kasse gebeten und überlegte sich zweimal, ob man einer Therapiemaßnahme zustimmen wollte. Lorena jedenfalls willigte ein, die Kapseln, welche nun über Nacht genau auf sie abgestimmt hergestellt wurden, brav zu schlucken.

Die beiden beruhigten sich von ihrem Lachanfall, und es entstand eine angenehme Stille aus Müdigkeit und Vertrautheit. Schweigend sahen sie dem Lichtspektakel der untergehenden Sonne zu. Die Gipfel glühten in den Farben Rosa bis Orange, und der See verdunkelte sich zu einem Blau, das seine wahre Tiefe erahnen ließ. In den Hängekratzern, wie Jacko sie nannte, wurden die Fenster nach und nach hell. Vor gut zehn Jahren hatte man ein Projekt genehmigt, den ganzen Berghang vom See bis fast auf zweitausend Meter mit Hochhäusern zu bebauen. Nur ragten sie eben nicht in den Himmel, sondern hingen wie sonnengereifte Trauben an den Felswänden. Die Architektur war atemberaubend. Die einzelnen Segmente mit über fünfzig Stockwerken schmiegten sich an den Hang, gingen in die Formen und die Topografie der Felsen über. Terrassen und Gärten hingen wie Trauben an den Felsen, und an warmen Sommertagen konnte man sogar Steinböcke sehen, die über die Etagenstufen zu den Gärten sprangen, um sich Beeren oder jungen Salat zu stibitzen. Im Felsen waren die Garagen und Lifte eingebaut. Einige Wohneinheiten konnten sich sogar der Sonne zu- oder abwenden. Je nach Bedarf und Jahreszeit. Da waren die Palmeninseln und Tausend-Meter-Phallus-Gebäude im Nahen Osten ein Dreck dagegen, schmunzelte Jacko vor sich hin. Allerdings waren die Wohnungen hier nicht billiger zu haben als auf einer Insel. Trotzdem hatte das Projekt weltweites Aufsehen erregt.

Das verdichtete Bauen hatte den Erhalt der Dörfer an den Seeufern ermöglicht, hatte der gewachsenen Bevölkerung den notwendigen Platz gegeben und war trotzdem so naturverbunden und ästhetisch, dass es manchem Bauminister aus anderen Ländern den Atem und die Sprache verschlagen hatte. Mittlerweile war es keine Besonderheit mehr. Die

Schweiz hatte Dutzende solcher Bauwerke und machte aus der Not des bergigen Geländes eine wunderbare Tugend. Chris Locher wohnte auch am Rande der Hängekratzer-Siedlung in einem Traum von einer hängenden Villa. Vielleicht sollte er seinen Freund aus alten Tagen mit Lorena besuchen? überlegte Jacko. Gut möglich, dass das Eis, das in ihrer Freundschaft entstanden war, wieder tauen würde mit Hilfe seiner Enkelin. Er würde sehen, ob das wirklich eine gute Idee war. Chris war ein richtiger Kotzbrocken geworden, und trotzdem vermisste Jacko die alten Tage mit einem nahen Freund.

Es sei Schlafenszeit, fand Lorena und half das Geschirr in die Hütte zu tragen.

Er erkundigte sich, ob Lorena alles hatte, was sie brauchte, und sich wohlfühlte und wünschte ihr eine gute Nacht. Er wollte jetzt nichts mehr übertreiben. Schließlich hatte Lorena ja vor, einige Tage zu bleiben. Morgen wollte er es ruhiger angehen.

Mit Schlafsack ausgerüstet setzte er sich auf die Liege auf der Terrasse und sinnierte über den Tag. Da summte Polly auf dem Tisch, und ein Hologramm eines antiken Telefonapparats schwebte über dem Tisch.

Oben schaute Lorena vom Fenster aus hinunter auf Jacko. Da saß dieser Mann, der ihr Großvater war und von dem sie in den letzten Stunden mehr erfahren hatte als ihr ganzes bisheriges Leben vorher. Er schien mit einer Frau zu sprechen, deren Hologramm über dem Tisch schwebte. Eine hübsche, blonde Frau saß da virtuell auf Jackos Tisch. Lorena konnte sie nur von hinten sehen, aber aus den wenigen Gesprächsfetzen, die sie hörte, erkannte sie, dass die Frau Jacko nahestehen musste. „Ja, mein Schatz... Nein, ich komme in ein paar Tagen in unser Haus... Ja, ich weiß, ich werde die Tomaten aufbinden... Ich freue mich auch auf dich, auf das Meer und den toskanischen Wein..." Mehr verstand Lorena nicht. Das musste sie auch nicht. Sie war froh, dass ihr Großvater offenbar doch nicht so einsam war wie er vorgab.

Sie legte sich ins Bett und wollte nicht weiter spionieren. Am Ende würde Pit noch Jacko darüber informieren.

Sie schaute sich in dem kleinen Raum um. Bücher, ein Kleiderschrank und über dem Bett ein Bild eines nackten Engels, der sich amazonenhaft auf dem Boden räkelte. Etwas frivol, aber passend zu Jacko, dachte Lorena schmunzelnd. Sie sog den Geruch von Holz und Feuer ein und den sanften Duft der Lilie, die sie Großvater mitgebracht hatte und die unten auf dem Tisch stand. Das war alles, was sie bis dahin von ihm gewusst hatte: dass weiße Lilien seine Lieblingsblumen waren.

Ihr Blick schweifte aus dem Fenster. Sie sah die Sterne, die über den Bergen glitzerten, und schlief bald darauf tief und fest.

Jacko hatte sein Gespräch mit Liza beendet. Sie war seine späte, große Liebe, und die beiden hatten eigentlich ausgemacht gehabt, sich in ihrem kleinen Haus an der toskanischen Küste zu treffen, aber dann war der Besuch von Lorena dazwischengekommen. Liza war erst ein wenig ungehalten gewesen, aber zuletzt hatte sie es verstanden. Auf ein paar Tage würde es nicht ankommen.

Jacko hatte den Rest des Weins ausgetrunken. Sein Kopf war wohlig schwer, und die Gedanken wurden stiller. Er streckte sich auf seiner Liege und betrachtete die Sterne. Das Leben war kurz wie ein Wimpernschlag und doch so unglaublich reich.

Wieder tauchten Bilder seiner Kindheit in seinem Kopf auf.

FÜNF

****

Jacko litt in den ersten Schuljahren unter einem immer schlimmer werdenden Heuschnupfen. Oft musste Margreth am Morgen zuerst seine verklebten Augen mit Kamillentee betupfen, damit er überhaupt die Augen öffnen und aufstehen konnte. Auch sein Asthma wurde jedes Jahr stärker, so dass der Kinderarzt eines Tages vorschlug, Schwimmen wäre eine gute Möglichkeit, seine Lungen zu stärken. Also trat er in den Schwimmclub ein. Wie schon sein Vater wurde er schnell ein sehr guter Schwimmer und konnte während seiner Schulzeit oft nur im Sport – zumindest, wenn Schwimmen auf dem Programm stand – so richtig punkten.

Er war in einer Plattenbausiedlung als Arbeiterkind aufgewachsen. Vom Kindergarten an hatte es da eine klare Hackordnung gegeben. Man hatte aufpassen müssen, gewissen größeren Jungs auf dem Schulweg nicht zu begegnen, wenn man nicht „genegert" werden wollte. Das ging so: Die Größeren drückten einen auf den Rücken, dann setzte sich einer auf die Brust des Opfers, klammerte mit den Beinen dessen Arme fest und begann, mit den Fingerspitzen auf die Brust zu hämmern. Das tat am Anfang kaum weh, auch wenn man kaum noch atmen konnte, aber nach einer Weile wurden die Schmerzen höllisch, und die Jungs hörten erst auf, einen zu quälen, wenn man flehentlich um Gnade wimmerte. Es war ein Unterwerfungsritual und eine Demütigung.

Jacko erinnerte sich, dass er etwa zehn Jahre alt gewesen war, als er zum ersten Mal einen fast Fünfzehnjährigen, der auf ihm saß, mit einem Schwung seiner Beine zu fassen bekam und ihn dann ruckartig nach hinten schleudern konnte. Der Junge schlug so hart mit dem Kopf auf dem Boden auf, dass er noch ohnmächtig war, als Jacko bereits unter ihm weggekrochen und aufgestanden war. Er rieb sich seine schmerzende

Brust und spuckte den Jungen an, bevor er sich unbehelligt von den anderen entfernte. Seither hatte er seine Ruhe, aber bis dahin hatte ihn die Angst jeden Tag auf dem Schulweg begleitet.

Im Kindergarten gab es einen Spitz, der ihm jeden Morgen auflauerte und ihn zwang, einen großen Umweg zu machen. Trotzdem passierte es immer wieder, dass er plötzlich schlotternd vor dem Tier stand, das ihm wie ein Wolf vorkam. Der oft herumstreunende Hund gehörte einer alten Frau, die in einer kleinen Villa mit Garten gleich neben dem Block wohnte, wo Jack zuhause war. In diesem verwunschenen Garten gab es einen kleinen Pool mit steinernen Fröschen an jeder Ecke. Jacko wünschte sich, wenn er groß sein würde, auch in so einem wunderschönen Haus zu wohnen.

Die ersten zehn Jahre seines Lebens waren von der ständigen Angst geprägt, verprügelt oder gebissen zu werden, etwas aufholen zu müssen oder zu spät zu sein und auch vom Gefühl, einsam und allein dazustehen und sich selber helfen zu müssen. Das hatte ihn hart gegen sich selber gemacht, aber auch empfindlich gegen Abweisung und fehlenden Respekt. Noch heute konnte er große Schmerzen leichter wegstecken als kleine Verletzungen. Und es hatte ihn „Street smart" gemacht. Er konnte Gefahren in jeder unbekannten Stadt spüren und wusste instinktiv, welche Straßen oder Situationen zu meiden waren.

In der ersten Klasse bekam er zwei Lektionen, die ihn sein Leben lang prägen sollten.

Stolz verkündete er eines Tages am Mittagstisch, er habe die Jahrzahlen gelernt und die Lehrerin habe erzählt, dass bald die Jahrtausendwende da sein werde. Eine unglaubliche Dimension für einen Erstklässler im Jahre 1969. Joseph meinte nur trocken, bis dann werde die junge Frau Lehrerin aber definitiv verblüht sein. Das jagte dem kleinen Jacko einen gewaltigen Schrecken ein. O.k., die Lehrerin war ja erwachsen, aber wenn das neue Jahrtausend so bald da sein würde, wie sie gesagt hatte und sie dann bald sterben würde, dann war das Leben kurz. Verdammt kurz. Und er hatte zum ersten Mal Angst vor dem Tod.

Die zweite Lektion war, wie es sich anfühlte, sich zu schämen.

Er bekam fünfzig Rappen Taschengeld pro Woche. Das reichte für einen Schokoriegel oder ein Eis. Er kaufte sich jeweils sofort, kaum hatte er sein Geld erhalten, das eine oder andere am Kiosk.

An einem Freitag verlangte Jacko wie jede Woche nach dem Abendessen sein Taschengeld. Josef erklärte ihm, er bekomme seinen Lohn erst am Montag und könne ihm das Geld deshalb noch nicht geben. Das war zwar nicht die Wahrheit, aber Josef wollte seinem Sohn zu verstehen geben, dass nichts von nichts kommt. Am Montag danach, als Jacko beim Fußballspielen gewesen war und seinen Vater zum Mittagessen heimkommen sah, rannte er ihm enthusiastisch entgegen und brüllte von weitem, ob Vater seinen Lohn bekommen habe und er jetzt sein Taschengeld erhalten werde. Josef tat, als ob er ihn nicht kennen würde, und ging wortlos an ihm vorbei. Jacko spürte, dass er etwas falsch gemacht hatte, aber was? Kaum in der Wohnung angekommen, schrie ihn sein Vater an. Was ihm eigentlich einfalle, ihn so zu erniedrigen? Die Leute in der Siedlung würden nun denken, er könne sich nicht einmal das Taschengeld für seinen Sohn leisten. Zur Strafe erhalte Jacko diese Woche kein Geld.

Jacko war verwirrt gewesen. Weshalb musste man sich schämen, wenn man kein Geld hatte? Das verstand er nicht. Gleichzeitig hatte er von seinem Vater gelernt, dass man als Arbeiter immer zu wenig haben würde und dass es ihm auch einmal so gehen würde. Das sei einfach so im Leben. Es gäbe jene, die von Anfang an mehr als genug hatten und die Anderen, die tun konnten, was sie wollten, aber immer von der Angst getrieben waren, zu wenig zu haben.

Der kleine Jacko wusste nicht, wieviel man brauchte, um genug zu haben, doch er beschloss, dass er alles tun würde, um genug in seinem Leben zu haben. Dass er sich niemals schämen wollte, zu wenig zu besitzen.

Sehr viel später erst, als Manager, hatte er das Prinzip begriffen. Er hatte mit dem Verkaufsleiter, mit dem er befreundet war, ausgerechnet, wieviel er nach Abzug der Steuern zur Verfügung hatte. Obwohl er deutlich mehr verdiente, waren das netto kaum mehr als zehn Prozent, die ihm mehr blieben. Und dafür trug er all die Verantwortung, würde beim kleinsten Fehler der Organisation in den Knast kommen? Dafür arbeitete er sechzehn Stunden im Tag? Damit ihm 10% mehr blieben als in einer normalen Kaderstelle?

Als er sich die Progression der Steuern anschaute, begriff er es. Sobald man mehr als eine halbe Million versteuerte, war die Progression flach. Das bedeutete, erst ab einer halben Million und darüber begann das System Privilegien zu generieren und den Reichtum zu mehren. Auch fand er heraus, dass weniger als zehn Prozent mehr verdienten als er selber. Verdammt, also war es nur möglich, dieser Spirale von mehr leisten um mehr zu bekommen – oder zu behalten – zu entrinnen, wenn man von vornherein reich war oder zu den Top fünf Prozent gehörte. Dahin kam man nicht mit Leistung. Das wurde ihm nun klar.

****

SECHS

Mit einem Schlag war Jacko wach. Er hörte Lorena aus der Hütte schreien. Es klang eher wütend als ängstlich. Jacko wand sich aus dem Schlafsack und sprang auf die Füße. Alles drehte sich um ihn. Er hätte vielleicht nicht die ganze Flasche alleine trinken sollen. Dann hätte er jetzt sein Yoga-Programm hinter sich und wäre schon eine ganze Weile wach. Die Sonne stand schon kurz vor der Terrasse. Es musste gegen neun Uhr sein.

„Hau ab!", hörte er Lorena von drinnen schreien. Er wollte zur Hütte rennen, aber sein Fuß verheddterte sich im Schlafsack, und er fiel erst einmal der Länge nach auf die Planken. Fluchend riss er den Schlafsack vom Bein und hechtete mehr als zu rennen in Richtung Tür.

Drinnen sah er Kikla vor der Badezimmertür sitzen und dahinter Lorena schreien.

„Alles gut, Lorena! Ich bin da – es wird dir nichts passieren", schrie er in Richtung Tür und versuchte, die fauchende Kikla zu beruhigen.

„Entschuldige bitte, Kikla hatte ich ganz vergessen. Sie ist meine Hauskatze."

Jacko lauschte. Nichts. „Sie ist harmlos. Ihr habt euch nur beide gegenseitig erschreckt. Ich bin sicher, sie hat dir nichts getan! – oder etwa doch?", fragte er ein wenig bange.

Kikla war eine Hybridkatze. Und was für eine. Nachdem zuerst Hauskatzen mit kleineren Raubkatzen gekreuzt wurden, gab es seit ein paar Jahren auch In-vitro-Kreuzungen. Damit war es auch möglich, einen Puma mit einer Nordischen Wildkatze zu kreuzen, und genau so ein Tier hatte Jacko sich angeschafft. Es war ein Teil seines Projekts, welches er vor Jahren im Glas Cube begonnen hatte.

Alle hatten Jacko davon abgeraten. Beide Ursprungstiere waren nicht domestizierte Arten und der Hybrid würde eher den Charakter und das Verhalten einer Raubkatze als eines Haustiers haben. Jacko glaubte nicht an Verhaltensvererbung. Er war überzeugt, das Verhalten – die Persönlichkeit – komme eher von der Sozialisation, den Erfahrungen, die ein Lebewesen in den ersten Jahren macht, als von den Genen. Das galt für ihn für Tiere ebenso wie für Menschen. Nur bei Kikla war er sich nicht schlüssig. Das Tier hatte er fast wie ein Menschenkind aufgezogen. Trotzdem war Kikla verwildert, und sogar Jacko überkam manchmal ein Gruseln, wenn ihn die Katze wild fauchend und mit den Tatzen in der Luft fuchtelnd einzuschüchtern versuchte und zu testen schien, wer das Alphatier war. Jacko wusste, dass er in diesen Momenten niemals zweifeln durfte, wer hier der Herr im Hause war, sonst hätte er Kikla eine Chance gegeben, sich durchzusetzen oder ihn gar anzugreifen. Aber dies war keiner dieser Momente. Kikla schien sich verkrochen zu haben.

Langsam öffnete sich die Badezimmertür, und Lorena schielte vorsichtig nach draußen. Sie hatte ein Badetuch um den Kopf und ein weiteres um den Körper gewickelt. Offenbar war sie gerade am Duschen gewesen, als Kikla sie überrascht hatte.

„Ich habe vergessen, von meinem Liebling zu erzählen. Kikla ist halbwild und streift oft tagelang herum. Sie kann selber reinkommen durch die große Klappe neben der Tür, um zu fressen. Jagen darf sie nämlich nicht, und ich hab es ihr abgewöhnen können. Glaube ich wenigstens", erklärte Jacko.

„Komm, sag Lorena guten Tag", meinte er sanft zu Kikla, als diese wieder auf sie zu trottete. Er hob das gut dreißig Kilogramm schwere Tier auf seine Arme. Kikla maß ungefähr siebzig Zentimeter Schulterhöhe und konnte einem, wenn sie auf den Hinterbeinen stand, fast das Gesicht lecken. Nun leckte sie Jackos Hals und der versuchte sie lachend abzuwehren.

„Bist du verrückt? Ich habe mich zu Tode erschrocken, als ich aus dem Bad kam! Was, wenn sie in der Nacht unter meine Decke gekrochen wäre?", sagte Lorena mit wütender Stimme, aber mit kleinen Lachgrübchen in den Wangen.

Das Bild war zum Schießen komisch: Jacko in viel zu großen Boxershorts, geschürften Schienbeinen, glasigen Augen und mit einer Raubkatze in den Armen, die ihm die stoppligen Wangen leckte.

Lorena kam aus dem Bad, und Jacko stellte die Katze auf den Boden. Als Lorena ihre Hand ausstreckte, fauchte Kikla schon wieder.

„Das ist Lorena. Sie ist ein gaaanz lieeebes Mädchen", redete Jacko auf Kikla ein und ließ sie an ihrer Hand schnuppern. Kikla schnurrte wie ein Propeller und strich um Lorenas Beine. Dann lief sie zur Wand neben der Tür und drückte mit den Pfoten auf die Taste, welche da eingelassen war. Klackend rollte das Trockenfutter aus einer Öffnung in den Napf darunter.

Jacko und Lorena standen nebeneinander und hörten dem Knacken des Trockenfutters zwischen Kiklas beeindruckendem Gebiss zu.

„Jetzt gibt's auch für uns Frühstück! Ich hoffe, du hast gut geschlafen?", erkundigte sich Jacko, ohne Lorena anzuschauen. Er traute sich nicht. Denn das kleine Tuch bedeckte kaum ihren Körper.

„Wunderbar!", erwiderte Lorena. Sie strahlte ihn an und drückte ihm einen Kuss auf die Wange. „Wähhh." Es war die von Kikla vollgesabberte Wange.

Jacko rannte die Treppe hoch und stand ein paar Minuten später in Vierfruchthosen – so nannte er die Cargo Kampfhosen – und einem rosa Tank Top Shirt in der Küche. Er hörte dem leisen Singen zu, das aus dem Bad kam, summte mit und begann eine große Portion Rührei mit Speck zu braten.

Er war gerade fertig mit allem, der Tisch gedeckt, der Kaffee dampfte in den Tassen, da hüpfte Lorena fröhlich auf ihn zu und setzte sich im Schneidersitz auf den Sessel neben ihn. Mit hochgezogenen Augenbrauen und schiefem Lächeln musterte sie seine Aufmachung. Das Thema musste warten – erst musste sie etwas essen, entschied Lorena.

„Mann, hab ich einen Hunger", stellte sie fest und stürzte sich auf das Brot und das Rührei.

„Pit ist noch unterwegs, um Croissants zu holen", erklärte Jacko an seinem Kaffee nippend.

Die Sonne erreichte mit warmem, weichem Licht die Terrasse. Er musterte Lorena. Sie war wirklich wunderschön. Sie hatte die Haare hochgesteckt, und ein paar nasse Strähnen hingen in ihre Stirn. Sie trug einen seiner schwarzen Fleece Pullover wie ein Minikleid. Er war ein stolzer Großvater geworden in den letzten Stunden.

Gerade schwebte Pit mit der Tüte an seinem Haken schnurrend heran. Jacko hatte ein Abkommen mit dem Bäcker außerhalb des nächsten Dorfs, der sein Geheimnis der verbotenen Drohne für sich behalten konnte. Kaum war Pit schnatternd gelandet, da sprang Lorena auf und lief in die Hütte. Jacko hörte sie würgen.

Spuckend und räuspernd kam sie kurze Zeit später zurück. Schwanger sein sei echt Scheiße, bemerkte sie, verschränkte die Beine im Sessel und begann weiter zu essen, wie wenn nichts gewesen wäre. Nur diesmal langsamer.

Kikla trottete heran, und Jacko machte schon ein wenig Platz neben sich. Kikla schaute ihn kurz an, um sich dann hinter Lorena in den Sessel zu quetschen und zufrieden zu schnurren.

„So ist das also!", meinte Jacko grinsend und Lorena zeigte ihm ein siegessicheres Lächeln.

Nach dem Essen räumten sie das Geschirr in die Küche und kamen mit frischem Kaffee zurück auf die Terrasse.

Die Sonne wärmte nun schon stark, und Lorena zog den Fleece Pulli aus. Das Trägertop rutschte kurz hoch, und Jacko konnte sehen, dass ihr Bauch keine Tattoos zierten. Sie saß in knappen Pants und dem Top neben ihm und lachte nur, als Jacko von Sonnenbrand zu reden anfangen wollte. Entweder hatte sie sich eingecremt oder ihre helle Haut war doch nicht so empfindlich wie Jacko vermutete.

„Hast du Lust mir erzählen, wo du wohnst und was du so machst?"

Lorena schaute ihn kurz erstaunt an, begann aber zu erzählen.

„Ich wohne in der Nähe von Genf, im französischsprachigen Teil der Schweiz. Nach dem Gymnasium habe ich zuerst Sozialwissenschaft zu studieren begonnen, dann auf Informatik gewechselt und mich dann doch für Verhaltensbiologie entschieden."

Daher also die schnelle Annäherung an Kikla, dachte Jacko bei sich. Doch Lorena hatte sich auf Meeressäuger spezialisiert, erfuhr er.

„Ich durfte ein Jahr nach Miami und habe dort bei einem Delphinprojekt mitgearbeitet. Mein Traum ist es, eine Schule aufzubauen, in der die Kinder neben den anderen Fächern auch lernen sollten, mit Delphinen zu arbeiten und zu kommunizieren. Ich bin überzeugt, dass wir Menschen enorm viel vom Verhalten der Tiere lernen können. Vor allem was das Familienleben und Partnerschaften angeht!"

Wieder schmunzelte Jacko. Die Vorliebe für Wasser hatte sich also auch vererbt. Er war sein ganzes Leben lang im Wasser gewesen. Zuerst beim Schwimmen und später als Taucher. Fast zehn Jahre lang hatte er Tauchunterricht gegeben. Seine Leidenschaft waren damals die Haie gewesen, die nun nur noch in Aquarien zu bewundern waren. Die Menschen hatten die Tiere, welche sechshundertvierzig Millionen Jahre auf dem Planeten gelebt hatten, innert fünfzig Jahren fast komplett ausgerottet. Für Suppe!

„Wie sieht es denn mit dem Gleichgewicht im Meer und der Biodiversität aus?", fragte Jacko.

„Die Haie sind weg – unglaublich!" stieß Lorena hervor. „Aber was das für Auswirkungen hat, werden wir noch lernen! Das Meer wird kippen – und es wird zu einer drastischen Veränderung der Arten und des Lebens im Meer kommen!"

Jacko und Lorena sahen gemeinsam mit leerem Blick in die Ferne. Die Liebe zum Meer und zum Leben verband sie ebenso wie die Sorge und die Wut über die Zerstörung der Natur.

„Wie genau wohnst du in Genf?", fragte Jacko nach einer Weile, besorgt über die gedrückte Stimmung.

„Ich wohne in einem der neuen Wohn- und Lebenstürme etwas außerhalb. Mit Sicht auf den See aus dem sechzigsten Stock. Ich habe drei Zimmer, und gleich unter mir gibt es einen der hängenden Gärten, die alle zehn Stockwerke angelegt sind und den ganzen Turm wie einen grünen, gigantischen Baum erscheinen lassen. Phantastisch sag ich dir. Selbst da oben werde ich im Frühling von den Vögeln geweckt. Es ist fast wie im Wald", meinte Lorena nun wieder etwas fröhlicher.

„Die Wohnung hat neben den drei Zimmern einen dazugehörenden PCA, der kocht, wäscht und aufräumt. Die Wohnung ist ganz schlicht im japanischen Stil eingerichtet, und ich sitze meistens auf den Matten auf dem Boden. Dann gibt es auch einen Hologramm-Fernseher, der gleichzeitig mein Arbeitscomputer und meine Kommunikationszentrale ist. Von hier aus habe ich dich kürzlich angerufen. Im Schlafzimmer habe ich nur einen Futon mit kleinem Beistelltischchen, aber dafür einen begehbaren Schrank! Davon träumt jede Frau!", schmunzelte Lorena über ihre eigene bescheidene Räubergeschichte.

„Vom Schlafzimmer aus kann man direkt ins Bad. Das ist mein absoluter Lieblingsort in der Wohnung! Eine gläserne Badewanne mit Massagedüsen. Die Wanne ist mit der Scheibe verbunden, und man hat das Gefühl, im Freien oder im Himmel zu baden. Gut, schwindelfrei sollte man schon sein. Schließlich sitzt man da gute fünfzig Meter über dem Boden im Wasser. Wenn man untertaucht und die Augen öffnet, kann man verschwommen die Berge am anderen Seeufer erkennen. Man hat das Gefühl, in einer Unterwasserlandschaft zu sein. In der Wanne kann ich ein Salzwasserbad einlassen und stundenlang Dokus über das Meer und seine Bewohner über dem Badewasser schweben lassen. Manchmal sieht es aus, als wenn dabei kleine Delphine, Wale oder Haie mit mir in der Wanne schwimmen würden!", erzählte Lorena, und ihre Augen glänzten vor Begeisterung.

„Da hast du dir ja einen tollen Ort geschaffen und sehr viel erreicht für dein Alter", nickte Jacko anerkennend. „Ich war selber ein Spätzünder und habe mich eher für Motorräder interessiert statt was zu lernen", gab er zu.

„Ich habe die Wohnung dank Vaters Hilfe bekommen. Am Anfang hätte ich sie mir gar nicht leisten können, aber Vater hat mich im ersten Jahr unterstützt", erwiderte Lorena.

„Ja – es hat sich einiges geändert, seit du ein kleines Kind warst", sagte Jacko und schaute Lorena neugierig an. Sie schmunzelte, und ihr Blick streifte in die Ferne zu den Gipfeln am anderen Seeufer.

„Ich habe wahrscheinlich eine sehr normale, langweilige Jugend erlebt", fand Lorena. „Ich kann mich gar nicht an viel aus meiner frühen Kindheit erinnern. Als ich drei war, wurde mein Bruder geboren: Niklas. Aber ich glaube, kein Mensch weiß, dass er so heißt. Alle nennen ihn seit jeher Nik und er mich Lora. Das ärgert mich bis heute. Ich bin doch kein Papagei! Kurz davor oder danach bist du ja aufgetaucht. Ich kann mich aber nicht mehr an deinen Besuch erinnern. Das hat mir Papa erzählt."

Jacko nickte. Es war kurz vor der Geburt von Nik gewesen, aber das spielte keine Rolle. Er schaute Lorena aufmerksam an, sagte jedoch kein Wort. Er wollte sie auf keinen Fall unterbrechen.

So fuhr denn Lorena nach einem Seufzer fort: „Nik und ich hatten es gut, auch wenn er, kaum konnte er mir nachlaufen und sich draußen rumtreiben, nie mit mir gespielt hat. Er war immer mehr an den Jungs interessiert. Das ist er übrigens heute noch!" Sie versuchte zu schmunzeln, aber so richtig herzlich gelang es ihr nicht.

„Am besten in Erinnerung sind mir die Ferien, Wochenenden oder auch andere Tage geblieben, an denen wir bei unseren Großeltern auf dem Bauernhof waren. Großvater erzählte mir jeden Abend eine Geschichte, und ich durfte dabei sein, wenn der Tierarzt kam, wenn Kälbchen geboren wurden, aber auch wenn Hühner geschlachtet wurden. Seitdem esse ich nur noch selten Fleisch – so zwischen zehn und fünfzehn habe ich keines mehr gegessen. Noch heute sehe ich die blutspritzenden Hälse der Gockel vor mir, wenn Großmutter ihnen mit einem Beil den Kopf abschlug."

„Entschuldige, wenn ich so wenig weiß und fragen muss: Waren das die Eltern von Rolfs Adoptiveltern oder die von Angelika, deiner Mutter?", wollte Jacko wissen.

„Es waren die Eltern von Mama. Sie sind natürlich längst in Rente, aber immer noch gut beieinander. Du hast dich wirklich nie groß um Familie gekümmert, was?", blaffte Lorena. Jacko schwieg.

Nach einer Weile fuhr Lorena fort: „Es hat sich ja dann alles vollständig geändert in der Landwirtschaft. Das weißt du besser als ich. Der Hof ist heute ein Mietshaus geworden für jene, die sich schon immer mehr leisten konnten und nun den Luxus haben, in einem freistehenden Haus zu leben. Es schmerzt mich jedes Mal, wenn ich daran denke oder vorbeireise und weiß, ich kann nicht in das Haus meiner Kindheit, mich nicht mehr an den Ofen kuscheln und den Geruch des Holzhauses, des Heus und der Tiere einatmen. Nur noch in Gedanken, wenn ich meditiere und daran denke und tief einatme, erlebe ich ein tiefes Wohlgefühl. Es ist wohl DIE Geborgenheit, welche ich als Kind bekommen habe. Es ist trotzdem ein Scheißgefühl, wenn ich daran denke, dass dort nun jemand anderes wohnt!"

„Hmmm – kann ich gut verstehen", brummte Jacko.

„Na ja, Vater war extrem viel weg. Er hat ja in Saisonstellen als Küchenchef gearbeitet, und wir sahen ihn kaum. In den Zwischensaisons, wenn er frei hatte, war das für uns wie Ferien. Wir waren oft mit ihm im Wald oder auf dem See. Ich habe fischen gelernt, und ich saß stundenlang mit ihm im Kanu. Das ist eine weitere Erinnerung, bei der es mir ganz warm ums Herz wird", erzählte Lorena weiter.

„Ich hatte das Glück, dass ich dann nach Bern in eine Tagesschule durfte. Du weißt schon, als das neue Schulgesetz eingeführt wurde, durften wir ja alle aussuchen, auf welche Schule wir wollten. Ich habe damals mit Mama sicher fünf Schulen angesehen, aber die Lynne Schule in Bern hat mich sofort begeistert. Das Hauptfach war Biologie, und zwar von der Zelle bis zu den Tieren. Wir haben natürlich auch den anderen Kram lernen müssen, aber alle unsere Lehrer waren begeisterte Naturliebhaber oder Forscher. Einfach genial! Kein Wunder, wollte ich schon damals Meeresbiologin werden", strahlte Lorena nun bei dieser Erinnerung.

„Du bist ja auf dem besten Weg, deinen Doktortitel zu ergattern, habe ich verstanden", meinte Jacko anerkennend. „Aber sag, du studierst und arbeitest ja in Lausanne. Ist das nicht umständlich?"

„Ein Auto hab ich nicht – geschweige denn ein Motorrad", erwiderte Lorena lachend.

„Und wie kommst du zur Arbeit? Und woran arbeitest du überhaupt?", erkundigte sich Jacko.

„Ich habe eine Assistenzstelle an der Uni Lausanne. Nichts Aufregendes. Ich arbeite lieber draußen in der Natur, am liebsten im oder unter Wasser. Aber um meine Kenntnisse auszubauen, ist der Job sehr gut, und ich schreibe an meiner Dissertation. Professor Wittwicki ist eine echte Kapazität in seinem Fach, und ich kann viel von ihm lernen. Vor allem was man nicht tun sollte, um in diesem Umfeld erfolgreich zu sein", zwinkerte Lorena vielsagend.

„Der Professor forscht auf dem Gebiet der Genetik bei Süßwasser-Plankton. Wir versuchen herauszufinden, ob die Tierchen noch mehr für uns tun könnten als die Grundlage jeder Nahrungskette zu sein, und meine Dissertation schreibe ich über das Lernverhalten von großen Meeressäugern. Orcas und Delphine können von anderen Gruppen Fähigkeiten lernen, und bis heute wissen wir nicht, wie sie das tun. Ihre Sprache ist zwar hochentwickelt, aber da muss noch was anderes sein, was wir Menschen nicht verstehen. Bleibt zu hoffen, es gibt sie noch solange, bis ich mit meinen Studien fertig bin."

„Na, den ironischen und leicht zynischen Touch einer Frau Doktor hast du ja schon drauf", meinte Jacko schmunzelnd und fügte schnell hinzu: „Im Ernst, ich bewundere dich und wäre froh, ich hätte in meinem Leben je einen solchen Fokus gefunden. Und dass wir kurz vor dem Aussterben von fast allen Wildtieren stehen, ist eine Katastrophe."

„Soweit wird es nicht kommen. Das glaube ich nicht – es gibt ja mittlerweile ziemlich militante Gruppen, die für die Vielfalt kämpfen, und seit wir Jungen mehr zu sagen haben in den Ländern...", meinte Lorena und hob kämpferisch das Kinn.

„Ich bin auch in einer Gruppe, welche daran arbeitet, dass endlich das neue internationale Seerecht in Kraft tritt. Die UNO steht kurz davor, es den Ländern zur Ratifizierung vorzulegen. Dann ist es vorbei mit dem limitierten Schutz der Meere innerhalb von zweihundert Meilen.

Dann kann man endlich globale Regeln einsetzen und durchsetzen. Auf so einem Patrouillenschiff habe ich übrigens für nächsten Sommer angeheuert."

„Wow – genial!", sagte Jacko anerkennend und runzelte trotzdem ein wenig die Stirn vor Sorge. Er sagte jedoch nichts weiter dazu, sondern forderte Lorena auf: „Und erzähl, fährst du denn jeden Tag die lange Strecke nach Lausanne?"

„Mit der Schwebebahn von meinem Condo sind es nur fünf Minuten zur SwissTube. In nur acht Minuten schaffe ich die hundertzwanzig Kilometer nach Lausanne, und dann gehe ich noch einige Minuten zu Fuß, und schon sitze ich im Büro. Ich bin also von Tür zu Tür in knapp zwanzig Minuten bei der Arbeit. Praktisch nicht?", erklärte Lorena.

„Zu meiner Zeit hättest du dafür eineinhalb Stunden gebraucht – mindestens!", lachte Jacko. Er holte frischen Kaffee. Schon die dritte Tasse, und langsam wurde er davon wach.

„Wie, eineinhalb Stunden?", fragte Lorena erstaunt und nahm den Kaffee mit einem Dankesnicken entgegen.

„Na ja," meinte Jacko, „du hättest zuerst mit der Straßenbahn an den Bahnhof fahren müssen, dann mit dem Zug eine Stunde nach Genf gebraucht, um dann nochmals mit einer Straßenbahn zur Uni zu fahren. Die Züge fuhren nicht schneller, und mit dem Auto hättest du am Morgen zwei Stunden gebraucht, wenn nicht länger, weil du im Stau auf der Autobahn gestanden hättest", erklärte er lachend.

„Echt – unglaublich! Kann ich mir nicht vorstellen. Ich wäre verrückt geworden dabei – und das jeden einzelnen Tag", erwiderte Lorena erstaunt.

Jacko schaute Kikla zu, wie sie sich aus Lorenas Sessel erhob, sich mit einem Buckel streckte und reckte, um dann mit zwei Sätzen über die Terrasse im Wald zu verschwinden. Was für eine geschmeidige, anmutige Art sich zu bewegen, überlegte er. Ganz ohne Aufwand und Technik. Seine Gedanken tauchten in die Vergangenheit ab.

SIEBEN

Als Lorena zehn Jahre alt wurde, konnte in der Schweiz die erste Teilstrecke der SwissTube eröffnet werden. Sie führte zufällig von Genf nach Lausanne, ihrem heutigen Arbeitsweg.

Schon in den Neunzigerjahren hatte ein mutiger und visionärer Bundesrat ein Evaluationsprojekt für eine Hochgeschwindigkeits-U-Bahn bewilligt. Die drei Millionen, die er gesprochen hatte, um die Machbarkeit abzuklären, kosteten ihn damals fast sein Amt. Die Politik war nicht in der Lage, ein solches Projekt zu verstehen. Er war schlicht vor seiner Zeit mit seiner Vision, obwohl das Land etwa hundertdreißig Jahre vorher den ersten Eisenbahntunnel durch die Alpen gebaut hatte. Nach dem damaligen Stand der Technik kam dies einer Mondlandung gleich. Der Mut und die Vision einer fortschrittlichen Schweiz waren die Triebfedern gewesen und in den nachfolgenden Jahren langsam bis zum vollständigen Stillstand erlahmt. Nichts ging mehr.

Nach der Einführung des Generationen-Proporz-Systems und als deshalb Entscheidungen wieder von einer hungrigeren Jugend mitbestimmt worden waren, kam es auch zur Realisierung der SwissTube-Idee. Die Schweizer Ballungszentren Genf, Lausanne, Bern, Basel, Zürich, St. Gallen, Luzern, Brig und Lugano wurden durch eine U-Bahn verbunden. Und mit was für einer. Die Züge fuhren in hoch Vakuum-Röhren mit fünfhundert bis sechshundert Stundenkilometer und verbanden so die Städte. Ähnlich wie Flugzeuge brauchten die Züge nur wenige Minuten, um ihre Geschwindigkeit zu erreichen und mussten Kilometer vor dem Ziel schon wieder mit dem Abbremsen beginnen. Angetrieben wurden sie von Induktionsschienen, und die Bremsenergie wurde wiederum in Strom gewandelt.

In nur sechs Jahren waren alle Städte miteinander verbunden. Die neue Tunneltechnik machte dies möglich, eingeführt vom damaligen amerikanischen Pionier der Elektroautos. Die riesigen Verbundsysteme gruben sich hundertfünfzig Meter unter der Erde zu den programmierten Zielen und verlegten auch gleich hinter sich die Betonröhren. Das U-

Bahn-System war so schnell, dass das Ein- und Aussteigen sowie der Druckausgleich in den Schleusen fast mehr Zeit brauchte als die Reise selber. In hundertfünfzig Metern Tiefe gab es riesige Bahnhöfe mit angegliederten Shopping Zentren.

Die Reisenden merkten kaum, wie tief unter der Erde sie sich befanden. Die Bahnhöfe glichen eher Parkanlagen als die früheren lärmigen, überirdischen Bahnhöfe, als der Regional- und Fernverkehr mit Zügen bedient wurden. Und noch einen riesigen Vorteil gab es: Die Fahrt war gratis – für alle! Das hing auch mit dem neuen Steuersystem zusammen, das zu dieser Zeit eingeführt wurde.

Selbstverständlich hatte dies massive und durchaus positive Auswirkungen auf die Städteplanung und die Arbeitswelt. Nun konnte man in Lausanne wohnen und in Bern arbeiten. Der Arbeitsweg war nur noch eine halbe Stunde von Tür zu Tür. Oder man konnte in St. Gallen studieren, aber in Basel wohnen bleiben.

Einmal wieder auf der Oberfläche über den SwissTube-Stationen, konnte man in die Magnetschwebebahnen umsteigen, um die kleineren Städte zu erreichen, und es gab noch Wasserstoff-Busse, die einen in die kleinen Käffer brachten.

Auch in den Städten hatte sich die Lebensqualität drastisch geändert. Etwa zur selben Zeit setzten sich die Elektro Autos endgültig durch. Die Dinger hatten nun dank einer völlig neuen Batterietechnik eine Reichweite von tausendfünfhundert Kilometer.

Man stieg einfach irgendwo in der Stadt aus und befahl dem Fahrzeug zu parken. Das verschwand dann irgendwo in einen Park-Silo, und man brauchte sich nicht mehr darum zu kümmern. Wenn man das Fahrzeug wieder brauchte, rief man es mit seinem Handy ab, und sofort wurde auf dem Display angezeigt, wann es auftauchen würde.

Die Mehrheit hatte sowieso entschieden, kein eigenes Auto mehr zu besitzen. Mit derselben App konnte man genauso gut ein Mietauto herbeirufen. Das Fahrzeug fuhr nach dem Gebrauch automatisch zurück zur Servicestelle.

Selbstverständlich hielt man auch nicht mehr an Ampeln an. Atemberaubend nahe fuhren die Autos nahezu mit derselben Geschwindigkeit über die Kreuzungen. Die Computer bremsten oder beschleunigten, damit die Fahrzeuge sicher vor oder nacheinander die Kreuzung überquerten. Einige ältere Menschen schauten dabei immer noch angestrengt auf den Boden oder auf ihre Tablets, um ihren Puls nicht ansteigen zu lassen beim Anblick der abenteuerlich wirkenden Kreuzungsmanöver.

Staus gab es kaum noch. Höchstens wenn einmal ein Fahrzeug liegen blieb. Auch Unfälle waren seither praktisch ausgeschlossen. Die Bordcomputer steuerten die Verkehrsflüsse je nach Aufkommen und Kapazität. So konnte man schon mal im Nebel mit hundertsechzig Sachen mit nur drei Meter Abstand zum vorderen Wagen zu seinem Ziel düsen. Man musste nur der Technik vertrauen.

Selbstverständlich hatte der Staat dadurch eine lukrative Einnahmequelle gefunden. Je schneller man am Ziel sein wollte, desto höher fiel die Gebühr für das Benutzen des Systems aus.

Ein paar Jahre später war auch das überholt gewesen. Die Technologie war nun so weit fortgeschritten, dass man auf keiner Strecke mehr selber fahren musste. Nun gab es sogar Gebiete, in denen man sich zwingend fahren lassen musste. Dabei war der gesamte Warenverkehr mittlerweile auch mit autonom fahrenden Lastwagen geregelt. In den Trucks saß kein Mensch mehr, und so spielte es auch keine Rolle, wenn die summenden Ungetüme nachts unterwegs waren. Zu einem guten Teil wurden die Lastwagen auch nicht mehr von Menschen be- und entladen, so dass kaum jemand deswegen Nachtschichten schieben musste.

*****

Jacko war tief in Gedanken über all die Veränderungen der letzten Jahre versunken und tauchte nun auf einmal wieder in die Gegenwart auf – auf die Terrasse vor seiner Hütte

„Ich hol mir noch einen Kaffee", bemerkte er und stand abrupt auf.

„Für mich nicht, mein Magen rumpelt immer noch", erwiderte Lorena und massierte in Gedanken sanft ihren Bauch.

Bald kam Jacko aus der Küche zurück mit einem Kaffee und einer großen Tasse Kräutertee. Lorena schnupperte daran und schaute Jacko fragend an. Der nickte nur auffordernd, setzte sich ins Lee hinter Lorena, damit der Rauch seiner Zigarillo ins Tal abziehen konnte, ohne dass sie auch nur einen Hauch davon riechen würde. Genussvoll zog er den Rauch tief in seine Lungen.

Lorena nippte vorsichtig am Tee, und ihre Miene verriet, dass sie positiv überrascht war.

„Ja, es hat sich in der Zeit seit meiner Jugend unglaublich vieles verändert", meinte Jacko mit abwesendem Blick. „Das kann ich manchmal kaum glauben! Weißt du, deine Ur-Urgroßmutter ist als Kind von der Lehrerin ans Fenster gerufen worden, weil ein Auto vorbeifuhr. Sie wurde 1901 geboren, und mit achtundsechzig Jahren erlebte sie die erste Mondlandung! Kannst du dir das vorstellen? Als die Mondlandung stattfand, war ich in der ersten Klasse und durfte fernsehen so viel ich wollte!" Jackos Augen leuchteten. Er liebte diese fulminanten Innovationen. Sie entsprachen seinem inneren Drang nach Entwicklung.

„Früher sind also alle mit solch stinkenden Kutschen, wie du eine hast, unterwegs gewesen?", meinte Lorena interessiert.

Doch bevor Jacko wieder in seinen Erinnerungen schwelgen konnte, meldete sich Polly. „Emed Lieferung in sechs Minuten", schwebte in rosa Schrift über dem Tisch, und dazu erklang alle paar Sekunden ein Gong. „O.k. – angenommen!", wies Jacko Polly an, und der Schriftzug wechselte kurz zu einem „DANKE, dass Sie Emed vertrauen" und verschwand.

Jackos Blick suchte den Himmel ab. Pit hatte sich verzogen – schließlich hatte er ihn programmiert, sich nicht entdecken zu lassen.

Das Rezept, welches von Onkel Emed Doc ausgestellt wurde, war über Nacht, genau auf Lorenas Stoffwechsel und ihre anderen Gesundheitsparameter abgestimmt, in Kapseln gemischt worden.

Ausgeliefert wurden seit Jahren die meisten der Pakete mittels Post-Drohnen. Auch die Postboten wichen der digitalen Konkurrenz. Die meisten zumindest, denn bei schlechtem Wetter musste man sein Paket selber abholen oder es mit einem selbstfahrenden Taxi bringen lassen. Wenn einem das den Preis wert war. Und für solche Situationen waren immer noch Menschen am Werk, eine bessere Lösung zu finden. Nicht dass Algorithmen und Roboter das nicht gekonnt hätten, aber es war schlicht zu teuer, für Ausnahmen solche Systeme zu programmieren. Da waren Menschen eben doch konkurrenzfähiger. Die musste man nicht programmieren, wenigstens die meisten nicht.

Auch Menschen mit chronischen Erkrankungen wurden vor allem von Menschen beliefert. Pflegerinnen – es waren immer noch meist Frauen, die einen solchen Beruf erlernten – füllten die Arm- oder Brustcontainer mit dem Cocktail auf. Diese Menschen hatten unter der Haut eine Art Membrane, in welche die Dosis für einen Monat oder länger gespritzt wurde. Von dort floss die Medizin in einen Container, und eine Pumpe dosierte nach Anweisung oder auch nach den laufenden Messwerten die richtigen Medikamente und konnte auch bei einem Notfall, beispielsweise einem Herzinfarkt, einen Rettungseinsatz organisieren und erste Notfallmedikationen vornehmen. Das Einzige war, dass man so eine Pumpe nachts via Induktion durch den Körper hindurch aufladen musste. Dazu mussten die Kranken nur alle paar Tage mit einem Brustgurt oder einer Manschette schlafen. Vergaßen sie das Aufladen, piepste das Ding in ihnen drin wie wild, und wenn sie darauf nicht reagierten oder der Bewegungsmelder atypische Muster aufzeichnete, konnten sie sicher sein, dass Minuten später eine Transportdrohne mit einer Ärztin auftauchen würde.

Auch das war noch eine Tätigkeit, bei der Menschen die Leitung hatten, wenn auch von zig intelligenten Systemen unterstützt. Inzwischen saßen die meisten Chirurgen zuhause in ihrem Büro und arbeiteten von dort aus. Seit der erste Chirurgie-Roboter eine Bypass Operation am schlagenden Herzen ausgeführt hatte, bei welcher der Chirurg mit einer Datenbrille vor den Augen wie ein Dirigent in der Luft herumstrich, um

die vergrößerten, völlig still stehenden Gefäße zu vernähen – der Robo-
terarm führte die Instrumente parallel zum Herzschlag und sendete ein
stark vergrößertes Bild zum Chirurgen, das diesem ein stehendes Herz
in Größe eines Medizinballs zeigte –, hatte sich diese Art von Chirurgie
für die allermeisten Wahleingriffe durchgesetzt. Alles was es brauchte
war Hilfspersonal und ein Ingenieur vor Ort, eine stabile und schnelle
Datenleitung – et voilà, der Arzt konnte sich auf dem Globus aufhalten
wo immer er wollte.

Jacko blickte auf Pollys Anzeige der Uhrzeit. Die Drohne hatte wohl
einen Umweg fliegen müssen. Seit Anfang der Zweitausender-Jahre
Spielzeug-Drohnen öfters einmal gefährliche Situationen im Flugverkehr
verursacht hatten, war der Verkehr in der Luft angestiegen wie einst auf
den Straßen. Nur war das in knapp fünf Jahren geschehen. Der Himmel
wurde in Straßen und Ebenen aufgeteilt. Schon nur des Lärms wegen
mussten die Personen-Drohnen höher und durften nur zum Landen über
Häuser fliegen. Diese Erlaubnis holten zwar die Systeme selber bei der
Luftüberwachung ein, aber es war trotzdem lästig und führte zu Ver-
spätungen.

Am Flughafen Zürich hatte man zwei ganze Parkhäuser, die überflüssig geworden waren, umgebaut. Es parkte ja kaum noch jemand am
Flughafen. Beim einen lieferten die autonomen Autos die Passagiere an
und holten Heimkehrer ab; das andere war ein zwölfstöckiges Drohnen-
deck, auf dem wie bei einem Flugzeugträger ständig Drohnen anflogen
und andere in weiten Kurven um die Anflugschneisen der Großraum-
Jets die Menschen in ihr Heim oder ins Büro flogen.

Jacko lächelte verschmitzt. Hatten doch seine Propeller dazu beigetragen, dass der Drohnenverkehr förmlich explodiert war. Aber das
wusste fast niemand, und das war auch gut so.

„Da kommt sie", rief Jacko in die Sonne blinzelnd. Er stellte den Tisch
zur Seite und wies Polly an, auf die Terrasse das Landedreieck zu proji-
zieren. Polly blinkte und piepste in Richtung der Drohne, um sie in die
Landung einzuweisen. Die Drohne brauchte zwei Anläufe, weil ihre Systeme nicht mit Pollys Angaben einverstanden waren. Pollys Tage waren

gezählt. Wenn die Systeme der Drohnen den nächsten Entwicklungsschritt machen würden, würden Pollys Sensoren und Software nicht mehr mithalten können.

Jacko presste seinen Daumen an den Transportcontainer, quittierte damit die Lieferung und nahm die Plastikflasche aus dem Staufach. Er drehte die Flasche auf den Kopf und runzelte zuerst die Stirn. Gleich darauf ging er mit wieder zufriedenem Ausdruck auf Lorena zu. Er hatte schon befürchtet, die Kapseln seien in einer Plastikflasche geliefert worden – und dass an eine angehende Doktorin der Meere –, aber die Flasche war zum Glück aus Maisstärke und würde auf seinem Kompost zu Erde werden, wie alle anderen Verpackungen und Lebensmittelbehälter.

Die Drohne verzog sich mit einem Schnurren hinter den Bergkamm, und Lorena hielt ihr Smartphone gegen die Ampulle. Das Smartphone, das vollständig aus Glas zu bestehen schien und einem Schminkspiegel der alten Tage glich, erwachte zum Leben, und ein gebräunter, gutaussehender Arzt mit weißem Kittel, das Stethoskop lässig über den Nacken gelegt, erklärte Lorena, was in den Kapseln sei und wie sie diese einnehmen solle.

Lorena grinste breit und hielt das Display mit dem Sunnyboy ganz nahe an sich. Jackos Augen weiteten sich, als Lorena den Ausschnitt ihres Fleecepullis etwas runterzog, um dem Wicht auf dem Display den Ansatz ihres Busens zu zeigen. Nun stand Jacko der Mund offen. Was um alles in der Welt... Er wusste nicht, ob er sich auf die Projektion des Arztes auf dem Smartphone konzentrieren sollte oder auf den Ansatz eines Tattoos, das er am Stoffrand auf Lorenas Busen zu erkennen glaubte.

Der braungebrannte Wicht verschwand mit einem Bling vom Display, und Lorena prustete los, als sie in Jackos Gesicht blickte. Sie konnte kaum Atem holen und lachte lauthals. Es klang wie eine Schreitherapie, und Tränen liefen ihr über das Gesicht.

„Ich wollte nur sehen, ob die Dinger wirklich interaktiv sind, wie sie behaupten, oder einfach ihren Text vortragen," meinte sie immer noch glucksend. „Aber wie wir gesehen haben, reagiert das Ding nur auf Sprache!"

„O.k.", meinte Jacko immer noch verdattert, nun aber mit einem breiten Grinsen. „Und habe ich gesehen, was ich zu sehen geglaubt habe, oder täusche ich mich?"

„Meinst du das Tattoo?", fragte Lorena schelmisch und wischte sich die letzten Tränen aus den Augenwinkeln. „Ja, das wirst du nicht zu sehen bekommen, mein lieber Großvater. Wir wollen doch dein Herz schonen."

„Wann hast du damit angefangen oder besser gesagt, wie viele hast du denn und ... hm ...wo noch?", fragte Jacko wieder verdattert und realisierte im selben Augenblick, dass ihn das in der Tat nichts anging. Er winkte beschwichtigend mit den Armen.

Lorena schluckte zwei Kapseln mit dem Rest des Kräutertees und kicherte vergnügt: „Als ich mir mein erstes hab machen lassen, ging ich noch zur Schule. Natürlich ging das nur von so einem Tattoo-Automaten. Die Kiste hat nicht geschnallt, dass der Ausweis, den ich vorlegte, von einer Freundin war, und so wurden mir zwei springende Delphine auf mein Kreuz gestochen." Lorena drehte sich um und zog frech den riesigen Fleece Pulli, den sie immer noch trug, hoch und streckte Jacko ihren Hintern hin. Und in der Tat sprangen über den engen, schwarzen Boxershorts zwei Delphine wie aus der schwarzen See sich überschlagend in den samtbräunlichen Himmel von Lorenas Kreuz. Es war ein wunderschönes, zierliches Tattoo in Grautönen und sah aus wie in Silber gestochen. Es war glasklar und filigran in den Linien. Obwohl es – Jacko zählte mit den Fingern – ja, es musste auch schon über fünfzehn Jahre alt sein.

„Ich war fünfzehn," schien Lorena zu erraten, zog den Pulli wieder zurecht und hüpfte zurück in den Sessel. Sie schien beschwingt, fröhlich. Jacko schaute sie an und fühlte das warme Gefühl in seiner Brust. Auch er war ganz beschwingt.

„Lass uns Frieden machen mit der Vergangenheit", schlug er zaghaft vor, stand vor Lorena und fasste sie an den Händen. Sie nickte nachdenklich. Sie hatte keinen Frieden zu machen, dachte sie bei sich. Derjenige, der in der Vergangenheit lebte und sich in Dingen und Ereignissen suhlte, die nicht zu ändern waren, war doch Jacko.

„Das liegt wohl eher bei dir", meinte Lorena.

„Du hast ja recht. Ich gebe zu, es tut mir sehr gut, dass du hier bist. Du weckst zwar weiß nicht was alles für Erinnerungen in mir, aber es tut mir gut. Auch dein Ärger gestern Abend tat mir gut."

Lorena nickte nur, und Jacko war sich nicht sicher, ob seine Worte nun angekommen waren oder nicht.

„Schwamm drüber – ich werde mir Mühe geben, und falls ich wieder im Jammertal verweile, dann haust du mir einfach auf die Finger. So wie man das früher in der Schule gemacht hat," meinte Jacko nach einer Weile.

„Wie – was hat man in der Schule gemacht?", fragte Lorena verdutzt.

„Na ja, zu meiner Zeit kam es kaum mehr vor. Nur noch ganz selten. Ich habe zwar ein paar Kopfnüsse von Lehrern erhalten, aber deine Urgroßeltern erlebten da noch andere Sitten. Es war ganz normal, auch mal eine Ohrfeige zu erhalten oder mit dem Lineal auf die flachen Hände geschlagen zu werden", erwiderte Jacko.

„Da wären die Lehrer in meiner Schule gleich in den Knast gewandert", rief Lorena erstaunt aus. „Ist ja unglaublich! – Was ist denn da sonst noch alles passiert?", fragte sie weiter.

„Das Schulsystem hat sich in den letzten Jahren radikal geändert", begann Jacko zu erzählen.

„Nachdem Pestalozzi vor über zweihundertfünfzig Jahren die Pädagogik revolutioniert und begonnen hatte, die Kinder zu entwickeln und zu fördern, statt mit Gewalt zu formen, hatte die Schule einen Schritt aus dem Mittelalter geschafft. Trotzdem war Schule noch in meiner Jugend fast nur dazu da, gute Bürger und fähige Mitarbeiter zu produzieren. Mädchen würden ja sowieso einmal heiraten und nur den Haushalt führen, fand man. Und obwohl die Pädagogik viele Fortschritte machte und

Kinder endlich wahrgenommen und in ihren Talenten und ihrer Einzig-
artigkeit erkannt wurden, wuchs der Druck so stark an, dass vor zwanzig
Jahren in manchen Kantonen fast fünfzig Prozent der Kinder heilpäda-
gogische Unterstützung bekamen und in zu vielen Fällen auch mit Me-
dikamenten behandelt wurden, um die erwartete Leistung und das erwartete Verhalten zu erfüllen", berichtete Jacko kopfschüttelnd und begann, weit auszuholen.

„Das Schulsystem war seit jeher ein Politikum, eigentlich ein gutes
Zeichen. Geht es doch um das Kostbarste einer Gesellschaft – um ihre
Kinder. Jedoch meinte jeder, Experte auf dem Gebiet zu sein – war er
oder sie ja selber zur Schule gegangen und wusste, was richtig war. Dazu
kam, dass die Lehrer selber, je nach politischer Couleur, völlig andere
Ansätze verfolgten. Gepaart mit der Hoheit der Kantone über ihr eigenes Schulsystem kamen Reformen nicht wirklich vom Fleck.

Doch dann kam die Wende", sagte er in freudigem Ton.

„Endlich schafften wir es, das System zu harmonisieren. Kinder, die
mit ihren Eltern zwanzig Kilometer umzogen, hatten nun nicht mehr
einen anderen Lehrplan und die Bildungschancen waren nicht mehr ab-
hängig davon, wo man wohnte. Die Schweiz hatte schon vorher ein vor-
bildliches Bildungs- und Weiterbildungssystem. Sogar die Amerikaner
wollten wissen, wie wir es hinkriegten, einen solch hohen Standard zu
erreichen, und studierten das duale System, mit dem man entweder über
die Universität oder den Berufsweg mit Fachhochschulen zum selben
Resultat gelangen konnte.

Was nun folgte, war aber radikal. Wieder aus dem jungen Lager kam
eine Initiative, nach der alle Kinder Bildungsgutschriften erhalten sollten. Das staatliche Schulsystem wurde liberalisiert, und die Eltern konnten für die Bons die Kinder in eine staatliche Schule schicken, wenn sie
mit den Rahmenbedingungen und den Lehrern einverstanden waren,
oder sich eine Privatschule aussuchen mit zum Beispiel einer humanisti-
schen Ausrichtung im Gymnasium, wenn sie überzeugt waren, dies wäre
besser für ihr Kind.

Davon hast du ja auch profitiert", meinte Jacko und erinnerte sich an eine Situation die sich als Anschauungsbeispiel gut eignete: „Eines Tages kam Rebekka, das Kind meiner Nachbarn, völlig aufgelöst mit einer Mathe-Arbeit nachhause. Sie hatte eine Aufgabe anders gelöst als sie es gelernt hatte. Sie konnte sich nicht mehr an die Formel erinnern und hatte einen anderen Lösungsweg gefunden, den sie aufzeichnete. Die Lösung war richtig und sogar einfacher. Genial für ein zwölfjähriges Kind. Trotzdem erhielt sie keinen Punkt, weil sie nicht die vorgegebene Formel benutzte. Das zeigt die unsägliche Dummheit, zu der die Kinder erzogen werden sollten: Erwartungen erfüllen, vorgegebene Wege beschreiten, nicht selber denken und viel leisten. Das war es, was offenbar die Gesellschaft und die Wirtschaft wollten. Damals wenigstens." Seine Stimme klang empört, und er fuhr weiter:

„Die Initiative wurde jedenfalls umgesetzt. Du kannst dir den Aufschrei der Empörung nicht vorstellen, der durch die Reihen der Lehrer und Politiker ging! Nachdem man vor Jahren den Beamtenstatus mit Besitzstandgarantie – stell dir das vor – verloren hatte, musste man sich nun auch noch dem Markt stellen. Angebot und Nachfrage, Qualität und ‚Kundenbedürfnisse'! Aber es gab kein Wenn und Aber. Das System wurde eingeführt, und nach kaum zwei Jahren wurde ein Drittel der staatlichen Schulen durch private ersetzt. Die Gesellschaft kam das eher billiger zu stehen, und wenn jemand auf eine ganz exklusive Schule wollte, ja – dann musste er eben die Differenz bezahlen. Das war immer noch mehr Eltern möglich als vorher, als Qualität und echtes Eingehen auf die Kinder nur den Reichen vorbehalten war. Die ewiggestrigen Bedenken, wenn Leistungsdruck und Selektion nicht mehr genügend vorhanden wären, würden Kinder nichts lernen und nicht überlebensfähig werden, haben sich nicht bewahrheitet. Im Gegenteil, als die ersten dieser Jahrgänge aus der Schule an die Unis kamen, waren mehr Genies am Start als je zuvor.

Das entsprach ganz der Untersuchung, die ein paar Jahre vorher Furore gemacht hatte und zeigte, dass neunzig Prozent der Kinder in der ersten Klasse hochbegabt sind. Nach neun Jahren aber nur noch fünf Prozent.

Nun endlich ist es gelangen, den Enthusiasmus und die Freude am Lernen zu erhalten. Pestalozzi hätte sicherlich Saltos im Grab gedreht vor Freude."

Nach einer Pause sinnierte Jacko nachdenklich: „Heute stellt sich mit den vielen Jobs, die durch Automatisierung und Digitalisierung weggefallen sind, eine ganz andere Herausforderung. Weißt du, die Menschen sind seit der Industrialisierung und dem Bemühen der Armut zu entrinnen bis heute darauf konditioniert worden, gute Bürger zu sein und im Leben viel zu leisten – das sind bis heute die Grundaufgaben der Erziehung und der Schule. Nun, da wir unsere ‚Sklaven‘, die Roboter, haben, und die großen Bedrohungen, wie Krieg, Krankheit und Hunger, weggefallen sind, hätten wir eigentlich die Chance, den Sinn und die Inhalte unseres Lebens frei zu gestalten. Aber so weit sind wir noch nicht. Noch schauen die meisten verwundert auf die offene Käfigtür und ziehen es vor, nicht rauszugehen in ein neues, unbekanntes Leben.

Aber das ist eine andere Geschichte", meinte Jacko und wandte sich wieder Lorena zu. „Ein Glück, dass es heute auch Betreuungsgutschriften gibt. Wenn du arbeiten und Karriere machen möchtest, wäre das Kind kein Hinderungsgrund. Du könntest auch reduziert arbeiten und dich um das Kind kümmern. Selbst wenn der Vater nichts bezahlen würde. Es würde ausreichen. Und für die Extras wäre ich auch noch da."

Er sah Lorenas Miene an, dass er mit dieser letzten Bemerkung erneut zu weit gegangen war. Er biss sich auf die Lippen. Schon wieder hatte er gemeint, er müsste alles regeln und gleich Lösungen präsentieren.

„Ich – ehm... bitte, entschuldige –, der Enthusiasmus ist wieder mit mir durchgegangen. Natürlich will ich dir nichts vorschreiben. Im Gegenteil – ich möchte dich einfach unterstützen", setzte er versöhnlich hinzu.

„Es wird nichts besser in deiner Vergangenheit, wenn ich mein Kind behalte," erwiderte Lorena schnippisch.

„Das meine ich gar nicht – ich glaube, ich freue mich einfach für dich. Für uns. Schließlich würde ich Urgroßvater!", stellte Jacko grinsend fest.

Lorena lächelte und schüttelte den Kopf. Ihr Großvater war solch ein Kindskopf, aber eigentlich gefiel ihr das am besten an ihm.

„Lass uns nach Interlaken fahren und was Feines zum Essen einkaufen. Ich habe nur noch gefrorenen Food, da ich ja nicht wusste, was du gerne isst", wechselte Jacko das Thema. Ein Ausflug wäre wahrscheinlich jetzt das Richtige." Er hatte genug geredet.

Lorena nickte dankbar und ging ins Haus, um sich für den Einkauf bereit zu machen.

ACHT

Jacko steuerte seinen Jeep vor den Supermarkt. Kaum waren er und Lorena ausgestiegen, fuhr der Wagen selbständig auf einen Parkplatz. Die neue Technik hatte er sich in die alte Karre einbauen lassen müssen, um die Betriebsbewilligung behalten zu können. Er schwang den leeren Rucksack auf seine Schultern und legte seinen freien Arm um Lorenas Schultern. „Lass uns ganz viele leckere Sachen einkaufen! – Schwangere sollen ja besondere Gelüste haben", schlug er lachend vor, und sie lächelte zum ersten Mal beim Thema Schwangerschaft.

Jacko wusste, dass er ganz vorsichtig sein musste. Keinesfalls wollte er Druck ausüben, selbst wenn für Ihn feststand, dass Lorena das Kind unbedingt behalten sollte. Er würde sich Schritt für Schritt vortasten. Herausfinden, woraus denn ihre Ängste bestanden und ob er nicht etwas tun könnte, um die Situation zu verbessern. O.k. – er wurde Siebzig. Er könnte nicht ein Kind großziehen, aber dabei zu helfen, das konnte er sich schon vorstellen. Sicher waren seine Überlegungen nicht frei von Eigennutz. Er hatte sich nie um Lorena gekümmert. Er hätte mehr tun können – wenigstens ein wenig präsent sein können.

Lorena nickte fröhlich und ließ sich an Jackos Arm in den Laden begleiten. Jacko lächelte glücklich, und als er die hochgezogenen Augenbrauen einer Kundin sah, wurde ihm klar, dass da gerade vermutet wurde, ein weiterer alter Sack habe sich eine junge Freundin angelacht. Sie sei wohl nur wegen der Kohle mit ihm zusammen, das arme Ding, meinte er im Gesichtsausdruck der Frau lesen zu können. Als sie seinen Blick auffing und sich wieder der Pasta widmete, lachte er herzhaft los.

„Lachst du mich aus?", wollte Lorna wissen. Sie hatte sehr wohl mitbekommen, womit Jacko kokettierte.

„Niemals!", behauptete Jacko, stellte sich vor Lorena und schaute ihr in die Augen. „Das würde ich niemals tun!"

Chapeau, dachte sich Lorena. Die Antwort kam schnell und klar, das war ehrlich gemeint.

Die beiden schlenderten durch den Laden und packten alles, worauf sie Lust hatten, in den Wagen. Von frischem Gemüse aus Afrika zu lokalem Obst, Filetstücken vom Rind und Thunfisch, Eiscreme und anderen Süßigkeiten bis zu ein paar Flaschen Malbec, den Jacko sehr mochte.

In den Regalstraßen wuselten die Roboter, füllten die Gestelle auf oder karrten die von Kunden gewünschten Artikel heran, wenn sie diese nicht selber finden konnten. Die Roboter hier sahen aus wie junge Hostessen. Offenbar waren die Inhaber immer noch der Meinung, solche Arbeiten müssten von weiblichen Wesen erledigt werden. In anderen Geschäften war man pragmatischer. Man versuchte gar nicht erst, den Robotern ein menschliches Aussehen zu geben. Das waren dann schlichte Kunststoffkästen auf Rädern mit Kameras und Greifarmen. Wären nicht auch noch Menschen als Kunden im Laden gewesen, hätte das Ganze eher an eine Geisterstadt als an ein Geschäft erinnert. Außer einem stattlichen, rundlichen Mann asiatischer Abstammung ganz hinten beim Spezialitätenladen, der spezielle Produkte aus Italien anpries und auch einen Käse aus einem süditalienischen Kaff innerhalb eines Tages besorgen konnte, gab es keine sichtbaren menschlichen Angestellten. Hinter den Kulissen kümmerten sich zwei Techniker um die IT-Systeme, die Logistik und die Sicherheit. Viel gab es da nicht zu tun, wenn alles rund lief. Die Waren wurden von den autonom fahrenden E-Lastwagen angeliefert, von den Robotern kontrolliert und ins Lager verstaut − immer schön nach Ablaufdatum und Lagervorschriften. Das passierte jeweils nachts − Maschinen mussten nicht schlafen, und am Tag konnten sie problemlos auch die Regale auffüllen. Die Robis hier konnte man sogar fragen: „Wo finde ich bitte das Salz?" Und siehe da, die freundliche „Hostess" zwinkerte mit den Kameraaugen und rollte neben einem her bis zum Regal mit dem Salz.

Jacko blieb am Ausgang vor dem Checkpoint stehen und schaute in die Kamera. Der Betrag wurde ihm angezeigt, und er sagte „genehmigt" zum Bildschirm. Darauf erschien ein grünes OK! und die beiden verließen den Supermarkt. Der Betrag würde automatisch auf Jackos Konto verbucht, und zur Identifikation reichte das Bild seines Augenhintergrunds. Früher hatte man noch umständlich ein Kärtchen in einen Kasten stecken und einen Code eintippen müssen. Die Kärtchen waren zwar noch in Betrieb für kleinere Geschäfte, aber Bargeld hatte Jacko seit Jahren nicht mehr in den Händen gehalten. Lorena kannte Münzen nur noch aus dem Museum.

Jacko kramte Polly hervor, und der Jeep tauchte kurze Zeit später vor dem Eingang auf. Er machte sich gar nicht die Mühe zu versuchen, alle Einkäufe in den Rucksack zu packen, sondern stopfte nur den Wein und die anderen Getränke rein.

„Da haben wir wohl für eine ganze Armee eingekauft! Du kannst drei Monate bleiben", lachte Jacko. Lorena nickte schmunzelnd und half mit, die restlichen Einkäufe in die Taschen, die er aus dem Kofferraum zauberte, zu packen.

„Wir werden die Sachen in meiner Garage unterstellen, und dann essen wir auf dem Harder zu Mittag – dem Aussichtsberg da drüben", sagte Jacko und schwang sich hinters Steuer.

„Wie? Du willst alles einfach im Jeep lassen?", fragte Lorena.

„Nein, ich habe hier noch eine Garage, die ich auch als Lager benutze. Da hat es sogar einen großen Kühlschrank, so dass unsere Sachen frisch bleiben", erklärte Jacko und dirigierte den Jeep in den Verkehrsstrom. Hier gab es einen Leitstreifen, und Jacko befahl dem Bordcomputer „zur Garage" und wandte sich zu Lorena.

„Alles gut bei dir?", fragte er besorgt. Lorena nickte und blickte aus dem Fenster auf die belebten Einkaufsstraßen mit ihren Boutiquen und Uhrengeschäften. Daran hatte sich in den letzten dreißig Jahren nicht viel geändert. Interlaken war immer noch ein Magnet für Touristen aus aller Welt und man sah mehr Inder, Araber, Chinesen und Japaner auf den Straßen als Einheimische. Diese lebten gut davon, sich das Image des Bergdorfs erhalten zu haben. Die kleinen Geschäfte und Boutiquen waren noch fast wie vor fünfzig Jahre. Man wurde von Menschen bedient, und das mochten die Besucher.

Anders war es in fast allen anderen Geschäften. Die Digitalisierung hatte die Industrieländer förmlich überrollt, und in vielen Bereichen waren achtzig bis neunzig Prozent der Jobs den Robotern und intelligenten Systemen zum Opfer gefallen. Das Ausmaß war vergleichbar mit der Mechanisierung in der Landwirtschaft nach dem Zweiten Weltkriegt. Auf Höfen, wo zwanzig bis dreißig Angestellte, Knechte, Mägde, Karrer, Melker, tätig gewesen waren, gab es nach wenigen Jahren nur noch den Bauern, seine Frau, die Kinder und – Traktoren, Drescher, Melk- und andere Maschinen. Die Mechanisierung nahm nur wenige Jahre in Anspruch, und dann war der Bereich, in dem siebzig Prozent der Menschen ihr Auskommen gehabt hatten, auf ein Minimum beschränkt. Zum Glück erlebte die Industrie gleichzeitig einen Aufschwung, so dass die meisten in Fabriken Arbeit fanden.

Nicht so im Wandel, der sich ab 2020 rasant bemerkbar gemacht hatte. Die Arbeitslosigkeit war enorm gestiegen, und eine der größten Wirtschaftskrisen schien damals unabwendbar. Was 2018 noch als Utopie gegolten hatte und in einer Abstimmung verworfen worden war, war nun Realität geworden. Die Arbeit, die Produktivität von Maschinen wurde ebenso besteuert wie früher das Einkommen. Der ganze Megaapparat an Behörden – von Altersvorsorge über Sozialdienste zu Arbeitslosenkassen und was es noch alles gegeben hatte – konnte fast vollständig aufgelöst worden. Alleine die Verwaltung hatte in der Vergangenheit beinahe ein Viertel der Mittel gefressen. Nun gab es für jeden und jede ein erwerbsunabhängiges Einkommen, das UEK, das einen beachtlichen Lebensstandard sicherte und dadurch eine veritable Krise, ja vielleicht sogar soziale Unruhen oder einen Krieg verhindert hatte.

Was hatte das für eine Hysterie ausgelöst! Kein Mensch würde mehr arbeiten, alles würde vor die Hunde gehen, die Leute würden sich nur noch betrinken und fernsehen, war von links bis rechts befürchtet worden. Aus heutiger Sicht war das zu verstehen. Diese Epoche wurde heute als das Postpreußische Zeitalter bezeichnet. Vom achtzehnten bis anfangs des einundzwanzigsten Jahrhunderts wurden Generationen dazu konditioniert, gute Bürger zu werden und den Sinn ihres Daseins in der Arbeit zu finden. Der alleinige Sieger, der Kapitalismus, tat dann den Rest. Haste was, biste was, hieß die gängige Doktrin. Noch in den Zweitausender Jahren überschlugen sich die Ratgeber mit immer neuen Konzepten, das menschliche Leben effizienter und erfolgreicher zu machen. Mit dem Aufkommen der digitalen Assistenten, der „wearables" war man nur in, wenn man sein Leben optimierte. Getreu dem preußisch kapitalistischen Dogma: Man muss Karriere machen, sich viel anschaffen und am besten vor dem hohen Alter am Arbeitsplatz mit einem Herzinfarkt das finale Zeichen für uneingeschränktes Commitment setzen. Dass das Leben einen anderen Sinn haben könnte, sprengte den Horizont der Heerscharen von Maslowschen Hunden bei weitem. Wie immer in der Geschichte war es die junge Generation, die damals neue Lebenskonzepte vorleben konnte.

Man bekam das UEK ja nicht ganz umsonst. Eine minimale Anzahl von Punkten mussten gesammelt werden, um keine Kürzungen oder gar einen Wegfall zu riskieren. Die Punkte gabs für gemeinnützige Arbeit, für ein Studium, für Kinderbetreuung, Kunstprojekte oder Studien zur persönlichen Entwicklung. Kunst und Kultur erlebten einen unglaublichen Aufschwung. Die Menschen schienen glücklicher ohne Leistungsdruck. Jedenfalls sanken Gewalt und Kriminalität drastisch. In den noch vorhandenen Jobs waren nun Menschen an der Arbeit, weil sie es gern taten, weil sie einen Sinn darin sahen und nicht nur, weil sie sich dadurch Reisen und Luxus leisten konnten. Firmen mit mühseligen Jobs oder schlechtem Arbeitsklima mussten Spitzenlöhne zahlen oder endlich die Arbeit attraktiver machen, um überhaupt noch Leute zu finden, welche Dinge taten, die selbst intelligente Systeme immer noch nicht konnten.

Jacko hing diesen Gedanken nach, und sein Blick war in die Ferne gerichtet, während sie gemächlich durch das Dorf fuhren. Lorena blickte ihn von der Seite an. Was mochte in ihm vorgehen? dachte sie bei sich.

Jacko bemerkte die Blicke, sagte aber nichts. Da hielt der Jeep auch schon vor einem großen Tor. Das Gebäude war etwas außerhalb und sah eher wie ein Schuppen als eine Garage aus. Warum Jacko es Garage nannte, merkte Lorena, als das Tor sich summend öffnete.

In gleißend hellem Licht standen da in einer Reihe: ein Tesla der neusten Generation, eine Harley-Davidson mit Speichenrädern und eine BMW GS1150, ein schweres Touren-Geländemotorrad, das offenbar mit allem ausgerüstet schien, um morgen mit dem Fahrer die Wüste zu durchqueren.

Jacko sprang schnell zu einer Art Terminal und blickte in eine Kamera.

„Entschuldige, ich habe jeweils nur zwanzig Sekunden, bevor der Alarm losgeht", brummte er.

„Was um alles in der Welt...?", staunte Lorena und ließ ihren Blick durch den Raum schweifen.

An der linken Seite hingen an der Wand ordentlich Tauchanzüge in unterschiedlichen Ausstattungen neben Haken mit großen Rucksäcken für Fallschirme, die darüber ausgebreitet aufgehängt waren. Am Boden waren Tauchtanks und sonstige Tauchausrüstung aufgereiht.

„Gleitschirme", korrigierte Jacko, als würde er ihre Gedanken erraten. Er war daran, die Einkäufe aus dem Jeep in die Garage zu tragen. Er drückte seine Hand an eine Chromstahltüre, die sich schnaubend öffnete. Dahinter befand sich ein Kühlraum mit Regalen und Schränken. Der Raum war so groß, dass man locker zwei Autos hätte reinstellen können. Jacko stellte die Tüten auf den Boden und verließ den Raum schnell, solange Lorena sich noch im Vorraum umschaute. Er wollte nicht, dass sie sah, was sich im gesicherten Kühlraum sonst noch alles auf den Regalen stapelte, und er dann bei ihren Fragen in Verlegenheit geraten würde. All die Infusionen, Diagnoseapparate und anderes medizintechnisches Gerät, das er für sein großes Projekt angeschafft hatte, würde sie nur verängstigen. Wenn die Zeit dafür reif war, würde er ihr davon erzählen.

Sofort schloss sich die Türe wieder, und ein Klacken ließ Lorena vermuten, dass sich der Raum gleich wieder automatisch verriegelte.

Jacko stellte sich neben Lorena und folgte ihren Blicken, welche prüfend über die Harley strichen.

„Eine Harley-Davidson aus dem Jahr 1999", erklärte er. „Ja, das ist auch so ein Relikt, aber ich darf damit viertausend Kilometer pro Jahr fahren – mit Benzin"," lachte er.

„Stell dir vor, ich weiß, was eine Harley ist!" Lorena drehte sich um und schaute Jacko in die Augen. Harley-Davidson Motorräder gab es auch heute noch. Auch wenn diese modernen Dinger nichts mehr mit den ursprünglichen, dröhnenden und vibrierenden Dampfhämmern zu tun hatten und batteriegetrieben waren. Jacko hielt ihrem Blick für eine gefühlte Ewigkeit stand, bis er begriff, dass es nicht um die Harley ging, sondern um den anderen Teil seines Fuhrparks.

Der Tesla war das Neuste, was es auf dem Markt gab. Mit tausendsechshundert Kilometer Reichweite – außerhalb der Induktionsstreifen – autonom fahrend und sonst allem erdenklichen Schnickschnack. Die Harley war ein Andenken an Jackos Zeiten als junger Mann, als Motorräder und der damit verbundene Lebensstil ihm alles bedeutet hatten. Und die BMW daneben – die behielt er sich auf für sein großes Abenteuer. Davon würde er ihr später erzählen. Das Tauchen war einmal sein Beruf gewesen, und das Fliegen – das war einst seine Strategie gewesen, mit seinen Ängsten und der inneren Unruhe umzugehen.

Doch das war nicht das, was Lorena interessierte, merkte er, als er in ihre noch immer fragenden Augen blickte. Er seufzte und sagte entschuldigend, dass er immer noch nicht auf der Höhe sei und nicht merke, worum es den Frauen gehe, wenn sie ihn auf diese Weise anschauten. Das war sein ganzes Leben lang so gewesen, und Jacko hatte nie herausgefunden, warum er sich immer noch so schwertat, Frauen zu verstehen; sie waren einfach nicht zu durchschauen.

Nun, da er endlich begriffen hatte, was Lorena interessierte – nämlich, wie er sich das alles leisten konnte und nicht, was die Fahrzeuge konnten und wofür das andere Zeug zu gebrauchen war –, begann er es ihr zu erklären.

Es war 2016, als er, aus einer Schnapsidee heraus, die Inspiration gehabt hatte, eine neue Form eines Propellers zu entwickeln. Er war kein

Ingenieur, aber er hatte hinten auf einem Auto das neue Logosymbol einer französischen Automarke gesehen und intuitiv gewusst, dass dies ein Schlüssel war. Die Form des Logos mit den beiden verdreht stehenden Bumerangs inspirierten ihn. Er hatte sich ein Modellflugzeug bestellt mit drei Ersatzpropellern. An denen hatte er herumgebastelt, bis er eine Form gefunden hatte, welche wie zwei miteinander verbundene Bumerangs aussah. Er hatte die neuen Propellerformen am Modellflugzeug montiert und das Modell an eine Briefwaage eingehängt. Tatsächlich, der Zug, der Schub, der entstand, war dreißig Prozent höher als mit dem Originalpropeller oder, anders gesagt, der Energieverbrauch war mit seinen neuen Propellerformen um ein Viertel tiefer. Und − die Propeller waren auch fast um die Hälfte leiser. Schon nur, weil sie mit viel weniger Leistung fliegen mussten.

Er ließ seine Erfindung patentieren und verkaufte das Patent. Die neuen Eigentümer entwickelten dann auch neue Propeller, die den Treibstoffverbrauch bei den riesigen Containerschiffen massiv senkten. Er hatte nicht daran gedacht, dass dieses Prinzip auch bei Schiffschrauben funktionieren würden, und das Patent leider schon verkauft.

Jacko ließ die Details weg, er wollte nur erklären, wie er zu den Mitteln gekommen war, die es ihm erlaubten, seine Hobbys auszuleben. Als sie genauer hatte wissen wollen, wozu er den riesigen Kühlraum brauchte, war Jacko ausgewichen.

Was er verschwieg, war die Tatsache, dass er nicht einfach nur das Patent verkauft, sondern sich für zwanzig Jahre Tantiemen an der Nutzung ausbedungen hatte. Aus reiner Intuition und weil ein Freund, der Anwalt war, ihm dazu geraten hatte. Dass aus diesem einen Prozent aus den Verkäufen der Propeller pro Jahr ein dreistelliger Millionenbetrag werden würde, hätte er sich damals in seinen kühnsten Träumen nicht ausdenken können. Jacko hatte danach einen Fonds gegründet, mit dem weltweit Innovationen gefördert und − wie er es nannte − nachhaltige Entwicklungshilfe-Projekte unterstützt wurden. Nachhaltigkeit bedeutete für ihn nicht, in Soforthilfen zu investieren, sondern in Projekte, die einen bleibenden Fortschritt schaffen konnten.

Aber all das konnte er Lorena nicht erzählen. jkTrust war der dritt-
größte Fonds dieser Art weltweit, und kein Mensch wusste, wer dahin-
tersteckte. Nun, zumindest nicht mehr als eine Handvoll Menschen, denen Jacko vertraute. Alle anderen kannten ihn nur als Stimme, mit einem
Pseudonym, die an Besprechungen und Verhandlungen teilnahm, wenn
es nötig war. Meist wurden die Dinge aber von Jackos Vertrauten geregelt, und er war nur einmal pro Quartal dabei, um sich zu informieren,
wie die Projekte vorankamen oder wenn seine Meinung von Bedeutung
war. Mit einer Ausnahme: von seiner großzügigen Unterstützung für die
Neue Partei der Schweiz wussten nur er und seine Treuhänderin Magda.
Magda war vor einigen Jahren aus dem Job ausgestiegen als sie ein Kind
erwartete und eine Familie gründete aber eine enge Freundschaft zu
Jacko war entstanden und hatte sich all die Jahre erhalten.

„Jetzt, wo ich schon glaubte, dich ein wenig zu kennen, wirst du mir
gleich wieder unheimlich", meinte Lorena nachdenklich. Jacko runzelte
die Stirn: „Nur weil du nicht alles wusstest, und ich mir einiges leisten
kann, bin ich noch lange kein Mafioso", lachte er. Aber er ahnte, wenn
er ihre hochgezogenen Augenbrauen betrachtete, dass Lorena mehr als
einen Tesla und zwei Motorräder hinter der Propellergeschichte vermutete.

„Lass uns essen gehen", sagte er betont locker, aber Lorena blieb vor
der Harley stehen. Jacko deutete dies als willkommene Aufforderung,
ging zu einem der Schränke, öffnete ihn und summte: „Tataaataa..." Im
Schrank hingen Helme, und er zauberte ein knallrotes Motorrad Dress
hervor.

„Ich werde sicher nicht in den Anzug einer deiner Verflossenen steigen", brummte Lorena mit gespielter Empörung.

„Der gehört meiner Treuhänderin Magda", log Jacko, freute sich
aber, dass er richtig lag, mit welchem Gedanken Lorena spielte. Natürlich hatte sie recht. Das Kombi gehörte einer verflossenen Liebe, aber
das war lange her.

Jacko schob die Harley aus der Garage, während Lorena sich hinter dem Tesla aus den Kleider schälte und in das rote Lederding zwängte. Es passte ihr wie angegossen, und sie sah atemberaubend darin aus.

Drei Minuten später steckte Jacko in seiner schwarzen Lederkluft, und er spürte Lorena an seinem Rücken, als er den Startknopf drückte. Es klang wie das heisere Husten eines Drachens, den man aus seinem hundertjährigen Schlaf aufgeweckt hatte, als der Elektrostarter versuchte, dem alten Motor Leben einzuhauchen. Nach drei Versuchen erwachte der Motor. Fast wütend polterte er los, vibrierte unter ihnen, um danach, als Jacko ein paar Mal den Gasgriff sachte aufgedreht hatte, in ein rhythmisches Stampfen überzugehen.

Das war Abenteuer! Jacko sah es in Lorenas leuchtenden Augen, und er fühlte sich wie damals als junger Spund, als er mit dem Motorenlärm die Mädchen hinter sich dazu gebracht hatte, sich richtig festzuhalten und eng an ihn zu schmiegen.

„O.K.?", brüllte er, um den Krach zu übertönen. Heute mit all den summenden Elektromotoren klang eine Harley wie die Trompeten von Jericho. Als Lorena nickte und er spürte, dass sie sich festhielt, legte er los. Zuerst sanft, um dann mit einem Ruck die Muskeln der alten Maschine spielen zu lassen. Lorena kreischte vergnügt, und die beiden genossen die erstaunten und verwunderten Blicke der Passanten, als sie die Prachtstraße von Interlaken entlang cruisten in Richtung des Aussichtsbergs, auf dem sie zu Mittag essen wollten.

Nach nur zehn Minuten Fahrt lehnte Jacko die schwere Maschine auf den Seitenständer an der Talstation des Harder, dem Aussichtsberg von Interlaken.

NEUN

„Wenn du unbedingt möchtest, können wir nachher noch eine Runde um den See drehen", grinste Jacko und amüsierte sich darüber, wie Lorena die Finger in die Ohren steckte und darin rumbohrte, um wieder etwas zu hören.

„Unbedingt!", schrie sie, noch halb taub.

Die Zahnradbahn auf den Harder war über hundert Jahre alt, aber sie beförderte immer noch an jedem schönen Tag Massen von Ausflüglern auf den Berg. Von dort hatte man einen wundervollen Blick über den Thuner- und den Brienzersee und ins Tal. Auf der Terrasse des Bergrestaurants konnte man das atemberaubende Panorama genießen, etwas essen oder auch nur bei einem Bier seinen Blick in die Runde schweifen lassen. Jacko und Lorna waren früh dran und fanden einen Platz ganz vorne am Geländer, in der Spitze der Terrasse, wo der Berg nach beiden Seiten steil ins Tal abfiel. Lorena setzte sich, nachdem sie kurz nach unten gespäht hatte, lieber hinter den Tisch und ließ Jacko vorne sitzen.

„Höhenangst?", fragte Jacko, und Lorna gab zu: „Ein bisschen schon. Hab ich sogar, wenn ich von meiner Wohnung auf den Genfer See schaue."

Jacko betrachtete sie liebevoll und folgte ihrem Blick, der den Hängegleitern folgte, welche hinter ihm im Aufwind kreisten.

Er wusste, dass es ein schmaler Grat war. Er wollte ihr Mut machen für ihren Weg, aber sie mit seinen Ansichten und Ratschlägen nicht vergraulen. Vielleicht sollte er sie auf einen Tandemflug mitnehmen? Ihm hatte das Fliegen seit jeher viel innere Ruhe gegeben, ihm ermöglicht, oben in der Luft die Dinge mit Abstand zu betrachten, um danach gute Entscheidungen treffen zu können.

Er nahm sich gerade vor, sie nicht mehr zu sehr mit seinen Geschichten zu bedrängen, da sah er auf einmal einen Mann auf sich zukommen, der fröhlich mit den Händen fuchtelte, um auf sich aufmerksam zu machen. Jacko blinzelte in der Sonne. Tatsächlich, da kam Christian Locher angeschlendert, souverän und fröhlich wie immer. Jacko hatte dessen politische Arbeit in den letzten Jahren immer wieder auch finanziell über jkTrust unterstützt. Sie hatten sehr ähnliche Ansichten gehabt und oft bis in die Morgenstunden auf seiner Terrasse bei einem Glas Wein über Gott und die Welt philosophiert und darüber diskutiert, wie die Welt anders aussehen und die Gesellschaft besser funktionieren und wie man das alles in die Tat umsetzen könnte. Die beiden hatten einmal großes Vertrauen ineinander gehabt. Jetzt aber kam Chris ungelegen. Sehr sogar.

„Hallo, mein lieber Jacko", begrüßte ihn Christian breit grinsend. „Willst du mir nicht deine wunderschöne neue Freundin vorstellen? Du bist ja ein Hirsch – scheinst immer noch attraktiv genug für junge Frauen zu sein, alter Krieger! Wie machst du das nur?"

Jacko stand auf und gab seinem ehemaligen Freund förmlich die Hand. Dazu machte er ein Gesicht, wie wenn ihm die Serviertochter gerade mitgeteilt hätte, es gebe heute nichts zu essen.

„Hallo Chris, darf ich dir meine Enkelin Lorena vorstellen?", sagte er gefasst und fügte, sich augenzwinkernd an Lorena wendend, bei: „Stell mich nicht besser hin als ich bin!"

Lorena war ganz verwundert und versteifte sich leicht, als sie erkannte, wer da vor ihr stand. Chris nahm sofort ihre Hand, schüttelte sie erfreut und setzte sich ungefragt auf den freien Stuhl. Jacko runzelte die Stirn. Genau das hatte er befürchtet.

„Freut mich sehr!" – „Ich glaub, ich spinne... Sie sind doch Christian Locher? Entschuldigen Sie, ich bin gerade sehr überrascht, ich hätte nie gedacht, Sie hier zu sehen", meinte Lorena ein wenig glucksend.

„So – wo dann?", fragte Christian mit einem entwaffnenden Lächeln. Er lehnte sich zurück. Zog die Hosenbeine seiner beigen Leinenhose hoch, legte die Arme ausgestreckt auf die Armlehnen, gewohnt Aufmerksamkeit zu erregen und zu genießen, und blickte senkrecht in den Himmel. Dann knöpfte er noch einen Knopf seines schicken Hemds auf, wohl um auf seine gebräunte Brust aufmerksam zu machen, und bemerkte: „Was für ein göttlicher Tag – finden Sie nicht, Lorena?" Diese schien nun doch ein wenig alarmiert vom Dandygehabe und verdrehte die Augen in Jackos Richtung, begann aber trotzdem, mit Chris über das Wetter und den Frühling zu plaudern.

Jacko betrachtete die beiden schweigsam und war nun seinerseits alarmiert. Er kannte Chris nur zu gut.

Das Essen kam, und Christian und Lorena führten weiter ein angeregtes Gespräch. Nach den üblichen Höflichkeitsfloskeln hatten sie sich sofort auf das Thema Verhaltensforschung gestürzt. Es gefiel Jacko, dass Lorena nicht das kleine Mädchen vor dem bekannten Politiker mimte, sondern selbstbewusst diskutierte, Christian auch mal korrigierte, wenn sie der Meinung war, er habe etwas falsch verstanden, beispielsweise wenn es um das Sozialverhalten von Delphinen ging. Und ja – die beiden waren nach einer Minute per Du, und das goutierte Jacko nun wieder weniger. Er war sich sicher, dass Chris dabei war, Lorena anzubaggern, wie er es von ihm kannte. Jede Frau in Jackos Gesellschaft schien Chris zu einem kleinen Wettstreit anzustacheln. Jacko war sich nicht sicher, ob es dabei nur darum ging, ihm seine Überlegenheit zu zeigen oder ob er dieses Verhalten grundsätzlich gegenüber hübschen Frauen an den Tag legte. Aber er mischte sich nicht ein. Er merkte, dass es Lorena guttat, mit Chris zu diskutieren, dass sie auftaute und sich offensichtlich wohlfühlte. So sollte es sein, dachte er. Das würde ihr ermöglichen, sich vielleicht auch ihm mehr zu öffnen.

Jacko sah am Himmel eine der Touristengondeln und hörte auch das leise Kreischen der Leute auf dem Aussichtsring. Die Gondeln waren zwar nicht so laut wie früher die Helikopter, die über die Köpfe der weniger Betuchten donnerten, aber er fand auch die Gondeln überflüssig. Sollten doch die Leute die Füße benutzen und wandernd die Aussicht genießen. Die Gondeln sahen aus wie riesige Donuts mit Antriebsmodulen in der Mitte. Der Ring war verglast. Ein Rundflug damit war erschwinglich, und die Menschen setzten sich in bequeme Sessel, um aus der Höhe das imposante Bergpanorama zu bewundern. Bequem konnte man so die Eigernordwand und den immer noch stattlichen Gletscher am Konkordiaplatz sehen. Der Gletscher war zwar längst nicht mehr so riesig wie vor fünfzig Jahren, aber immer noch ansehnlich. Als Jacko jung war, maß die Tiefe dieses Gletschers über sechshundert Meter. Heute waren es noch knapp achtzig. Auch reichte er nicht mehr bis in Tal, ins Wallis, aber er war immer noch ein richtiger Gletscher, den man bestaunen konnte. Viele gab es nicht mehr auf dem Planeten.

Unten an der Gondel konnte man sich in eine Art Gleitschirmsitze setzen lassen und schwebte dann, in mehreren hundert Metern über dem Boden, über Seile fest verbunden mit der Gondel durch die Gegend. Von da her kam auch das Kreischen, welches leise zu ihnen herüberklang. Die Verzückung, die Jacko von Menschen kannte, welche ihren ersten Tandem-Gleitschirmflug wagten. Es waren selten Schreie aus Angst, sondern meist Ausdruck unbeschreiblicher Freude darüber, die Schönheit der Erde aus dieser Perspektive sehen zu können, völlig frei und ungebunden über das Tal gleitend.

Für Jacko bedeutete es das Einssein mit Elementen, in der Luft zu schweben, als hätte man Flügel, dabei auf sich zu vertrauen und gleichzeitig immer auch achtsam die Winde und die Umgebung zu prüfen. Das Schönste war jedoch, dass er dabei völlig präsent nur den Moment wahrnahm. Es gab keinen Gedankenstrom, keine plappernde innere Stimme, keine Vergangenheit und keine Gedanken daran, was nach dem Flug zu tun wäre. Nur das Jetzt existierte.

„Da bist du ja, mein Schatz!", hörte Jacko, und sah, wie sich Chris einer mindestens zwanzig Jahre jüngeren und sehr attraktiven Asiatin zuwandte, die geschmeidig in ihren weichen Schuhen auf sie zukam, während ihr schwarzer Seidenoverall sie bei jedem Schritt umschmiegte. Sie setzte die Sonnenbrille auf ihre langen Haare und lächelte siegessicher, die Blicke der männlichen Gäste auf ihrer umwerfenden Silhouette fühlend.

Jacko grinste vergnügt. Als er Chris vor nicht mal zwei Wochen gesehen hatte, war der Schatz noch eine andere gewesen. Oder vielleicht gab es die auch noch? Zuzutrauen war es ihm. Christian war ein Lebemann und ließ wenig aus von dem, was ihm das Leben zu bieten hatte.

Man stellte sich einander vor, und Wanisa, wie sie hieß, setzte sich zu ihnen an den Tisch. Dass sie ein breites Berndeutsch sprach, passte nicht zu ihrer asiatischen, zierlichen Gestalt, aber Jacko wagte nicht, nach ihrer Herkunft zu fragen. Er hasste solche Fragen, die er oft wegen seines Nachnamens Brevic, gestellt bekam; er fühlte sich jeweils genötigt, seine Abstammung zu erklären. Als hätte sie es gemerkt, erklärte Wanisa von sich aus, dass sie eine Thaimutter habe, aber auf einem Bauernhof im Emmental aufgewachsen sei.

Jacko nickte und fragte nach dem Ort. Er war selber auch im Emmental aufgewachsen, und beide lachten, als sie rausfanden, dass sie ihre Jugend nicht einmal zehn Kilometer voneinander entfernt verbracht hatten – wenn auch mit einem Zeitunterschied von etwa vierzig Jahren. Wanisa hatte Bodenhaftung. Sie war kein braves Schätzchen, wie Jacko bei ihrem Auftritt vermutet hatte, sondern gewann sofort seinen Respekt. Sie würde sich nicht einfach als nettes Accessoire an Christians Seite verhalten. Lorena, die offenbar Jackos Gedanken erraten hatte, strich ihm lachend über die Wangen. Das freute ihn. Da war sie – die von ihm ersehnte Vertraulichkeit.

Sie saßen gemütlich in der Sonne, und Jacko hörte dem angeregten Plaudern der andern zu, ohne sich groß daran zu beteiligen. Lorena und Wanisa verstanden sich sofort – der Altersunterschied mochte kaum mehr als fünf Jahre betragen –, doch das war nicht der eigentliche Grund. Beide Frauen waren selbstbewusst, aber trotzdem feinfühlig, intelligent und intuitiv. Das entsprach seinem Geschmack und seiner Vorliebe für starke Frauen.

Als Wanisa aber zu erzählen begann, sie möchte niemals Kinder haben, das sei in dieser komischen und zunehmend unsicheren Welt ein völlig verrücktes Unterfangen, wurde Jacko hellwach. Christian sagte entwaffnend, er danke ihrer Mutter, dass sie eine andere Einstellung gehabt hatte, und küsste Wanisa auf die Wange. Jacko hätte Christian dafür auch küssen mögen, meinte jedoch nur trocken: „Wir sollten langsam ans Aufbrechen denken, wenn wir noch um den See wollen. Die Schleierwolken da vorne bedeuten nichts Gutes."

„Was!", rief Chris erstaunt, „will der alte Mann dich etwa auch mit seinem Uraltofen beeindrucken?" Erst jetzt schien er die Motorkluft der beiden zu bemerken und zwinkerte Lorena aufmunternd zu. Als er aufschaute, streifte ihn Wanisas strafender Blick.

Jacko wollte die Bedienung rufen – hier waren das noch Menschen, neben der Aussicht der Hauptgrund, warum Jacko immer gerne auf den Harder kam –, doch Chris winkte ab.

„Das geht auf mich," meinte er jovial, aber nur, wenn sie die beiden in Jackos Hütte besuchen dürften, und er erkundigte sich, wie lange denn Lorena noch hier sein werde. Jacko beschlich erneut ein Verdacht. Offenbar hatte sein Kumpel Gefallen an Lorena gefunden, wie sehr, konnte er noch nicht einschätzen. Aber er würde dem schlauen Fuchs schon klarmachen, wo seine Grenzen waren.

„W I R – D I C H besuchen", bekräftigte Chris, als er Jackos Miene sah, und schlang seine Arme demonstrativ um Wanisa.

„Die beiden passen gut zusammen, ganz sympathisch und locker, die zwei. Ich würde gerne einen Abend mit ihnen verbringen", meinte Lorena, als sie sich verabschiedet hatten und auf dem Weg zur Bahn waren, selbst wenn Jacko offenbar kein Datum für den Besuch hatte ausmachen wollen. Jacko brummte: „Ja, da magst du recht haben. Und locker sind sie – wohl in jeder Beziehung." Dann setzte er ein wenig leiser hinzu: „Chris war einmal ein sehr guter Freund von mir, aber vor ein paar Jahren ist einiges geschehen. Wir haben uns seither nie mehr wirklich wieder vertrauen können. Er hat sich auch sehr verändert."

„Was ist passiert?", wollte Lorena wissen.

„Ich hatte nie viele Männerfreundschaften. Christian war eine. Es ist für uns Männer schwierig, sich mit Vertretern des eigenen Geschlechts über mehr als Autos und Frauen zu unterhalten. Aber mit Christian konnte man träumen, sich heillos verrennen und auch über Gefühle und Befindlichkeiten sprechen. Wir wanderten durch viele tiefe Täler und wären füreinander durchs Feuer gegangen", erklärte Jacko.

„Aha – aber du hast mir immer noch nicht gesagt, was passiert ist. Musst du auch nicht", meinte Lorena heiter, um ihn nicht zu drängen.

„Also gut – hmm – ja, es war – kompliziert, aber ich will es kurz machen." Jacko erinnerte sich gerade noch, dass er sich vorgenommen hatte, nicht wieder ganze Romane zu erzählen.

„Wir haben uns schon von der Schule her gekannt. Schon immer haben wir ähnliche Ideen und Ansichten gehabt. Chris war sehr schüchtern. Ich war derjenige, der viel redete."

„Wirklich?", rief Lorena erstaunt aus.

„Ja, kaum vorstellbar, aber der Chris aus meiner Jugend ist sehr introvertiert und unsicher gewesen. Dann, etwa zwei Jahre vor der legendären Rede zur Demokratie, hat Chris begonnen aufzublühen. Ich vermute, seine Frau die er damals kennenlernte, die Anerkennung in seinem Umfeld, die Aufmerksamkeit die ihm zuteil wurde, haben ihn mutiger gemacht. Nur hat es damit nicht aufgehört. Er ist ein richtiger Prediger geworden, um später jede Frau, die er beeindruckt hatte, wenn immer möglich ins Bett zu schleifen. Sein Ego und seine Klappe sind immer größer geworden."

„Ach, komm, du bist doch nur eifersüchtig! Das ihr Männer auch immer eure Schwänze messen müsst." Lorena schien Partei für Chris zu nehmen. Das gefiel Jacko gar nicht. Mit gerunzelter Stirn erwiderte er:

„Das ist nicht der Grund gewesen. Obwohl auch mir solche Typen extrem auf den Sack gehen, das gebe ich gerne zu. Um es mit deinen Worten zu sagen: Kann sein, dass ich selber ein wenig so bin, ich gerne noch mehr so wäre und ich mich deshalb nerve."

Lorenas Miene hellte sich wieder auf. Geht doch, dachte Jacko. Frauen wollen einfach, dass wir uns selber dauernd hinterfragen, und schon sind sie zufrieden. Aber wehe, Mann zweifelt zu oft und zu stark an sich, dann dreht sich das schnell wieder in Abneigung, grinste er innerlich.

„Ich hatte Chris und seine Bewegung mit Geld unterstützt. Mit sehr viel Geld. Das war vielleicht ein Fehler, aber was dabei herauskam, war nicht schlecht. Es war sogar sehr gut. Viele Veränderungen wären damals ohne die Partei von Chris noch nicht einmal diskutiert worden. Er hat viel Gutes getan für die Schweiz!"

„Und deshalb seid ihr jetzt keine Freunde mehr?", bemerkte Lorena erstaunt.

„Nein – natürlich nicht nur. Ich hatte bei einem Projekt von Chris ein komisches Gefühl. Ich hatte den Verdacht, dass mit dem Geld – sagen wir es so – vielleicht nichts Illegales, aber doch etwas Fragwürdiges gemacht wurde. Ich stellte Chris zur Rede, und nach langem rückte er damit raus: Es war schlicht Manipulation der Meinungen. Nicht einfach Argumente oder Werbung, sondern gezielte, subtile Manipulation. Falsche Blogs in den Sozialen Medien und all so ein Zeugs. Ich war schockiert – verdammt –, damit wollte ich nichts zu tun haben!", erklärte Jacko mit rotem Gesicht. Die Sache war schon Jahre her, aber sein Blutdruck stieg immer noch an, als wäre es gestern passiert.

„Hmm – hast du dafür Beweise, und was ist dann passiert? Ist ja nichts Schlimmes, wenn daraus nur Gutes entstanden ist", fand Lorena.

„Das ist nicht dein Ernst oder? Der Zweck mag manchmal die Mittel heiligen, aber wenn es zu einer Straftat kommt, dann ist bei mir der Ofen aus. Lass uns das Thema wechseln. Ich mag nicht mehr über Chris reden", sagte nun Jacko ziemlich empört.

„Reg dich nicht so auf! Ich wollte nur wissen, was los war. Ich kann mir gar nicht vorstellen, dass dieser kluge, gutaussehende und erfolgreiche Mann ein Verbrecher sein soll!"

„Lass gut sein, Lorena, es ist eine Sache zwischen mir und Chris", versuchte Jacko zu beschwichtigen.

„O.k. – wie du gesagt hast, es geht mich ja gar nichts an. Woher kam denn das viele Geld? Alles aus dem Propeller Dings, von dem du mir in deiner Garage erzählt hast? Wenn ich mir vorstelle, dass du sozusagen hinter der größten Partei der Schweiz stehst, wird mir irgendwie unwohl und ganz schwindelig!"

Jacko antwortete nicht. Er wollte es nicht auf die Spitze treiben. Das schien Lorena zu spüren. Sie gab zwar Ruhe, schmollte aber doch ein wenig während der Fahrt ins Tal.

Jacko stand ganz vorne und blickte dem steilen Schienenstrang entlang ins Tal. Er war in Gedanken bei Chris und seinen Jugendjahren.

ZEHN

****

Jacko und Chris lernten sich in der Schule kennen. Beide waren Außenseiter in der Klasse, obwohl sie unterschiedlicher nicht sein konnten. Sie waren nicht Durchschnitt, und damals wie heute wurde man deswegen ausgegrenzt.

Jacko war der laute Macher, der Angeber, derjenige, der sich vor keiner Angeberei, vor keiner Prügelei drückte, und Chris der Stille, der Leise – ja der Ängstliche in der Klasse. Wenn Jacko etwas Neues ausprobierte hatte, war er schon beim Nächsten angelangt, bevor sich Chris überhaupt überlegt hatte, es vielleicht auch auszuprobieren. Das war bei Klamotten so, aber auch wenn es etwas Neues am Mofa gab, das man unbedingt haben musste. Jacko hatte sein Mofa „frisiert", das heißt, die Geschwindigkeitsbegrenzung verändert, welche dafür hätte sorgen sollen, dass die Dinger nicht über dreißig Stundenkilometer liefen. Er hatte den biederen, tiefen Lenker mit einem hohen ersetzt, der den Vorbildern aus Easy Rider nahekam. Die waagrechten Hände ausgestreckt war er dann herumgedüst, während Chris immer noch nicht sicher gewesen war, ob diese Haltung wirklich cool sei. Sicher – Chris hatte recht gehabt –, die aufrechte Haltung auf dem Mofa reduzierte die Geschwindigkeit, aber es sah um Welten besser aus.

Wenn Jacko Chris für eine Tour zuhause abgeholt hatte, war das immer ein kleines Drama gewesen. Dessen Mutter war immer darauf bedacht gewesen, dass er warm genug angezogen war und er was gegessen hatte und hatte ihm oft sogar im Treppenhaus noch nachgerufen, ja vorsichtig zu sein. Jack hatte Mitleid mit ihm gehabt. Nicht nur Mitleid. Auch ein wenig Neid schwang mit. Jacko hätte sich ganz gern auch so umsorgt gefühlt. Aber das wurde ihm erst viel später bewusst, damals war der Neid nur ein Grund gewesen, Chris wegen der Ängstlichkeit seiner Mutter aufzuziehen.

Chris hatte während der ganzen Schulzeit keine Freundin gehabt. Jacko jedoch hatte sie fast so oft wie die Unterwäsche gewechselt. Als Schwimmstar und Draufgänger hatte er ganz gute Chancen gehabt. Wenn auch nur bei dem kleinen Teil der Girls, die auf so was standen, und die waren meist nicht die Zuverlässigsten und die Hellsten.

Mit vierzehn verlor Jacko seine Unschuld. Er hatte seit ein paar Wochen eine Freundin, mit der er in der „Krone" – einer Spelunke, in der an Vierzehnjährige Bier ausgeschenkt wurde – herumhing. Sie war drei Jahre älter als Jacko und hatte sich ihre Sporen in Sachen Sex schon abverdient. In dieser Zeit begann sich die Freundschaft zwischen Jacko und Chris abzukühlen. Chris interessierte sich nun mehr für sein Saxophon und das Fotografieren, während Jacko beim Mofa, beim Bier und den Mädchen blieb.

An dem besagten Abend war Jacko mit seinem Kumpel Mike unterwegs gewesen, und nach der Sperrstunde landeten sie mit ihren Mädchen bei Mike zuhause. Seine alleinerziehende Mutter hatte Nachtschicht, was den beiden immer wieder Freiräume verschaffte. Beide hatten jeweils zuhause gesagt, sie würden beim anderen übernachten. Was natürlich nicht stimmte, aber die Eltern hatten das nie herausgefunden oder es war ihnen vielleicht egal gewesen.

Die beiden Pärchen saßen auf dem breiten Bett von Mike, hörten Musik und rauchten dazu wie die Schlote, so dass man im kleinen Zimmer kaum mehr die Türe erkennen konnte.

Mike ging ganz schnell zur Sache, und bevor sich Jacko mit seinen Blicken nicht mehr vom Treiben lösen konnte, wurde er auf die andere Seite des Bettes gezogen. Die Finger schliefen einem ein, wenn man sich mit brennenden Lippen, so eng umschlungen, mit jeweils einer Hand in der Jeans des anderen, leidenschaftlich küsste. Vera, Jackos Freundin, kicherte leise und zog ein Kondom aus ihrer Jeans. Jacko bekam große Augen, und eh er sich versehen konnte, wurde ihm das Ding übergestreift. Als Jacko sah, dass neben ihm offenbar dasselbe vorging, war Vera auf ihn gestiegen und presste seine Jungfräulichkeit zielstrebig in sich. Das Bett ratterte, knirschte, und nach wenigen Minuten war es schon vorbei. Grinsend saßen die vier auf dem Bett, und Jacko fühlte sich als Held! Obwohl der Grund dafür wohl kaum seine Liebeskünste sein konnten, sondern eher die Tatsache, einen Jungen „entjungfert" zu haben, strahlte auch Vera glückselig. Sie schien es genossen zu haben, und wie er später herausfand, war er beileibe nicht der Einzige, den Vera „eingeführt" hatte. Es schien eine Art Hobby von ihr zu sein.

Jacko und Chris trafen sich erst wieder, als sie beide schon fast das erste Jahr ihrer Berufslehre absolviert hatten. Jacko wollte Kleiderverkäufer werden, und Chris war bei einer Versicherung gelandet. Wie hätte es anders sein können?

Die beiden begannen, sich wieder regelmäßig zu treffen. Die Mofas waren durch Motorräder ersetzt worden, aber sonst war es beinahe wie früher. Rumfahren, Bier trinken, das Rauchen wurde nun manchmal mit etwas Pott ergänzt. Schließlich hatte man ja etwas Geld in der Tasche.

Nach der Trennung von Marie und der Adoptionsgeschichte war die Freundschaft der beiden noch enger geworden. Chris war einer der wenigen gewesen, die zu Jacko standen. Chris war es auch gewesen, der Jacko eines Tages überredete, zu einer Geburtstagsparty zu kommen und vielleicht endlich wieder ein Mädchen kennen zu lernen. Dort lernte er Lydia kennen und zog bald darauf mit ihr zusammen.

Die Beziehung von Chris war inzwischen in die Brüche gegangen, und so war es kein Wunder, dass er fast jeden Abend in der Woche bei Jacko und Lydia auftauchte. Man spielte Karten bis in alle Nacht und war beinahe wie eine große Familie. Dass Außenstehende sich wunderten über diese Ménage-à-trois konnte Jacko nicht nachvollziehen. Sie waren doch einfach gute Freunde. Dass Chris keine drei Wochen, bevor sie Jacko kennen lernte, mit Lydia geschlafen hatte, wussten damals nur zwei von den dreien. Sonst wäre Jacko wohl nicht so sorglos gewesen, wenn er nach einer Spätschicht nachhause kam und die beiden vor dem Fernseher auf dem Sofa vorfand. Für ihn war es die pure Harmonie.

Nach gut zwei Jahren war es damit vorbei. Chris hatte seine spätere Frau kennen gelernt, und fast von einem Tag auf den anderen waren die Besuche vorbei. Jacko hatte sich für Chris gefreut und gemeint, wenn das Turteln erst einmal vorbei wäre, würde die alte Freundschaft wieder auferstehen.

Dem war nicht so. Chris machte eine Metamorphose durch, die Jacko nicht für möglich gehalten hätte. Aus dem schmächtigen, zurückhaltenden Mann war dank der fürsorglichen, hübschen Jana allmählich ein Draufgänger geworden, der scheinbar wusste, was er wollte. Er wollte endlich jemand sein, wichtig werden und mitreden. Was bisher nur an langen Abenden bei Jacko diskutiert worden war, besprach Chris nun mit seinen neuen Parteifreunden.

Jana war eine attraktive Blondine mit grünen Augen und sprühendem Charme. Was sie in Chris sah, konnte Jacko nicht begreifen, und wenn sie sich zufällig in der Stadt trafen, ertappte er sich jedes Mal beim Versuch, mit ihr zu flirten. Genau dieser sprühende Charme war eine ideale Kombination zum klugen Kopf von Chris. Jana wurde Coach und Beraterin von Chris. Sie ermutigte und motivierte ihn und gab ihm das nötige Selbstvertrauen, sich gewandt in der Öffentlichkeit zu bewegen.

Jacko hatte sich damals zunehmend gewundert, wenn er von Chris in der Zeitung las. Er spürte durchaus auch Neid. Er selber war einmal der Hansdampf in allen Gassen gewesen und nun definitiv ein eher braver Bürger geworden.

Jacko hatte etwas aus seinen schlechten Karten gemacht. Er hatte sich weitergebildet, hatte Schulen besucht und war in einem Pharmakonzern zum Vertriebsleiter aufgestiegen. Auch er machte eine gewaltige Metamorphose durch. Die Beziehung zu Lydia beflügelte ihn. Er wollte etwas aus sich machen und ein guter Mann für seine Frau werden und mit ihr eine Familie gründen. Zu seinem Geburtstag hatte Chris ihm einen CD-Player geschenkt. Ein unerreichbar teures Ding für Jacko mit seinem damaligen Einkommen. Keine fünf Jahre später gab er denselben Betrag, ohne mit der Wimper zu zucken, für eine Nachtessen aus. Jacko hätte sich niemals träumen lassen, einmal so erfolgreich zu sein. Auch sein Ego war erheblich gestiegen und zwei Mal zwei dicke Eier hatte die Freundschaft zwischen Chris und Jacko nicht vertragen. Wieder verloren sie sich aus den Augen.

Jahre später begegneten sie sich im Kongresszentrum in Interlaken. Jacko hatte von der Neugründung einer Partei mit Namen NES – Neue Schweiz – erfahren und mit großen Augen gelesen, dass der Parteipräsident Christan Locher war. Er würde eine Rede halten und das Programm der NES vorstellen.

Chris galt als radikaler Kopf in der erzkonservativen Partei, in welche er vor ein paar Jahren eingetreten war. Kein Wunder, dass es früher oder später zum Bruch kommen musste. Das war Jacko immer klar gewesen, wenn er gelegentlich die Statements von Chris im Fernsehen verfolgt hatte. Aber dass er gleich eine neue Partei gründen würde, hatte er ihm nie zugetraut.

So lehnte Jacko in verwaschenen Jeans, mit Wanderstiefeln und Fleece Jacke ganz hinten im überfüllten Saal an der Wand. Ein gemischtes Publikum, aber mit auffallend vielen Jungen für einen Parteievent saßen gespannt auf ihren Stühlen. Chris betrat die Bühne. Smart sah er aus in seinem Sakko, dem weißen Hemd und den Leinenhosen. Er war braungebrannt – nicht zu viel, nur so viel, dass seine gesunde Hautfarbe den Erfolg und die Lockerheit unterstrich. Auch schien Jana ihm ein Fitnessprogramm verpasst zu haben. Da waren Muskeln zu sehen, als er ruhig und selbstbewusst zum Rednerpult schritt, mit staatsmännischer Geste die Hände über dem Kopf faltete und den Applaus genoss.

„Vor zwanzig Jahren begann die demografische Veränderung spürbar zu werden", eröffnete Chris Locher seine denkwürdige Rede. Diesen Satz hatte Jacko noch immer in den Ohren, wenn er heute an Chris' Auftritt dachte.

Zwar hatte man schon lange geahnt, dass ein Land nach dem anderen in Europa und sonstwo auf der Welt eine nie dagewesene Veränderung erleben würde. Niemals seit es Leben auf Erde gab, hatte eine Spezies existiert, welche mehr Alte als Junge Individuen aufwies. Das gab es bisher nicht in der Geschichte, und niemand hatte eine Ahnung gehabt, wie sich das auswirken würde. Damals vor zwanzig Jahren schlitterten einige Länder in Europa in eine tiefe Schuldenkrise. Statt das Problem zu lösen, wurde einfach auf Pump weitergemacht. Dass es nicht funktionieren konnte, wenn bereits mehr als fünfzig Prozent der Bevölkerung ihr Geld vom Staat bekamen, sei es als Angestellte oder Rentner, und die andere Hälfte dies hätte finanzieren sollen, hatte eigentlich jeder ABC-Schütze ausrechnen können. Aber einerseits waren Sparmaßnahmen sehr unbeliebt und hätten beim Versuch zur Umsetzung wohl den Tod jedes demokratisch gewählten Politikers gefordert, und andererseits wäre der einzige Ausweg gewesen, mehr junge Menschen aus aufstrebenden Ländern ins eigene Land anzuziehen – und das war ebenfalls nicht durchsetzbar. Also hatte man den Kopf in den Sand gesteckt, wie die Menschen das so machen, bis es nicht mehr anders geht.

„Neunzig Prozent des Kapitals in der Schweiz gehört Menschen über fünfundsechzig Jahren. Man erbt ja erst, wenn man selber schon sechzig oder siebzig ist, da die Lebenserwartung schon über neunzig Jahren liegt!", hatte Chris von seinem Rednerpult aus schwadroniert.

„Diese Bevölkerungsgruppe hält nicht nur das Geld in den Händen, sie ist auch in der Mehrheit. Was tut man in dem Alter für gewöhnlich? Bewahren! Man will keine großen Veränderungen, schon gar keine Projekte in eine Zukunft, die man sowieso nicht mehr erleben wird. Das sollen dann die Kinder dereinst tun."

Ein Raunen der Zustimmung ging durch den Saal, und Jacko bemerkte, dass auch die angesprochenen Alten zustimmend nickten.

„Die Frage ist nur wie, wenn alles dadurch blockiert wird. Zudem will man keine Einwanderung haben. Schon gar nicht von Menschen mit einer anderen Kultur und Sprache. Das ist alles viel zu anstrengend, und es läuft ja eigentlich gut so, wie es ist. Zumindest in der Schweiz. Die Mehrheit glaubt allen Ernstes, dass dies wegen den fleißigen, zuverlässigen und qualitätsbewussten Schweizern so ist", führte Chris weiter aus.

„Es wird aber schneller anders kommen als die satte, zufriedene Mehrheit glaubt. Die Finanzkrise und die daraus resultierenden Schwankungen des Schweizer Frankens haben die Schweiz wie ein Tsunami überrollt. Obwohl die Schweiz über achtzig Prozent des Bruttosozialprodukts im Export von Gütern und Dienstleistungen verdient, glaubte man, in ein paar Monaten könne man ein wenig an den Rahmenbedingungen schrauben und alles einfach aussitzen. Dazu wird ein Wirbelsturm namens Digitalisierung über die wohlhabenden Länder hinwegbrausen und mit Urgewalt ganze Berufsstände ins Nichts fegen. Jobs, von denen man geglaubt hatte, sie könnten niemals automatisiert werden, werden von Robotern, Computern und Maschinen ausgeführt. Von Piloten, Taxifahrern, Anwälten und Ärzten bis zu Verkäuferinnen, welche die Regale im Supermarkt aufgefüllt haben, wird bald alles durch ‚Digitale‘ ersetzt. Die sind billiger, werden nie krank, arbeiten vierundzwanzig Stunden und – machen weniger Fehler!"

Chris legte eine Kunstpause ein, blickte ins Publikum und suchte den Augenkontakt mit seinen Zuhörern.

„In wenigen Jahre werden wir vierzig Prozent Arbeitslose im Land haben. Es muss etwas geschehen, denn im Gefüge beginnt es zu brodeln. Bei der Arbeitslosigkeit wird die Schweiz schon nach einem Jahr über zehn Jahre brauchen, um die Schulden, welche für den Erhalt des Wohlstands gemacht wurden, wieder zurückzahlen zu können. Das reicht nun!", schloss Chris seine Rede, ohne genau zu sagen, wie denn der Ausweg aussehen könnte.

Tosender Applaus fegte durch den Saal.

Jacko traute seinen Ohren nicht. Das war radikal gewesen. Auch wenn ihm Teile der Rede schon aus Diskussionen an den Spielabenden zu dritt bekannt vorgekommen waren, hätte er nie geglaubt, dass Chris das zum Programm würde machen können. Er verdrückte sich, wollte zum Buffet, bevor die Meute aus dem Saal strömen würde.

Jacko nippte in der Lobby an einem Orangensaft und nahm ein paar Brötchen zu sich, als er eine Hand auf seiner Schulter spürte. Chris strahlte Jacko an und umarmte ihn stürmisch. Jacko hielt ihn an den Armen fest und strahlte zurück. „Respekt", sagte er grinsend. „Du bist ja ein ganz Großer geworden."

„Du bist ja auch nicht gerade ohne – Herr Erfinder!", erwiderte Chris, auf die Propeller anspielend. Ob er wohl wusste, dass er damit reich geworden war? fragte sich Jacko, als Chris mit einer Geste verschwand, und kurz darauf mit zwei Gläsern Weißwein zurückkam.

„Lass uns anstoßen – ich brauche deine Hilfe", prostete Chris Jacko zu. Er wusste es also.

Was folgte, waren wochenlange Spielabende bei Chris zuhause. Jana, Chris und er. Seit seiner Trennung von Lydia war Jacko der Lonely Boy geworden. Sein Traum von einer eigenen Familie war nach ein paar Jahren geplatzt. Lydia hatte ganz klare Vorstellungen gehabt von Richtig und Falsch. Ihre Welt bestand aus Schwarz und Weiss. Da hatte es keinen Platz für andere Meinungen oder Ansichten gegeben und der Freidenker Jacko hatte die gemeinsame Wohnung verlassen müssen bevor er daran erstickte. Nun schien es fast, das Spiel war mit umgekehrten Vorzeichen wiederaufgenommen worden. Endlich erfuhr Jacko häppchenweise das Parteiprogramm der NES, und was er hörte, gefiel ihm sehr. Er war im Herzen ein Revoluzzer, aber er hatte auch gehört, dass jede Revolution ihre Kinder frisst. So gefiel er sich sehr gut im Hintergrund – als Financier des ganzen Wandels. Chris – oder besser die blitzgescheite Jana – überließ nichts dem Zufall. Er wollte die Reformen radikal haben, und dazu brauchte es eine Veränderung der demokratischen Regeln.

Man sagt, das Heikelste sei es, Geschäfte mit einem Freund zu machen, und man täte gut daran, alles zu besprechen und schriftlich festzuhalten. Denn mit niemandem gerate man sich so schnell in die Haare wie mit einem guten Freund. Diese Regel kannten zwar beide, aber sie schien sie nicht zu kümmern. JkTrust lieferte den Strom, und Chris würde den Zug auf Touren bringen. Man war alte Schulfreunde. Jacko wollte unerkannt im Hintergrund bleiben, und Chris würde fahren. Reinreden würde man sich sowieso nicht – dazu war man zu sehr einer Meinung. So war zumindest der Plan.

Der neue Präsident der NES, Christian Locher, stand ein paar Monate später mit dem Megaphon auf den Barrikaden und sprach zu den wütenden Demonstranten. Die Szenerien erinnerte an die 68er-Bewegung. In den Straßen brannten Autos, und die Polizei lieferte sich Straßenschlachten mit den jungen Demonstranten. Aber auch immer mehr Väter, Großväter, Mütter und Großmütter begannen sich mit den jungen Menschen und ihrem Sprecher Christian Locher zu solidarisieren. Der hatte ziemlich radikale Ideen, wie das Land wieder zur alten Form zurückfinden sollte.

Wie üblich äußerten sich die etablierten grauen Damen und Herren der Regierung beschwichtigend. Dann drohten sie, auch wie üblich, und schließlich ließen sie Christian Locher verhaften unter der Anklage des Aufrufs zu Gewalt. Das brachte das Fass zum Überlaufen. Eine Woche Generalstreik, der das Land komplett lähmte, reichten aus, ihn wieder auf freien Fuß zu setzen.

In einem historischen Interview erklärte sich Christian Locher und präsentierte seine Vision. Die wohl wichtigste war eine neue Auslegung der Demokratie. Neu sollten nicht nur das Ständemehr die Ausgewogenheit zwischen den Kantonen und Kulturkreisen garantieren, sondern auch ein Generationenmehr, proportional zu der Altersstruktur, eingeführt werden. Damit sollten die Stimmen je nach Alter der Stimmenden mehr oder weniger Gewicht erhalten und so wieder ein Ausgleich zu der Gruppe der unter Fünfzigjährigen erzwingen. Zusätzlich sollte endlich das Wählen und Abstimmen via Computer oder Handy ermöglicht werden, damit die junge Zielgruppe auch mitmachen konnte. Ein Witz, dass unter dem Vorbehalt der Sicherheit immer noch per Post oder sogar am Sonntagmorgen an der Urne abgestimmt und gewählt werden musste. Seit Jahren erledigte ein Großteil der Bevölkerung die Bankgeschäfte elektronisch und vertraute sein Geld den Datenströmen an, und in der Demokratie sollte das zu unsicher sein? Der Grund war für Chris sonnenklar. Es ging den alten Säcken im Bundeshaus nur darum, die Jungen draußen zu halten, bis man definitiv die demographische Mehrheit hatte.

Eine zwei Wochen darauffolgende Abstimmung hatte eine historische Wende zur Folge. Mit einer Stimmbeteiligung von achtzig Prozent und einem überwältigenden Mehr wurden die Vorschläge angenommen.

Innert sechs Monaten wurde es möglich gemacht, elektronisch abzustimmen, zu wählen oder für Volksinitiativen unterzeichnen zu können.

Was dann folgte, war eine Revolution, eine Flut von Initiativen, welche das Fundament für den heutigen Wohlstand bildeten. Das Land, die Gesellschaft waren in Bewegung geraten. Nun murrten zwar die Alten, die gingen aber nicht auf die Straße.

Die Rechnung von Chris ging auf, und in wenigen Jahren waren Veränderungen und Reformen Schlag auf Schlag erfolgt. Chris zog sich schon bald von der aktiven Rolle zurück und zog die Fäden im Hintergrund. Er war nicht mehr der Jüngste und gehörte bald zu denen, deren Stimme wenig zählte. Trotzdem war er eine Legende geworden, und das war ihm gewaltig zu Kopf gestiegen.

Aus dem selbstsicheren Mann war bald ein Dandy geworden und schließlich ein prahlerischer, zynischer Lebemann. Jacko hatte schon kurz nach der Demokratiereform seine Bedenken über Chris' Kurs und sein Tempo geäußert, aber er prallte damit ab. Als er gedroht hatte, der NES die Mittel zu streichen, hatte ihn Chris ausgelacht. Das hatte Jacko nicht geschmeckt. Der Mohr hatte seine Schuldigkeit getan, der Mohr konnte gehen. Längst war Chris nicht mehr auf die Gelder der jkTrust angewiesen, und das ließ er Jacko unverblümt wissen. Als Chris sich an den großen Medienhäusern beteiligte und begann, gezielt Meinungen mit gekauften Beiträgen in den Sozialen Medien zu manipulieren, war Jacko der Kragen geplatzt. Nicht nur er, auch Jana hatte es offenbar bei dem Großmaul mit seinen neuen Ansichten zu Fairness und der Wahrheit kaum mehr ausgehalten. Jacko hatte einen letzten Versuch gewagt, um Chris die Augen zu öffnen, aber auch dieser endete mit einem Lachen von Chris und einer zugeknallten Türe.

Sie hatten beide viel Rotwein getrunken an jenem Abend. Jacko hatte versucht, Chris aufzuzeigen, dass er Jana verlieren würde, wenn er so weitermachte. Da platzte Chris der Kragen. Er nannte Jacko einen aufgeblasenen alten Sack, der außer Geld nichts in seinem Leben hinterlassen werde. Er sei schon als Schuljunge so vollgesogen mit Überheblichkeit gewesen, und nun, da er, Chris, ihn um Längen überholt habe, glaube er, sein gekränktes Ego erlaube es, ihm gute Ratschläge zu erteilen. Aber damit sei es schon vorbei gewesen, als sie sich an der Parteigründung getroffen hätten. Außer Geld habe Jacko ihm nie auch nur das Geringste bieten können. Als Jacko ihn ungläubig anstarrte, hatte Chris losgeprustet und sich gar nicht mehr halten können vor Lachen. Da war die Türe zugeknallt.

Ein halbes Jahr später war Jana gegangen, und außer Bildern von Chris und seinen immer jünger werdenden Begleiterinnen hatte Jacko nichts mehr von ihm gesehen. Der Klassiker. Auch ein Reformator ist nur ein Mensch, hatte sich Jacko gedacht.

Bis zu dem zufälligen Treffen mit ihm und Lorena auf dem Harder, hatten sie sich kaum mehr gesehen. Sie grüßten überfreundlich, wenn sie sich zufällig alle paar Monate über den Weg liefen. Sie waren beide schon zu alt dafür geworden sich aufzuplustern und zu messen. Während Chris seinen Ausschweifungen frönte, war Jacko fast zum Einsiedler geworden.

****

ELF

Nach einem kurzen, trockenen Räuspern sprang der Motor der Harley an und stampfte polternd vor sich hin. Verschluckte sich anfänglich ein wenig, wurde aber mit jeder Sekunde kräftiger und bissiger in der Reaktion. Nun augenblicklich wie ein Bär tief grollend, wenn Jacko nur ein wenig am Gasgriff drehte. Es fühlte sich an wie ein Raubtier, das seine Muskeln wärmte und bereit war sofort aufzuspringen, wenn der Zeitpunkt zur Jagd gekommen war. Das war ein Gefährt mit Seele, mit eigenem Charakter, wie Jacko zu erklären versuchte, aber er erntete nur ein mitleidiges Lächeln von Lorena. Darin waren sich alle seine Beifahrerinnen, die je auf diesem rohen Diamanten gesessen hatten, ähnlich. Die Gefühle, welche Jacko für das Motorrad empfand, waren ihnen nicht zugänglich.

Lorena schwang sich hinter ihm in den Sattel und der ließ sanft die Kupplung kommen. Mit einem Klopfen, das an ein Paukensolo erinnerte, bogen sie in die Seestraße ein. Jacko fuhr so sanft er konnte und spürte, dass Lorena sich ganz locker an ihn schmiegte. Er kannte die feinen Unterschiede des Festhaltens einer Sozia sehr genau. Von „Sichfestkrallen" und nur mit den Zehenspitzen auf den Fußrasten ruhen bis zu einem weichen, aber vertrauten und kräftigen Festhalten an seinen Lenden, das Vertrauen und Wohlbefinden ausdrückte. Er kannte alle Schattierungen des Befindens, das sich in der Art des Sich-Festhaltens ausdrücken konnte. Lorena schien sich definitiv wohlzufühlen – der Groll der Diskussion auf dem Harder schien verflogen, so hoffte Jacko zumindest.

Mit hartem, metallischem Klacken verrichtete das alte Getriebe seinen Dienst, und Jacko schaltete hoch, um mit lockeren achtzig Stundenkilometern dem See entlang zu stampfen. Der See glitzerte in verschiedenen Türkis-Schattierungen, und schräg gegenüber sah Jacko zu seiner Hütte hoch. Die Fahrt würde kaum eine Stunde dauern, und er hoffte, der Regen, der sich in den aufziehenden Wolken ankündigte, würde sich noch solange gedulden. Die Luft war angenehm warm und wirbelte, kitzelte in seinem Gesicht. Im Rückspiegel sah er das geschlossene Visier von Lorenas Helm und schmunzelte. Er selber musste die Luft spüren; das war schon immer so gewesen.

Jacko erinnerte sich an die Zeit seines ersten Mofas. Er hatte es damals kaum erwarten können, endlich vierzehn Jahre alt zu werden, um so ein Gefährt fahren zu dürfen. Es war eine Zwei-Gang-Sachs mit Fahrradpedalen gewesen – deshalb hießen die Dinger damals Motorfahrräder. Aber eigentlich waren die Pedale eher Fußrasten gewesen. Kein Mensch pedalte damit herum. Jacko hatte seinen Vater seit Monaten auf den Kauf hin bearbeitet. Er hatte dafür auf Weihnachts- und Geburtstagsgeschenke verzichtet, und endlich, im Frühling, war es soweit gewesen. Er hatte für zweihundert Franken eine gebrauchte Sachs kaufen können. Sie war keine Schönheit gewesen, aber das hatte man ändern können. Monatelang hatte Jacko Geld gespart, um einen hohen Lenker mit den entsprechenden Kabelzügen zu kaufen, und als er diesen endlich hatte montieren können, war die Occasion-Sachs zu einem Mofa geworden, das sich zeigen ließ. Nun konnte er Easy Rider-mäßig zurücklehnen und das Gefährt auf Schulterhöhe lenken.

Zwei Wochen, bevor er achtzehn wurde, stand die giftgrüne Kawasaki in der Tiefgarage des Wohnblocks, wo er und Marie wohnten. Er war nicht enttäuscht worden. Pünktlich zu seinem Geburtstag lag der Lernfahrausweis im Briefkasten.

Obwohl es nur ein paar Grad über Null war und noch ein Rest schmutzigen Schnees am Straßenrand lag, war es Glück pur, als Jacko aus der Tiefgarage herausfuhr, in der er in den letzten Wochen die Kawasaki nur alle paar Tage einige Meter hin- und her bewegt hatte. Er würde sie zwar fast zwei Jahre abbezahlen, aber man musste ja sowieso zwei Jahre eine 125 ccm-Maschine fahren, bis man an die echten Dinger gelassen wurde. Eine 1000ccm-Honda – das würde es dereinst werden. Das hatte er sich fest vorgenommen.

Jacko war die Strecke gefahren, die er in Zukunft fast mit jedem neuen Fahrzeug als Erstes machen würde: eine Bergstrecke, die über enge Serpentinen auf knapp tausend Meter über Meer führte und jede Fähigkeit und Schwäche eines Gefährts zu Tage brachte.

Er war bis zu seinem einundzwanzigsten Geburtstag nur Motorrad gefahren. Bei jedem Wetter. Als er im Spital als Hilfspfleger gearbeitet hatte, war er auch im Winter die knapp zwanzig Kilometer zur Arbeit gefahren, und oft hatte er in der Garderobe mit warmem Wasser das angefrorene Halstuch von seinem Schnauz lösen müssen, bevor er sich hatte umziehen können. Er hatte nichts anderes gekannt.

Als er zwanzig wurde, kaufte er eine 500er-Honda Enduro. Für eine 1000er hatte es doch nicht gereicht.

Er hatte sie mit einem kleinen Aufpreis für die Kawasaki eintauschen können und war im Winter oft gestürzt. Nur, dass an dieser Maschine kaum etwas kaputtgegangen war. Jacko hatte alle Hebel gelockert und die Blinker abmontiert, so dass er nach einem Sturz nur die verdrehten Teile hatte zurechtrücken müssen und weiterfahren konnte. Er selber hatte ein Kombi mit Protektoren, Stiefel mit Stahlplatten und so warm gepolstert wie er angezogen war, tat er sich selten weh.

Als er ins Militär eingezogen werden sollte, versuchten er und sein Freund Mike eine Art Gottesurteil zu erzwingen. Sie wollten die zehn Kilometer vom Stammlokal nachhause nachts in voller Fahrt auf der linken Seite zurücklegen. Im Fall, dass sie den Militärdienst absolvieren sollten, würde nichts geschehen. Andernfalls würden sie zumindest von den Mädchen beweint werden. So der Plan. Jacko war die gesamte Strecke links gefahren. So schnell wie er konnte, kaum je unter hundert Stundenkilometer, um es hinter sich zu bringen. Zweimal kam ihm ein Auto entgegen, aber nie in einer Kurve, und er konnte ausweichen, was nicht gegen die Regeln war. Alle überlebten das Gottesurteil – und mussten trotzdem in die Rekrutenschule.

Mit einundzwanzig bestand Jacko die Autoprüfung. Nur Motorrad zu fahren war doch nicht alles gewesen. Einige seiner Freunde hatten mittlerweile Autos, und wenn es regnete, hatte sich Jacko gerne mitnehmen lassen. Er hatte die Honda gegen einen Citroën 2 CV eingetauscht.

An der Preisdifferenz sollte er noch zwei Jahre abbezahlen, aber wahrscheinlich hatte ihm der Entscheid, ein Auto zu kaufen, das Leben gerettet. Zunehmend waren die Mutproben nämlich krasser geworden. Er und seine Kumpels waren sogar die über hundert Meter lange Treppe, welche von der Ober- in die Unterstadt führte, runtergefahren, das heißt, geflogen, und hätten sie die Landung nicht kontrollieren können, wäre eine Querschnittlähmung wohl noch ein glimpflicher Ausgang gewesen.

Die Angst um ihn, welche seine Freunde und vor allem die Mädchen zeigten, wenn er solche Dinge tat, gaben ihm das Gefühl, wichtig zu sein. Dass man sich um ihn sorgte oder ihn bewunderte, war seine Strategie, Zuwendung und Anerkennung zu bekommen. Da er nie bedingungslos geliebt worden war, war dies eine Form von Liebe, die er kannte. Viel später lernte er, dass man nicht nur „geliebt" werden konnte für das, was man tat, sondern auch für das, was man hatte – auch wenn dies eine Position in einer Firma war.

Die Wolken im Tal türmten sich schnell auf, und der Talwind schickte Böen über den See, kräuselte den türkisfarbenen Spiegel und ließ weiße Kronen auf den Wellen tanzen. Ganz hinten am Ende des Sees baute sich ein mächtiger Cumulus auf. Der Wolkenamboss warte darauf, dass die feuchte, heiße Luft den Hammer schwingen würde.

Jacko lenkte die schwere Harley ruhig und leicht wie ein Fahrrad auf die Landstraße mit den langen geschwungenen Kurven. Entlang der Berghänge, an denen die hängenden Wolkenkratzer mit ihren Glasfronten die atemberaubende Landschaft spiegelten, in Richtung der Dörfer, die sich eng an den See schmiegten und jeden knappen Meter ebene Fläche ausnutzten. Blätter tanzten auf der Straße. Vom Wind über den Asphalt getrieben, wurden sie von der polternden Harley in einem Wirbel hoch in die Luft gezogen. Die Luft war schwer und feucht. Jacko sog den Geruch des Sees ein. Fast wie am Meer. Ein Geruch von Wasser mit einer leicht fischigen und brackigen Note, die jedes lebendige Gewässer ausströmte. Der heiße Asphalt hatte schon den leicht öligen Geruch, der sich verstärken würde, sobald die ersten Tropfen darauf verdampften. Er liebte diese Stimmung und diese Gerüche. Und die bevorstehende Reinigung, welche mit Tosen und Krachen alles wegfegen und trotzdem das

Leben anhalten lassen würde. Die Menschen würden Schutz im Trockenen suchen, die Fahrzeuge anhalten und das Prasseln des Regens geschehen lassen. Innehalten für ein paar Minuten und sich des Seins bewusstwerden. Oder einfach nur fluchen, genervt auf die Uhr schauen oder auf dem Handy rumdrücken.

„Das sieht nicht gut aus!", schrie ihm Lorena von hinten zu. „Keine Sorge – es ist nicht weit. Wir kommen trocken an!", schrie Jacko zurück. Dann fummelte er an der kleinen Box am Lenker rum und sagte in normaler Lautstärke: "Jetzt solltest du mich gut hören können, Lorena?" Keine Antwort. „Lorena?"

„Ja – ich höre dich laut und deutlich. Mann, du hast wohl jedes Gadget!", gluckste Lorena. Das Intercom stellte eine geräuschgedämpfte Verbindung zwischen den beiden Helmen her, und von der Harley war nur noch ein fernes Grollen zu vernehmen. Jacko zuckte mit den Schultern.

„Hast du diese Kiste und dieses Sprechdings, um die Frauen zu beeindrucken – ich nehme ja nicht an, dass du damit Selbstgespräche führst?", fragte Lorena und klopfte auf Jackos Schulter.

„Stimmt. Du hast mich ertappt. Nur dass ich dazu schon lange nicht mehr die Gelegenheit hatte", ertönte es in Lorenas Helm. Sie freute sich. Jacko war schon ein bisschen ein Macho, aber einer der angenehmen Art. Das gefiel ihr. Männer ohne Eier waren ihr ein Gräuel, aber solche, die diese immer präsentieren mussten, noch viel mehr.

Lorena schmiegte sich an ihn, legte ihren Arm um seinen Bauch, ihren Helm an seine Schulter und genoss das Brummen des Motors unter sich. Ihr Blick schweifte über den See auf die andere Seite. Steil erhoben sich auch dort die Felswände bis weit über zweitausend Meter. Die Tannen erkämpften sich ihren Platz bis fast ganz nach oben, wo die grauen Felsspitzen den Himmel streiften. Irgendwo da drüben musste Jackos Hütte sein. Klein und eingefügt in diese raue Umgebung. Lorena fühlte, wie in ihrem Bauch ein warmes, angenehmes Kribbeln sich ausbreitete. Geborgenheit. So musste sich das Kind fühlen, welches da in ihr heranwuchs. Nichts anderes hatte es verdient!

Jacko und Lorena hatten die Seespitze bereits umrundet, als dicke Tropfen auf die beiden klatschten. Jacko fluchte leise und tätschelte Lorenas Knie neben sich. „Wir sind fast zuhause", meinte er beruhigend im Intercom. Er gab Gas. In wenigen Kilometern führte die Straße auf der anderen Seite des Sees in einen langen Tunnel, der fast bis zur Ausfahrt führte. Da würden sie wenigstens geschützt sein. Wenn sie Glück hatten, würden sie einigermaßen trocken bleiben.

Als sie jedoch aus dem Tunnel fuhren, schüttete es wie aus Kübeln, und Jacko spürte in Sekunden, wie das Wasser seinen Weg durch das alte Kombi zu seiner Haut fand. Er hoffte, das Leder von Lorenas Anzug würde dem Regen ein wenig länger standhalten, und beschloss, direkt zur Hütte zu fahren. Die letzten fünf Kilometer führte die Straße durch den Wald. Die Harley schoss die schmale Straße hoch, und Jacko dirigierte die schwere Maschine durch den Slalom der engen Kurven. Er kannte jeden Winkel hier und konnte blind nachhause finden, wenn es sein musste. Er spürte Lorenas festen Griff an seinen Lenden, ihren Kopf zwischen seinen Schulterblättern. Nur ein paar Minuten würde sie noch durchhalten müssen.

Oben in der Hütte angekommen, strampelte Jacko sich aus seinen Klamotten und versuchte in den Unterhosen, Lorena aus dem Kombi zu befreien, was damit endete, dass sie in den Ärmeln gefangen mit ihm zu Boden ging. Die beiden lachten ausgelassen, und Lorena strampelte wie wild am Boden, bis Jacko endlich die Ärmel über ihre Hände ziehen konnte. Schwer atmend und tropfnass saßen sie auf dem Küchenboden. Wie schön Lorena war! Jackos Blick streifte verstohlen über die junge Frau, welche da in Unterwäsche vor ihm auf dem Boden saß. Ein flacher Bauch. Durchtrainiert und doch weich. Samtene, fast weiße Härchen auf ihren Armen, die in alle Richtungen abstanden. Das nasse, halblange Haar klebte an ihrem weichen Gesicht, und die stahlblauen, wachen Augen blitzen, als sie Jackos Blick fassten. Lorena stand wortlos und schmunzelnd auf. Sie klaubte den Haufen nasser Kleider vom Boden und ging damit in Richtung Bad. Langbeinig, elegant war sie auch, dachte Jacko. Nicht dass er seine Enkelin begehrt hätte. Es war purer

Stolz, und doch weckte Lorena seine Sehnsucht, in den Armen einer Frau gehalten zu werden, ihre Wärme und den Duft ihrer Haut einsaugen zu dürfen. Lorena drehte sich an der Türe um und betrachtete den Mann, der da in Boxershorts die Jacke und Kombi aufhängte. Deshalb also die Komplimente wegen ihrer Tattoos! Jackos ganzer Rücken war ein einziges, kunstvolles Gemälde. Sie konnte nicht erkennen, was es darstellte. Dafür war es hier zu düster, aber sie würde es schon herausfinden, dachte sie, als sie die Dusche anstellte und sich schaudernd dem warmen Wasserfall, der von der Decke prasselte, hingab. Draußen tobte das Gewitter. Das Prasseln der Dusche wurde mit dem scharfen Klatschen des Regens an den Fenstern ergänzt, den die Böen wie aus riesigen Kübeln an die Fenster warfen.

Jacko saß in seinem Cube an seiner Kommandozentrale. Lorena hatte nur ein paar Butterbrote und etwas Tee in sich hineingestopft, um ihren Bauch zu füllen. Dann war sie innert Sekunden im Bett einkuschelt eingeschlafen. Jacko hatte sie zugedeckt und nach ihren Zehen geschaut. Sie waren warm und rosig. Als er die Decke über ihre Füße zog, sah er, dass Lorena schon tief und regelmäßig atmete.

Er wollte mehr über Lorenas Arbeit erfahren und gab den Namen ihres Professors in die Suchmaschine ein: Professor Wittwicki. In früheren Versionen von Google, Yahoo und wie sie alle hießen, erschien daraufhin eine lange Liste mit Einträgen, Verweisen, Dokumenten, Webseiten, Bilder und was alles zu finden war. Oder wofür die Betreiber der Stichworte zahlten, um gefunden zu werden.

Das hatte sich längst entscheidend geändert. Die Suchmaschinen waren wesentlich intelligenter geworden!

MyWorld, welche Jacko benutzte, kannte seine Interessen. Wenn er sich für einen Begriff interessierte, erkannte die Suchmaschine, ob er nur eine Definition, Übersetzung oder mehr darüber wollte. Über den Professor wollte er mehr erfahren. Der Bildschirm startete mit einer Art Mindmap. Von sozialen Netzwerken, über Verbindungen und Interessen des Professors. Jacko klickte Meeressäuger an, und sofort erschien ein Arm mit biologischen Informationen, Geschichte, Studien und neusten

Erkenntnissen und der Verbindung zu Wittwicki. Jacko klickte auf „Summary", und die Server irgendwo auf dieser Welt begannen zu arbeiten. Es würde ein paar Minuten dauern. Das System hatte noch nach ein paar Richtungen, Einschränkungen oder Vertiefungen gefragt. Wie immer sehr zielgerichtet. Schließlich kannte das System Jackos Denkweise und Art, nach relevanten Informationen zu suchen, sehr gut. Mit jeder Anfrage lernte es mehr von ihm. Und es ging sogar darüber hinaus. Der Algorithmus von Jacko wies Schwächen auf, blinde Flecken. Dinge, welche wichtig waren und daher Jacko auch entgehen konnten. Wie bei jedem Menschen musste sich seine Denkweise fokussieren, um nicht mit Information überhäuft zu werden. MyWorld verglich die Algorithmen von ähnlich denkenden Menschen und von ganz andersdenkenden. So erlaubte sich MyWorld jeweils in einem Summary eine Rubrik „MAI – maybe also important" einzubauen.

Jacko holte sich einen Kaffee und machte es sich in seinem Ohrensessel bequem. Den hatte er aus einem Flohmarkt. Er war für ihn der Inbegriff von Rückzug. Man konnte darin versinken, den leicht muffigen Geruch von hundert Jahren und wer weiß von wem alles, der darin versucht hatte zu lesen oder nachzudenken, einsaugen und die Welt draußen blieb draußen. Nicht dass man darin eingeschlafen wäre. Eher stellten sich Ruhe und Konzentration ein, sobald man sich darin setzte. Jacko hatte das sofort erkannt, und er hatte den Sessel damals auf seinem Rücken in die Hütte getragen.

Der Boden vor ihm flimmerte kurz auf, und dann erschien vor ihm eine junge Dame mit einem Ordner im Arm. „Hallo Jacko – ich habe deine Informationen bereit. Soll ich loslegen?", säuselte die Dame charmant.

„Leg los, meine Liebe", sagte Jacko zum Hologramm, mit einer Hand winkend.

Es folgte ein Vortrag über den Werdegang von Professor Wittwicki und seinem Forschungsgebiet, den Meeressäugern. Wo immer Jacko Fragen hatte, wurde vertieft oder nochmals zusammengefasst.

Lorena schien in guten Händen, und ihr Forschungsgebiet faszinierte ihn. Wenn mehr über die Kommunikation und das Lernverhalten der Tiere herausgefunden werden konnte, was würde das für das Menschsein bedeuten? Orcas schienen wie wir Menschen in verschiedenen Gemeinschaften zu leben und gewisse Fähigkeiten nicht nur zu lernen, sondern auch zu vererben. Das interessierte Jacko ungemein. Es deckte sich mit seinen Projekten. War es nicht verrückt, dass wir zwar Anpassungen an die Umwelt vererben konnten, aber nicht das Wissen und das bisschen Weisheit weitergeben konnten, das wir uns in einem kurzen Leben mühsam erarbeitet hatten? überlegte er. Für ihn war das der Fehler in der Evolution. Damit begann jede Generation fast wieder bei Null. Weisheit konnte man nur bedingt lernen. Man musste sie erfahren. Nur Erfahrung kombiniert mit Wissen brachte die Entwicklung voran. Wenn dieser Umstand nicht durchbrochen werden konnte, würden sich die Menschen noch in Tausendenden von Jahren gegenseitig abschlachten. Zwar mit immer effizienteren Methoden, aber nach wie vor in den alten genetischen Mustern und Verhaltensweisen verhaftet.

„MAI – bitte?", wies Jacko die nette Dame vor sich an.

„Ich weiß aus deinen E-Mails, dass du dich mit Frau Professor Do Li aus China zum Thema Lebenserweiterung intensiv austauschst. Professor Wittwicki hat im letzten Jahr zwei Kongresse zum Thema besucht und dabei auch mit Professor Do Li in einem Roundtable-Gespräch Meinungen ausgetauscht. Davon gibt es leider nur eine kurze Zusammenfassung. Möchtest du sie sehen, Jacko?", säuselte die Dame mit einem geheimnisvollen Lächeln.

Jacko setzte sich kerzengerade in seinem Ohrensessel auf. Er blickte kurz zum großen Chromstahlkühlschrank. Er war seit Jahren mit Frau Do Li in Kontakt und arbeitete an Projekten auf dem Gebiet. Keiner wusste das. Sollte MyWorld davon erfahren haben?

„Warum nicht – ja, zeig es mir bitte", antwortete Jacko so unverfänglich wie möglich.

Vor ihm tauchte die Diskussionsrunde auf, und ein Journalist erklärte, die Runde habe sich über Methoden unterhalten, wie die Enzyme erforscht werden könnten, welche im Versuchsstadium in Blutplasma-Therapien zur Zellverjüngung eingesetzt wurden, und wie sie auf die Gene der Zellen wirkten. Dass die Plasmatherapie Erfolge erzielen konnte, war unbestritten aber man wusste noch nicht, welche Proteine und Enzyme vom Blutplasma junger Menschen die Zellen von alten Menschen zu einer Verjüngung brachten. Zudem kannte man die Risiken nicht, und die Therapie war nicht breit einsetzbar. Für einen Erfolg brauchte es Hunderte Liter Blut von jungen Menschen, und das konnten sich nur wenige leisten. Wittwicki zeigte auf, dass bei Orcas Proteine gefunden wurden, welche gelerntes Verhalten auf genetischer Ebene verankern und somit vererbbar machten. Das könnte ein Schlüssel zu der Frage der Zellverjüngung sein – wenn auch rein hypothetisch, wie er ausführte.

Das Bild brach ab, und die junge Dame stand wieder fragend vor Jacko. Der blickte verstohlen wieder zu seinem Kühlschrank und meinte, es sei genug für heute. Er wies an, den Vortrag zu archivieren und fuhr sein System herunter.

Draußen prasselte immer noch der Regen. Schlafen auf der Terrasse war keine gemütliche Option. Jacko zog ein Klappbett aus einem Schrank herunter, nahm eine Decke aus der Kommode und deckte sich damit zu. Er war immer noch in seinen feuchten Boxershorts, aber das kümmerte ihn wenig. Er lauschte dem Summen des Kühlschranks und schlief sofort ein.

ZWÖLF

Lorena blinzelte in das fahle Morgenlicht, als sie erwachte. Es schien noch sehr früh, nur ganz schwaches Licht war auf den Berggipfeln gegenüber zu sehen, und trotzdem hörte sie neben den sanften Regentropfen eine Art leisen Gesang. Sie stand auf und trank ein wenig von dem Wasser, das Jacko für sie hingestellt hatte, und trat ans Fenster.

Unten auf der Terrasse sah sie Jacko im Lotussitz mit nacktem Oberkörper. Der Mann hatte immer noch einen muskulösen Rücken und breite Schultern für sein Alter, dachte sie bei sich. Aber was um alles in der Welt machte er in dem leisen Nieselregen so früh am Morgen? Er schien zu singen. Oder eher zu beten? Vorsichtig öffnete sie das Fenster. Ja – es war eine Art Singsang, ein Mantra, das er da zu singen schien. Kerzengerade aufrecht sitzend, den Blick auf die gegenüberliegenden Gipfel gerichtet. Die Luft, die durch das Fenster strömte, war kühl, und Lorena begann sofort zu frösteln, aber Jacko schien die Kälte nichts auszumachen.

Kopfschüttelnd, mit einem Lächeln kuschelte Lorena sich wieder in die Decken und schlief sofort wieder ein.

Als sie erneut blinzelnd erwachte, war es richtig hell. Die Sonne schien in das Zimmer, und Jacko saß mit einer Tasse dampfendem Kaffee auf der Bettkante. Mit einem amüsierten Stirnrunzeln betrachtete er erstaunt Kikla, die sich neben Lorena auf der Bettdecke streckte und ihn aus ihren Schlitzaugen mit einem gelangweilten Blick ansah. So ist das also, dachte Jacko. Bei ihm hatte sich Kikla höchstens alle paar Tage einmal auf dem Sofa rangekuschelt, um ihre Schmuseeinheiten abzuholen. Neben ihm geschlafen hätte sie nie. Sie hatte sich jeweils nach einigen Minuten vom Sofa getrollt oder ihm mit erhobenen Pfoten bedeutet, dass es nun genug sei. Katzen waren ein wenig wie Frauen, dachte Jacko. Als Mann konnte man sie nie verstehen und schon gar nicht, warum man in ihrer Gunst stand oder nicht.

„Zeit zum Aufwachen, Schlafmütze," sagte er warm und leise. „Ich habe den Jeep, die Einkäufe und deine Kleider schon geholt. – Hast du Hunger?"

Lorena streckte sich und blinzelte. Sie nickte, und Jacko stellte eine Tasse Kaffee neben sie. Bald hörte man ihn unten mit Pfannen und Geschirr klappern.

Lorena nippte an ihrem Kaffee und überlegte, wie kurz sie erst hier bei Jacko war, und trotzdem kam es ihr vor, wie wenn sie seit Wochen oder sogar schon immer hier gewesen wäre. Die Tage waren intensiv, und als sie in sich hineinfühlte und spürte, dass ihre Muskeln etwas verspannt waren wie nach einem intensiven Tag mit Skilaufen in den Bergen, zog sich ihr Bauch zusammen. Kein Krampf, aber so was Ähnliches. Sie legte sich auf den Rücken und stopfte das Kissen hinter sich, so dass sie ihren Bauch betrachten konnte. War das Einbildung oder war er tatsächlich ein wenig runder geworden? Sie legte ihre Hand auf den Bauchnabel. Der Bauch war warm und weich. Da war es wieder. Wie ein kleiner kurzer Krampf.

„Jaaaakoooo!!!", schrie Lorena aus voller Kehle. Jacko hatte gerade Rührei auf die Teller geschaufelt und fuhr zusammen. Der Schrei klang nicht wie damals, als Kikla Lorena erschreckt hatte – eher verwundert und doch ängstlich. Mit drei Sätzen sprang Jacko die Treppe hoch und sah Lorena auf dem Bett sitzen, beide Händen auf den Bauch gepresst. Jacko setzte sich auf das Bett und schaute Lorena fragend an.

„Ich glaube, ich spinne – da bewegt sich was in meinem Bauch", stammelte Lorena. „Jetzt gerade wieder!" Sie nahm Jackos Hand und legte sie auf ihren Bauch.

„Ich spüre nichts", meinte Jacko mit geschlossenen Augen. „Aber eigentlich ist das ganz normal... Du bist ungefähr in der sechzehnten und achtzehnten Woche schwanger, wenn ich richtig rechne?"

Lorena zählte mit den Fingern nach und nickte: „Ja, kann schon sein, und jetzt?"

„Na ja, dein Kind wächst, und irgendwann beginnt es sich zu bewegen. Es lebt in dir und entwickelt sich. Alles ganz normal", meinte Jacko lakonisch.

Lorena schaute ihn verdattert an, und ihr Mund klappte ein paar Mal auf und zu, aber sie sagte keinen Laut.

„Spürst du es immer noch?", fragte Jacko. Sie schüttelte den Kopf.

„Aber das ist … das ist doch verrückt! Ich weiß nicht mal, ob ich es behalten will, und jetzt... Es kann doch nicht einfach in mir leben – einfach so! Ich weiß doch gar nicht, was ich machen soll, verdammt nochmal!"

Lorena liefen Tränen über die Wangen, und wie im Zeitraffer lachte ihr Gesicht, um gleich danach in Weinen zu wechseln, dann in Sorgenfalten und gleich wieder in Lachen.

Jacko nahm Lorena in die Arme und wiegte sie sanft. So saßen sie ein paar Minuten, bis Lorena sich beruhigte und ihre Arme sich entspannten. Jacko löste sich sanft aus der Umarmung und lud sie mit einer Kopfbewegung ein, nach unten zu kommen. Als Lorena nicht reagierte, deutete er auf sie, danach auf sich, streckte den Daumen nach unten und schaufelte mit der anderen Hand etwas aus der Luft zu seinem Mund. Tauchersprache. Lorena musste grinsen und nickte. Jacko zeigte ihr das O.K.-Zeichen, einen Ring aus Zeigefinger und Daumen.

Jacko hatte auf der Terrasse gedeckt. Nebel stiegen vom See her auf, und die Sonne verdampfte die Feuchtigkeit aus den Wäldern auf der gegenüberliegenden Seite.

Lorena hatte sich im Korbsessel mit einer Decke eingekuschelt. Kikla legte sich schnurrend zu ihren Füßen, während sie ihren Kaffee schlürfte.

„Wie der erste Tag auf Erden", meinte sie versonnen.

„Irgendwie ist es das ja auch", meinte Jacko „Du trägst ein neues Leben in dir, und heute hast du es zum ersten Mal gespürt. Das ist wie der erste Tag in einem neuen Leben. Ein Leben, das nie mehr so sein wird wie vorher."

Lorena schürzte die Lippen, sagte aber nichts.

Sie saßen schweigend nebeneinander und kauten Brot, schoben sich volle Löffel mit würzigem Rührei in den Mund, den Blick starr in die

Landschaft geheftet. Die Spannung war fast greifbar, und Jacko hätte sich nicht gewundert, wenn kleine Blitze aus dem aufsteigenden Nebel geschossen worden wären.

Kikla stand auf, streckte sich und wetzte die Krallen in den Holzboden, um gleich darauf die Ohren zu spitzen. Sie fauchte leise und starrte auf die sich auflösenden Nebelfetzen. Lorena und Jacko schauten ihr zu und blickten sich in die Augen. Jacko zuckte mit den Achseln, aber Kikla fauchte weiter nach unten in das Unsichtbare. Da hörten sie beide gleichzeitig ein leises Summen wie von einem Bienenschwarm, der sich näherte. Aus dem Nebel tauchte Pit auf. Mit einem Affenzahn flog er auf die Terrasse zu, um dann steil über die beiden hinwegzuziehen, zwei Loopings zu fliegen und mit einer langen Kurve zur Landung anzusetzen. Sofort rollte Pit schnatternd zu seiner Ladestation, um mit einem zufriedenen Grunzen zu signalisieren, dass er seinen Stecker gefunden hatte. Kikla entspannte sich und rollte sich wieder vor Lorena ein. Jacko klaubte Polly aus seiner Hosentasche und fragte nach Pits Logbuch. Natürlich hatte Pit eine beschränkte künstliche Intelligenz, die ihm erlaubte, aus Flugdaten, Situationen und Manövern zu lernen, aber das gerade eben war mehr gewesen!

Eigentlich hatte Pit nur vorprogrammierte Gefühle, um die Kommunikation zu erleichtern, mehr aber nicht. Jacko bildete sich ein, Pit habe einen Freudenflug gemacht. Seine Manöver wirkten ausgelassen. Aus dem Protokoll ging hervor, dass sich Pit die ganze Nacht in einer Nische im Tunnel unten vor dem Regen verborgen hatte. Dabei waren seine Batterien auf einen kritischen Level abgesunken. Der Saft hatte gerade noch für den Flug zu Jackos Haus gereicht, und die paar Kringel, die er noch drangehängt hatte. Es schien, als sei Pit erleichtert gewesen, dass er es ohne Notsignal nachhause geschafft hatte. Das war auch früher schon passiert, und Jacko hatte ihn mittels der Ortung durch Polly aus Bäumen oder Unterschlüpfen retten müssen, weil die Batterien erschöpft waren. Diesmal hatte er es alleine geschafft und offenbar sogar sein System runtergefahren, um Strom zu sparen. Alles eigentlich erfreulich, weil es bewies, dass Pit lernen konnte, aber Gefühle wie Freude ausdrücken? Jacko schüttelte ungläubig den Kopf.

„Was ist los?", fragte Lorena.

„Eigentlich nichts. Ich sehe nichts Besonderes auf dem Logbuch, aber sein Verhalten hat mich doch sehr erstaunt", meinte Jacko und kratzte sich am Kopf.

„Vielleicht ist er kaputt? Du kannst ja einen neuen kaufen", meinte Lorena.

„Da werde ich sicher nicht!" erwiderte Jacko ungehalten. „Pit gehört fast zu meiner Familie. Da wird er nicht einfach auf den Müll geworfen und ersetzt!"

„Du bist ein komischer Kauz", meinte Lorena verwundert. „Du hast keine Familie - Deine Eltern sind längst gestorben und von Deinem hast Du seit über fünfzig Jahren nichts gehört - Du lebst wie ein Eremit in den Bergen mit einem Raubtier und elektronischem Spielzeug, hast keine Freunde – oder machst zumindest auch darum ein Geheimnis. Wer bist DU?"

„Ich, ich bin dein Großvater. Immerhin biologisch. Auch wenn ich mich nie gekümmert habe, eine Beziehung zu dir aufzubauen. Oder es einfach nicht geschafft habe. Ich habe bereits ein langes Leben hinter mir, und da ist es ganz normal, dass vieles schiefgelaufen ist und man ein paar Geheimnisse hat. Oder?", erklärte Jacko etwas genervt.

„Das findest du normal? Dass du so zurückgezogen lebst, Panzerschränke in deiner Großgarage hast und da in dem Cube? Dass du offenbar stinkreich bist, aber nichts daraus machst?", platzte Lorena heraus und starrte Jacko mit großen Augen an. „Du hast dich nie um mich gekümmert oder um Vater. Du hast ihn zur Adoption freigegeben, und nun willst du mir erklären, was ich mit meinem Kind zu tun hätte?"

Jacko holte tief Luft und hielt inne.

„O.k.", meinte er, ließ die Luft aus seinen Lungen wie aus einem Ballon entweichen und hob seine Hände.

„Eins nach dem anderen, Lorena. Ich werde dir alles erzählen, was du wissen willst. In Ruhe!"

„JETZT ist ein guter Zeitpunkt, und Ruhe haben wir auch – fang doch einfach hinten an. Was zum Teufel verbirgst du in diesen Panzerschränken?", funkelte ihn Lorena an.

Jacko seufzte und sagte, er werde etwas ausholen müssen. Lorena verdrehte die Augen, grinste aber dazu.

„So um das Jahr 2015 rum startete ein richtiger Wirtschaftsboom", begann Jacko.

„Die Technik hatte begonnen, sich rasant zu entwickeln. Was in früheren Jahren als das Mooresche Gesetz bekannt gewesen war, nämlich dass sich komplexe Schaltkreise und die Leistung alle zwölf bis vierzehn Monate verdoppeln und dabei die Kosten sogar noch sinken, war ab 2015 zur Grundlage der Entwicklung der Robotik und der Digitalisierung geworden. Die Folge war, dass die Produktivität extrem anwuchs, aber gleichzeitig die Mehrheit der Menschen ihren Job an ‚Digitale' verloren oder sich zumindest umschulen lassen mussten. Die Besteuerung der Arbeit von Computern und Robotern hatte es den Staaten erlaubt, massiv in Infrastruktur wie neue intelligente Straßen, alternative Energien und so weiter zu investieren. Ein paar Jahre später wurde dann ja auch in fast allen Staaten das erwerbsunabhängige Einkommen eingeführt. Das wiederum führte dazu, dass die Menschen viel freier kreative Ideen ausprobieren konnten, da sie sich ja nicht mehr um ihre Existenz kümmern mussten. Kurzum, alle begannen zu leben wie Großgrundbesitzer welche auf ihren Feldern Sklaven die Arbeit machen lassen, um sich um schöne und spannende Dinge im Leben zu kümmern. Nur dass es sich nun bei den Sklaven um Maschinen handelte und man sich deswegen keinerlei ethische Vorwürfe machen musste.

Jacko erzählte, wie er selber an seinen Propellern, Schiffsrümpfen und Flugzeugflügeln herumexperimentiert hatte, um schließlich mit seinem gekrümmten Propeller eine echte Erfindung machen zu können, die er sogar hatte patentieren lassen können. So war es nicht nur ihm, sondern vielen ergangen. Das UEK war das Startkapital gewesen für neue Erfindungen und Unternehmen, und viele waren damit reich geworden."

Lorena machte mit den Fingern Rollenbewegungen in der Luft, als wollte sie vorwärtsspulen, und Jacko bemühte sich, auf den Punkt zu kommen.

„Daraus entwickelte sich aber auch noch ein ganz anderer Bereich fulminant", fuhr er fort. „Die Medizin machte sprunghafte Fortschritte. Nicht nur, dass die Diagnose durch künstliche Intelligenz und riesige Datenbanken unterstützt wurde. Krankheiten wie Krebs waren zu chronischen, aber nicht mehr tödlichen Leiden geworden. Somit hatten die Menschen die drei größten Geißeln und Verhinderer von Entwicklung in den Griff bekommen.

Kriege waren kaum mehr aufgeflammt. Lokale Konflikte gab es zwar, aber keine flächendeckende Zerstörung von Ländern oder ganzen Regionen mehr. Nicht dass die Menschen etwa friedlicher geworden wären. Die Kriege konnten einfach nicht gewonnen werden, und es ging den meisten Menschen so gut, dass es keinen Grund gab, wegen Ressourcen einen Krieg anzuzetteln.

Hunger, die zweite Geißel, war auch weitestgehend besiegt und mit dem UEK die extreme Einschränkung von geistigem Potential, das sich nur um die Erhaltung der Existenz kümmern musste, abgeschafft worden.

Die dritte Geißel, Krankheiten, waren nicht vollständig besiegt. Zwar herrschten seit Jahren keine Seuchen mehr, die sich unkontrolliert ausbreiten konnten. Krebs wurde auf biologischer Ebene in Schach gehalten, und bei Herzkreislaufkrankheiten gab es inzwischen alles, was ein fast normales Leben möglich machte, von Nanorobotern, die Arterien reinigten, bis zu künstlichen Herzen. Die Menschen konnten in der großen Mehrheit ihr biologisches Potential erreichen und wurden neunzig und mehr Jahre alt.

Zum ersten Mal konnte die Forschung sich mit genügend Kapital der Aufgabe widmen, die Lebensspanne zu verlängern.

Alles die Geschichte der Medizin war bisher nur darauf ausgerichtet gewesen, nicht frühzeitig zu sterben, aber älter wurden die Menschen dadurch nicht. Nun ging es darum, die ‚Krankheit Tod' zu eliminieren.

Nicht viele waren damit wirklich einverstanden – bis heute nicht. Dieselben Stimmen und Ängste, welche schon beim UEK den Untergang der Menschheit oder zumindest der Moral prophezeit hatten, machten nun geltend, dass die Menschen gar nicht älter werden SOLLTEN. Da wurden mit Gründen wie Überbevölkerung, mehr Platz für die Jungen und neuen Ideen argumentiert. Völliger Blödsinn", bemühte sich Jacko zu erklären und wiederholte dies mehrmals.

Lorena wurde klar, wie wichtig ihm das Thema war. Wegen seinem Alter oder wegen seiner Theorie? Sie wusste es nicht und drängte den Wunsch zurück, Fragen zu stellen. Sie wollte erst einmal zuhören – wie sie es auf der Uni gelernt hatte.

„Der eigentliche Grund die Lebensspanne zu verlängern ist nicht, älter werden zu können, sondern dass die Menschheit aus der Falle der natürlichen Evolution entkommen kann", betonte Jacko.

„Natürlich, das Prinzip, dass sich eine Spezies durch Anpassung und Mutationen über Generationen verfeinert und nur die Besten durch die natürliche Selektion überleben, ist ein unabdingbares Gesetz des Lebens. Da gibt es ein Gedankenexperiment...", sagte er und zwinkerte Lorena zu. Sie nickte leicht und gab damit Jacko das Signal, weiterzusprechen.

„Stell dir vor, du bist Gott und kannst eine neue Spezies schaffen", fuhr er fort.

Lorena lachte und fragte: „Muss es denn da zwei Geschlechter geben?"

Jacko schmunzelte: „Zuerst musst du bestimmen, wieviel Angst diese neue Kreatur haben soll. Aber Achtung, ein Rat: Bevor du über Geschlechter und Fortpflanzung nachdenkst, führe dir Folgendes vor Augen: Ist deine neue Spezies zu arglos, zu mutig, wird sie von jedem ‚Säbelzahntiger' gefressen und wird früher oder später aussterben – egal, wie sie sich fortpflanzt.

Ist sie jedoch zu ängstlich, zu vorsichtig, wird sie sich kaum aus der ‚Höhle' wagen und deshalb verhungern und aussterben – egal, wie extensiv sie sich fortzupflanzen versucht.

Wieviel Angst willst du ihr also mitgeben?"

Lorena rollte mit den Augen. „Nicht zu viel und nicht zu wenig – das ist doch die Evolution. Diejenigen mit der richtigen Mischung werden sich durchsetzen – außer die Ausgangslage war so katastrophal, dass die Zeit zu knapp für den Prozess war und das Lernen über Generationen auf genetischer Ebene zu langsam war."

„Siehst du, und dieses Prinzip nennt sich: das Überleben der Fittesten – in unserer Zeit vielleicht dasjenige der Erfolgreichen. Nur erleben wir eine gewaltige Asynchronität des genetischen Entwicklungsprozesses und der technologischen und gesellschaftlichen Entwicklung!", meinte Jacko mit beharrlichem Nicken.

„Lass mich erklären, was ich damit meine und warum die Lebensspanne der Menschen darin einen entscheidenden Schlüssel für unser Überleben darstellt", dozierte er mit einer theatralischen Geste, die Arme zum Himmel geöffnet.

Lorena war sich solche Gesten von der Uni gewöhnt und bedeutete Jacko mit offenen Armen fortzufahren. Sie war gespannt, wie er das zu einem schlüssigen Argument formulieren wollte.

„Was ist mit der Weisheit?", fuhr Jacko enthusiastisch fort.

„Seit Gutenberg hatten zumindest Wissen und Gedanken über die Lebensspanne transportiert werden können. Seit der Entwicklung der künstlichen Intelligenz war es auch nicht mehr unbedingt nötig, dass ein Medizinstudent praktisch bei Adam und Eva anfangen musste und das Studium immer länger und anspruchsvoller wurde. Heute kann man das alles straff zusammenfassen und sich um die neusten Entwicklungen kümmern. Und trotzdem. Der Tod setzte Lebenserfahrung und Weisheit ein Ende. Jeder Diktator oder Heißsporn, der in seiner Jungend gemeint hatte die Welt erobern zu müssen und im Alter weise und gütig geworden war, war nach seinem Tod durch einen neuen Heißsporn ersetzt worden, der wiederum sechzig Jahre brauchte, um Wissen und Weisheit zu erlangen. Würden die Menschen zwei-, drei- oder vierhundert Jahre leben, würde sich die Entwicklung auf geistiger und gesellschaftlicher Ebene massiv beschleunigen, weil genau diese Lebenserfahrung und Weisheit länger erhalten bleiben könnte und nicht einfach durch neugeborene Dummheit ersetzt würde", führte Jacko, der nun in Fahrt kam, aus.

Auf Lorenas Stirnrunzeln hin hatte er beschwichtigend beigefügt, es würden ja trotzdem immer neue Menschen geboren, um den Elan zu erhalten. Einfacher gesagt, würden dann einfach zehn oder mehr Generationen an Nachkommen den weisen X-Urgroßvater erleben und von ihm lernen können.

„Nun könnte man ja auch vermuten, ein alter Sack wie ich wolle einfach nicht abtreten und aus ganz egoistischen Gründen dreihundert Jahre alt werden. Auch das wäre ja völlig legitim", schloss Jacko und stand auf.

Er nahm Lorena an der Hand und führte sie zu seinem Cube.

„Was hier drin ist, hat meinen Körper, meine Zellen auf das Niveau eines Fünfundfünfzigjährigen gebracht", erklärte er augenzwinkernd, schaute in den Retinascanner und zog am Chromstahlgriff des Schranks, vor den er sie geführt hatte.

Mit einem saugenden Geräusch öffneten sich die Türen des Schranks, und im bläulichen Licht konnte Lorena sauber aufgereihte Infusionsflaschen erkennen. Jacko nahm aus dem unteren Regal eine leere Flasche und schloss den Schrank wieder.

„Die Temperatur muss konstant bleiben", sagte er.

„Und was ist das für ein Wunderzeugs, das du da aus deinem Panzerschrank geholt hast, Doktor Frankenstein?", fragte Lorena erstaunt.

„Das ist etwas ganz Besonderes", raunte Jacko.

Er erzählte Lorena, dass er den „Zaubersaft" mit einer chinesischen Ärztin entwickelt habe, die er vor Jahren an einem Kongress kennengelernt habe. Sie habe die Ideen gehabt, er das Geld und die Verrücktheit, die Sache auszuprobieren.

Im Grunde war es simpel. Vor zwanzig Jahren hatten Wissenschaftler Folgendes herausgefunden: Wenn man alten Mäusen Blutplasma von jungen Mäusen spritzte, konnten diese Fähigkeiten wiedererlangen, die sie durch den Alterungsprozess verloren hatten. Natürlich hatten die Reichen dieser Welt sofort begonnen, sich Blutspenden von Jungen illegal zu beschaffen, um sich zu verjüngen. Einige Schauspieler wurden verdächtigt, sich konstant Schönheitsoperationen zu unterziehen, da sie nicht zu altern schienen. Das Geheimnis war: junges Blutplasma. Die illegalen Behandlungen hatten zur Folge, dass es bald zu schweren Nebenwirkungen kam und Skandale von Blutbanken in Indien und Afrika publik wurden. Die Sache schien nicht wirklich zu funktionieren, war ethisch höchst fragwürdig und obendrein gefährlich.

„Dr. Duo Li hat daran geforscht und nach Langem herausgefunden, dass bestimmte Enzyme und bisher unbekannte Hormone im Blutplasma von jungen Menschen die Zellen regenerieren. Das heißt, eigentlich regenerieren sich die Zellen selber, wenn ihnen sozusagen gesagt wird, dass sie in einem jungen Körper leben. Über zwanzig aktive Moleküle und Proteine haben wir bereits gefunden", erklärte Jacko stolz.

„Und den Scheiß spritzt du dir jetzt?", fragte Lorena ungläubig

„Hör mal! Das Zeug ist kein Scheiß, wie du es nennst, sondern Forschung, und ich bin eines der Versuchskaninchen", antwortete Jacko etwas beleidigt.

„Und du glaubst, dreihundert Jahre alt zu werden?", schrie Lorena mit vor Empörung roten Wangen.

„Beruhige dich bitte, Lorena. Es ist viel – ich weiß –, aber glaub mir, ich bin überzeugt, damit Gutes zu tun. Nicht nur für mein Leben. Auch für deines und für das deines ungeborenen Kindes", versuchte Jacko zu beschwichtigen.

Aber Lorena war nicht zu beschwichtigen. Wie von der Tarantel gestochen rannte sie aus dem Cube auf die Terrasse. Dort stand sie vornübergebeugt auf die Knie gestützt und atmete schwer.

„Setz dich bitte, Lorena. Du beginnst mir noch zu hyperventilieren", raunte Jacko, der ihr nachgegangen war, hinter ihr.

Lorena atmete tief durch und sagte leise, fast flüsternd: „Du erzählst mir, ich solle das Kind in mir austragen und unbedingt behalten. Es soll in diese verrückte Welt geboren werden, in der es keine normalen Menschen mehr geben wird. Cyborgs mit unglaublichen Fähigkeiten und wahrscheinlich Abgründen, von denen wir nicht einmal zu träumen wagen. Mein Kind soll mit einer Mutter aufwachsen, die dreihundert Jahre alt wird, und mit ihrem Großvater dereinst den vierhundertsten Geburtstag feiern?"

Lorena atmete wieder schneller. „Bist du eigentlich vollkommen durchgeknallt?", schrie sie und rannte los.

Jacko wollte Lorena nachrennen, doch dann hielt er inne. Vielleicht brauchte sie einfach Distanz zu ihm, um erst einmal zu verdauen. Alles war eindeutig zu viel gewesen für sie. Schon die Tage davor waren intensiv gewesen. Es hätte schon gereicht, nur den Großvater kennen zu lernen, aber dann noch seine ganze Geschichte dazu. Dabei hatte sie noch nicht die ganze Wahrheit erfahren. Und die Auswirkungen der Schwangerschaft kamen ebenfalls dazu. Lorena hatte ihr Kind zum ersten Mal gespürt, und obwohl sich Jacko dieses Gefühl nicht einmal vorstellen konnte, war ihm bewusst, wie intensiv das sein musste: Zu spüren, dass ein neues Leben in einem wächst.

Ist das ein Gefühl, wie wenn man einen Bandwurm im Darm hat und sich davor graust, dass etwas Fremdes in einem lebt? Oder empfindet man da sofort Wärme und eine besondere Verbindung? Schließlich ist das Kind ja ein Teil von der Mutter. Sozusagen aus ihrem Fleisch und Blut. Vorerst sind das nur Zellen, noch keine Person, und doch wird der Embryo das unweigerlich werden. Eigentlich verrückt, dachte Jacko bei sich.

Da sind wir auf der Welt als mehr oder weniger autonome Körper, und dann gelangt eine fremde Zelle in uns, verschmilzt mit einer unserer Zellen. Soweit ja noch logisch, überlegte er. Aber dann wird aus dieser Zelle ein Mensch. Der unbegreifliche Funken des Lebens wird weitergegeben. Trotz aller Technik und Entmystifizierung der Lebensvorgänge. Trotz allen Wissens um die Gene und die relativ simplen Algorithmen der Psyche, welche uns Menschen manchmal fast schon als relativ einfache und berechenbare Maschinen erscheinen lassen, ist wohl genau dieser Punkt entscheidend. Mit aller Technik und allem Wissen haben die Menschen es noch nie geschafft, aus Materie, aus Grundbausteinen Leben zu erzeugen. Noch nicht einmal ganz einfache Formen, geschweige denn so etwas Komplexes wie einen Menschen. Das muss dieses heilige Gefühl sein, wenn man als Frau ein Kind in sich zum ersten Mal spüren kann.

Jacko machte sich auf den Weg und trottete langsam den steilen Hang von seiner Hütte herunter. Er wollte nachsehen, wo Lorena sich verkrochen hatte. Er hatte keine Ahnung, wie er das alles wieder kitten konnte. Ja, er wusste noch nicht einmal, ob er das überhaupt sollte und mit welchem Recht er Lorena irgendwelche Ratschläge geben durfte. Er wollte einfach für sie da sein, und wenn sie das Kind nicht behalten wollte – dann eben nicht.

Als er unten auf der Straße angekommen war, sah er keine Spur von Lorena. Er wurde nun doch unruhig und begann, nach ihr zu rufen. Er ging die Straße ein paar hundert Meter runter und dann hoch in die andere Richtung. Keine Lorena.

Nun wurde Jacko richtig mulmig. Schließlich war sie schwanger, und auch wenn sie sich in der Natur auskannte, sie kannte die Hänge mit ihren steilen Felswänden nicht. Er rannte beunruhigt los.

„Kuuurt!", brüllte er und hämmerte wie wild an die Türe seines Nachbarn. Er konnte sich nur vorstellen, dass Lorena bei ihm untergekommen war. Aber Kurt schien nicht zuhause zu sein. Jacko schlich ums Haus und lugte in die Fenster. Da war niemand. Als er zurück zur Straße lief, hörte er Pit über sich.

Gut! Dass er nicht sofort daran gedacht hatte! Er rannte den Hang hoch zu seiner Hütte und musste sich erst einmal hinsetzen. Vor seinen Augen tanzten glühende Punkte, und er rang nach Luft wie ein Ertrinkender. Es war nicht nur die Anstrengung, es war die Angst um Lorena, die ihn fast zu Boden warf.

Hastig rief er durch Polly die Bedienung von Pit auf. Er wies die Drohne an, nach Lorena Ausschau zu halten und lud Bilder von ihr hoch. Dann stellte er in den Live Modus und beobachtete, wie Pit über die Baumwipfel flitzte. Es war nichts zu erkennen und Jacko schaltete den Live Modus wieder aus. Das würde Saft sparen, und Pit konnte länger fliegen. Wenn er sie entdecken würde, würde Polly sich bemerkbar machen.

Er holte sich ein Glas Wasser aus der Küche und starrte ins Tal. „Scheiße, verdammt noch mal!", brüllte er ins Tal.

Lorena lehnte sich an einen Baum und blinzelte in den Himmel. Hoch über sich hörte sie das Summen einer Drohne. Sie schmunzelte mit schiefem Mund. Das musste Pit sein. Aber so einfach würde sie es Jacko nicht machen. Sie hatte nicht die Straße gewählt, sondern war in der direkten Falllinie in den Wald gelaufen. Wenn sie einfach immer direkt nach unten steigen würde, würde sie unten auf der Seestraße ankommen. Da würde sie weitersehen. Sie wusste, dass Jacko sich Sorgen machte, und genoss dieses Gefühl. Eine diebische Freude kam in ihr auf. Sollte der alte Kautz sich doch einmal Sorgen machen – um einen Menschen und nicht nur um seine tausend Gadgets und seine Katze!

DREIZEHN

Mit zerkratzten Beinen wand sich Lorena durch das dichte Gebüsch auf die Straße. Ihre Shorts waren mit feuchter Erde verschmiert. Sie zupfte sich kleine Äste und Laub aus ihrem zerzausten Haar, klopfte die Shorts und das Tank Top, um zumindest einen Teil des Waldes loszuwerden. Sie stampfte fest auf, um das Profil der Turnschuhe vom Dreck zu befreien. Sie sah an sich hinab und drehte sich, um auch einen Blick auf ihr Hinterteil zu werfen. Das sah ganz schön wild aus. Alles war mehr oder weniger voller Dreck. Auf ihrer Flucht den steilen Abhang hinunter war sie mehrmals gezwungen gewesen, auf dem Hintern vorwärts zu rutschen, um nicht unkontrolliert den Wald hinunterzurollen.

Sie war atemlos losgelaufen, die Gedanken waren in ihrem Kopf wie wild herumgeschwirrt, doch das Sich-Bewegen hatte ihr gutgetan. Die Gedanken waren mit jedem Griff an einem Ast, an den sie sich klammerte, um sich nach unten zu hangeln, und jedem Meter, den sie zwischen sich und Jacko brachte, ruhiger geworden Jetzt stand sie verdreckt, zerzaust und verschwitzt auf der schmalen Straße, die sich ein paar Kilometer dem See entlang schlängelte und in Interlaken endete. Wo wollte sie eigentlich hin? Nachhause? Da hätte sie ihr Gepäck mitnehmen sollen. Sie fasste in ihre Taschen. Nicht einmal ihr Handy, damit sie zahlen konnte, hatte sie dabei. „Shit...", zischte sie.

Sie kletterte die kleine Böschung durch das Gebüsch und an den Bäumen vorbei, welche den See säumten, hinunter auf die großen Felsblöcke. Die steilen, felsigen Hänge auf der gegenüberliegenden Seite lagen in der Sonne. Es war friedlich und still. Sie betrachtete den See. Kein Boot auf dem Wasser, keine Wellen. Spiegelglatt und ruhig, tief türkisblau lag der See vor ihr.

Lorena atmete tief durch und kniete sich auf einen Felsbrocken. Sie tauchte die Hände ins Wasser, das im ersten Moment kühl, aber nicht eiskalt war, wie sie erwartet hatte, und wusch sich die Arme und das Gesicht. Ihre Lebensgeister erwachten, und sie grinste verstohlen. Ein prüfender Blick in beide Richtungen, und sie schlüpfte aus Shirt und Shorts.

Stellte die Schuhe hinter sich und begann die Kleider auszuwaschen. Dann breitete sie die Sachen auf einem trockenen Felsbrocken aus und tauchte einen Fuß ins Wasser. Ihr Bauch zog sich zusammen, und sie schnappte nach Luft. Schon lagen der BH und das Höschen bei den Schuhen, und sie balancierte zu einer flacheren Stelle, um ganz ins Wasser zu steigen. Bis zum Bauchnabel konnte sie weiter auf den Felsen balancieren, aber dann kam die Tiefe. Sie sog ihre Lungen voll und pustete einen imaginären Luftballon auf, während sie sich ins tiefe Wasser gleiten ließ. Sie tauchte rasch wieder auf, und die Kälte raubte ihr für Sekunden den Atem.

Lorena blieb ruhig und konnte bald stoßweise ein wenig atmen. Kurz darauf konnte sie sich bewegen und schwamm ein paar Züge ins offene Wasser hinaus. Am Himmel zeigte sich kein Wölkchen. Stahlblau wie ihre Augen spannte sich der Himmel über den Gipfeln zu beiden Seiten. Nur das Summen von einigen Drohnen war leise zu hören. „Pit!", fuhr es ihr durch den Kopf, und sie schwamm mit nun kräftigen Zügen zurück zum Ufer. Am Himmel war nichts zu entdecken, aber sie war überzeugt, dass Jacko seinen skurrilen Freund losgeschickt hatte, sie zu suchen.

Pit flog knapp über den Wipfeln der Straße entlang, aber die Bäume verdeckten Lorena, und Jacko sah auf dem Display von Polly nur die menschenleere Straße. Er machte sich große Sorgen. Noch vor ein paar Minuten hatte Pit Lorena auf einem Abhang knapp über den Felsen entdeckt. Dann war sie zum Glück der Kante ausgewichen und auf dem Hosenboden den Hang weiter heruntergerutscht. Wenigstens wusste er jetzt, wo sie hinwollte. Wusste er das wirklich? Lorena war auf dem Weg nach unten, zum See. Mehr wusste er nicht. Ihre Sachen lagen noch oben in der Hütte, und ihren Beutel mit den Ausweisen und ihrem Smartphone hatte er auf dem Nachttisch gefunden. In Interlaken würde sie in den nächsten zwei Stunden keinen Bus finden, der sie zur nächsten SwissTube Station bringen würde. Er hatte also etwas Zeit, sie zu finden, aber viel nicht. Die Frage war nur, wie er sie dazu bewegen konnte zurückzukommen, wenn er sie denn finden würde. Lorena war eine selbständige junge Frau und er der biologische Großvater, mehr nicht. Warum sollte sie auf ihn hören oder gar zurückkehren? Ging ihn das Ganze überhaupt etwas an? Jacko war sich nicht sicher, was er glauben sollte.

Eigentlich war er ein wenig sauer. Er hatte doch getan, was er konnte, um Lorena zu geben, was sie suchte. Identität und Antworten. Er konnte ja nicht sein Leben umschreiben oder Fehler ausbügeln, nur damit sie sich besser fühlte. Verdammt – wer war er denn, diesem Mädchen nachzulaufen, das sowieso alles besser zu wissen glaubte? Jacko fasste einen Entschluss. Er würde ihr nicht nachlaufen.

Er befahl Pit, sich wieder auf seine Routinerunden zu beschränken, und rief seinen Freund Flo an. Florian hatte ein altmodisches Taxi am Bahnhof und eine Pferdekutsche für die Touristen. Normalerweise stand er mit seinem Taxi am Busterminal und wartete auf Kundschaft. Die waren immer spärlicher geworden, seit sich die selbstfahrenden Elektroautos in jeden Winkel ausgebreitet hatten oder die Touristen gleich mit einer autonomen Drohne direkt zu ihrem Hotel flogen. Aber Flo war ein sturer Oberländer, und hie und da schaute trotzdem eine Fahrt mit einem Honeymoon Pärchen für ihn heraus. Meist stand er aber auf seinem Parkplatz, den er seit mehr als dreißig Jahren hatte und der ihm von der Stadt aus touristischen Gründen gnädiger Weise weiterhin gewährt wurde. Alle anderen Parkplätze waren längst abgeschafft worden. Die autonomen Autos fuhren, wenn sie ihre Passagiere abgeliefert hatten, selber in ihre Silos, um sich aufzuladen und auf die nächsten Kunden zu warten. Jacko bat Flo, ein Auge auf Lorena zu halten, sollte sie auftauchen. Er beendete das Gespräch und schickte Flo ein Foto von Lorena. Nun fühlte er sich besser. Er wollte nur sichergehen, dass Lorena auftauchte und ob sie den Bus zur SwissTube nehmen würde. Falls sie doch bleiben wollte, hatte er Flo gebeten, Lorena in einen der vielen Bergbungalows zu fahren oder zu ihm zurückzubringen. Ganz wie es der Dame beliebte.

Unterdessen kletterte Lorena auf den Felsen, wo ihre Kleider lagen, und richtete sich auf. Es musste kurz vor Mittag sein, und die Sonne erreichte jetzt auch den Nordhang des Sees. Lorena wandte sich der Sonne zu, streckte sich und wrang ihr nasses Haar aus. Mit ausgebreiteten Armen und splitterfasernackt blickte sie in die Sonne. Ihr Brustkorb hob und senkte sich wie die Wellen bei einem Föhnsturm auf dem See. Ihre Haut brannte und prickelte von der Kälte. Die Wassertropfen perlten ab wie vom Gefieder einer Ente, als sie sich schüttelte. Ein Glücksgefühl stieg warm von ihrem Bauch auf. Sie fühlte sich wie eine Kriegerin und stieß einen spitzen Schrei aus. Die Sonne auf der Haut wärmte sie auf, und die Gänsehaut legte sich langsam. Sie fuhr sich über die festen Brüste und die harten Brustwarzen. Ihr Busen war voller geworden und prall. War das von der Schwangerschaft? Zart strich sie sich über die Brüste und den Bauch. Bald würde sie Mutter werden. Ob sie das Kind nun weggeben würde oder nicht − sie würde Mutter werden. Bald.

Ein Summen und leises Rauschen holte sie aus ihren Gedanken zurück. Da kam ein Auto oder was auch immer der Straße entlanggefahren. Schnell duckte sie sich in die Böschung, und kurz darauf hielt ein Wagen gleich über ihr. Schnatternde Stimmen von Asiaten waren zu hören, und eine Tür klackte. Lorena spähte nach oben. Schräg über ihr stand ein Chinese oder Koreaner und nestelte an seiner Hose. Gleich würde der hier neben ihr in den See pinkeln. Lorena hob einen trockenen Ast auf, hielt ihn wie einen Speer und richtete sich mit einem Schrei auf. Der Mann sah sie wie vom Donner gerührt an, um nach zwei Sekunden mit offener Hose und einem zuckenden gelben Strahl wie ein Pinguin und schreiend zum Wagen zurückzuwatscheln. Die Tür schlug zu, und das Auto summte hell auf und brauste gleich darauf mit quietschenden Reifen und wild gestikulierenden Passagieren los in Richtung Brienz zum Ende des Sees. Lorena prustete vor Lachen. Wie sie wohl ausgesehen haben mochte? Nackig, voller Tattoos, mit wilden Haaren und einer Art Speer in der Hand. Gefährlich meinte sie mit einem schiefen Lächeln zu sich selber.

Mit feuchten Kleidern und quietschenden Turnschuhen schlenderte Lorena der Straße entlang weiter Richtung Interlaken. Den BH hatte sie nicht wieder angezogen, sondern in die Gesäßtasche gestopft, von wo ein Träger wie die Reißleine eines Fallschirms hin und her baumelte. Sie schmunzelte und betrachtete stolz ihren wogenden Busen und die beiden Frambuesas, die sich durch das feuchte Tank Top reckten.

Sie hatte schon immer mehr Busen haben wollen, und jetzt hatte sie: Frambuesas! Sie dachte auf einmal an Altair. Sie hatten sich auf dem Campus kennen gelernt, und sie hatte sich sofort in seinen brasilianischen Charme verknallt. als sie ihn im Hörsaal sah. Am selben Abend hatte er unter der Dusche „Eu amo seus frambuesas" in ihr Ohr gehaucht und verzückt ihre Brustwarzen gestreichelt.

Schon drei Tage später war sein Besuch zu Ende gewesen. Er war Dozent an der Uni in São Paulo und unterrichtete Verhaltensbiologie. An ihrer Uni hatte er einen Gastvortrag gehalten, und Lorena war ihm sofort aufgefallen. So blaue Augen gab es bei ihm zuhause nicht, und auch wenn er eher die vollen Latina Formen vorzog, waren sofort die Funken gesprüht gleich bei der ersten Frage, die Lorena gestellt hatte. Bei Gastvorträgen strömten die Studierenden in den Hörsaal, selbst wenn es nie für alle Plätze gab. Lorena war an der Seite auf der Treppe gesessen und hatte jede seiner Bewegungen mit großen Augen verfolgt. Der smarte Mann mit seinem unerschöpflichen Wissen in ihrem Fachgebiet, der braune Teint, sein elegantes Englisch und die fast tänzerischen Bewegungen, die er zur Unterstreichung seiner Worte machte, nahmen sie augenblicklich in seinen Bann. Danach folgten ein Small Talk nach dem Vortrag, ein Saft in der Mensa, ein Dinner am See, das Bett und eine nachfolgende gemeinsame Dusche. Altair war mindestens zwanzig Jahre älter als Lorena. Sie hatte von Anfang an gewusst, dass daraus nichts Ernstes werden konnte. Es war ihr auch ziemlich egal gewesen. Sich begehrt und attraktiv zu fühlen, das hatte ihr genügt. Nun war jedoch etwas Fundamentales daraus geworden. Sie hatte zwar die Kontaktdaten von Altair, aber was sollte sie ihm sagen? Eigentlich wollte sie ihm gar nichts sagen! Nun entstand ein hübscher Junge oder ein süßes Mädchen mit krausem Haar aus der Liebesnacht. Warum sollte sie ihn darüber informieren? Wollte sie etwas von ihm und wenn ja, was? Sie wusste es nicht. Immer noch nicht.

Sie schlenderte die Straße entlang, genoss die Natur, das Sonnenlicht, das durch die Bäume brach und zuckende Bilder vor ihr auf die Straße projizierte. In der Nähe sah man das Städtchen Interlaken, die glitzernden Fronten der Hängekratzer und all den anderen Technologie-Kram. Lorena genoss die Ruhe, und plötzlich war ihr klar, wohin sie wollte. Zu Christian Locher! Schließlich hatte der sie eingeladen. Was genau sie da wollte, wusste sie zwar nicht, aber sie war neugierig, den Typen näher kennen zu lernen und vielleicht erzählte der ja etwas, was Jacko ihr nicht über sich verraten wollte.

Flo wusste sofort, wer da über den Platz vor dem Busterminal schlenderte. Die junge Dame, von der ihm Jacko ein Bild geschickt hatte, sah zwar eher wie eine verwilderte Katze aus als eine Frau, aber die blauen Augen waren unverkennbar. Er sah ihr zu, wie sie aus der Tüte an ihrem Handgelenk Erdbeeren herausfischte und sie sich genussvoll in den Mund steckte.

Lorena hatte sich im kleinen Shop am Terminal Erdbeeren und Wasser gekauft. Ein Blick in den Scanner hatte genügt, und der kleine Oberländer hinter dem Tresen sah auf dem Display, was sie gerne mochte. Auch so ein Algorithmus, der praktisch und zugleich unheimlich war. Früchte? Er zeigte ihr das Angebot auf dem Display, und Lorena tippte auf die Erdbeeren und verlangte noch nach einer Flasche Wasser. Schwupps hob sich das Fach auf dem Tresen, und ihre Einkäufe wurden aus dem kühlen Lagerraum unter dem Shop geliefert. Nun schlenderte sie um den riesigen Brunnen vor dem Terminal. Sie strich mit der Hand über die nur zwei Zentimeter dicke Wasserfläche, die sich über dem riesigen Granittisch erstreckte und dann glitzernd die Wände hinunterfloss. Ein Monument der beiden Seen hier, eindrucksvoll und doch wie ein riesiger Sarkophag, dachte Lorena.

Flo schaute Lorena zu, wie sie sich umschaute, ihn prüfend anblickte und dann zielstrebig auf ihn zukam.

„Können Sie mich zu Christian Locher fahren?"

Flo blinzelte und sagte: „Kann ich schon, aber kennen Sie Chris denn? Der hat nicht gerne Fanbesuch, auch wenn er kein Kostverächter ist.

Lorena blickte auf ihre Erdbeeren und auf das grinsende Nicken von Flo. Die Früchte meinte er damit wohl nicht!

„Er kennt mich und hat mich eingeladen. Aber ich habe meine Sachen verloren und kann ihn nicht anrufen", meinte Lorena verdrossen und zog ihr Tank Top demonstrativ höher zum Kinn.

Flo brummte und zog seinen Communicator aus der Tasche. Lorena staunte nicht schlecht. Neuestes Modell! Flo gestikulierte mit dem Zeigefinger über die dünne Glasscheibe, aus welcher das Ding zur Hauptsache bestand, und ging ein paar Schritte von Lorena weg. Erstaunlich, dachte Lorena. Hightech war das Letzte, was sie diesem Alpöhi zugetraut hätte.

Er kam zurück, grinste und sagte: „Setzen Sie sich doch da auf eine der Bänke – Chris holt sie in ein paar Minuten ab!"

Lorena bedankte sich mit einem Nicken, grüßte lässig militärisch mit dem Zeigfinger an ihrer Schläfe und stiefelte zu den Toiletten. Als sie rauskam, waren die Reißleine wieder an ihrem Platz, die Haare gekämmt und die Lippen rot geschminkt. Flo sah, wie sie sich bei einer jungen Asiatin bedankte, und rief Jackos Koordinaten auf seinem Communicator auf.

Lorena blickte sich um. Es wuselte nur so von Besuchern, die aus dem Terminal strömten. Einem schönen Bau aus dem letzten Jahrhundert, mit geschwungenen Dächern, kleinen Erkern und aufgemalten Alpaufzügen. Nostalgisch, ganz wie es die Touristen mochten. Gegenüber auf dem Platz waren allerdings kubische Glaskästen mit Geschäften und Landeplätzen für die Drohnen. Das Bergpanorama spiegelte sich in den Fassaden. In der Mitte des riesigen Granittisch-Brunnens genossen nun die Bergdohlen ein Nachmittagsbad. Busse fuhren summend los, andere kamen an, um die Menschen zu den Bergbahnen oder den Restaurants zu bringen. Vor den Displays am Terminal ließen sich die Besucher von den virtuellen Beratern die richtigen Busse angeben oder Vorschläge für Ausflüge machen. Ein babylonisches Sprachgewirr herrschte. Die „Berater" sprachen alle möglichen Sprachen, und es drangen Fetzen von Arabisch bis Mandarin zu Lorena, die aufmerksam die Zugangsstraße beobachtete, um Christoph Locher nicht zu verpassen

VIERZEHN

„Hallo, junge Frau."

Lorena fuhr herum. Christoph Locher stand breit grinsend direkt neben ihr. Sie schoss hoch und erwiderte knapp „Hallo – hi – Herr Locher..."

„Ich hätte nicht erwartet, dich so schnell wieder zu sehen. Bitte – wir sind doch per Du!"

„Hi, Chris", meinte Lorena betont lässig und ging auf ihn zu. Chris stand, wieder in Leinenhosen und einem weiten Designer Hemd, das er ziemlich weit aufgeknöpft und über der Hose trug, vor ihr. Er zog eine grüne Pilotenbrille aus der Hemdtasche und schaute Lorena diskret, aber doch eindeutig von oben bis unten an. Lorena meinte zu spüren, dass sein Blick etwas zu lange an ihrem Ausschnitt hängen blieb. Sie fühlte sich fast nackt und wie eine nasse Katze neben dem gut gekleideten, lässigen Mann. Sie konnte sein Rasierwasser riechen – Marke älterer Mann, der seine verbleibende Jugendlichkeit betonen möchte. Etwas aufdringlich, aber nicht billig, fand Lorena.

„Ist etwas passiert?", fragte Chris.

„Nö, nichts Besonderes. Ich hab mich mit Jacko gestritten und brauche eine Pause von ihm. Da dachte ich, ich komm Sie – ehm – dich besuchen", erwiderte Lorena und blickte ihm fest in die Augen.

„Weiß Jacko, dass du hier bist?", fragte Chris weiter.

„Nein – aber hör mal – wenn das jetzt zum Verhör werden soll... Ich hab auch noch andere Freunde hier", sagte Lorena und wendete sich demonstrativ den Busstationen zu.

„No worries!", lachte Chris und hob beschwichtigend die Arme. „Komm erst mal zu mir, ich kann dir ein paar trockene Sachen von Wanisa geben. Die sollten dir passen. Dann schauen wir weiter."

Lorena nickte und schaute Chris fragend an. Der nickte in Richtung des Dachs des Glaskastens auf der anderen Seite.

„Blody hell", murmelte Lorena als Chris ihre Gurte schloss. Sie saß neben ihm in einer zweiplätzigen Drohne. So was hatte sie noch nie zuvor gesehen. Der Rumpf war wie ein langgezogener Tropfen aus mattem Glas geformt, mit einer spindelförmigen Spitze. Gleich neben ihr befanden sich die vorderen beiden Trommeln mit den Rotoren, und die anderen zwei konnte sie am Heck dieser schlanken Hummel ausmachen. Das Glasdach zog sich runter bis zu ihren Hüften, und außer ein paar kleineren Glasdisplays vor Chris schränkte nichts vor ihnen die Sicht ein.

„Schau dir die Propeller genauer an − ohne das Design deines Großvaters gäbe es solche Wunderdinger heute nicht", forderte Chris sie auf und wischte konzentriert mit seinem Zeigfinger ein paar Mal über die Glasdisplays.

„Ankunft in sechs Minuten − verbleibende Energie fünfzig Minuten", erklang eine weiche Stimme über ihren Köpfen.

„O.k. − ich möchte auf manuelle Steuerung gehen über dem Harder Grat und unserem Gast ein wenig die Aussicht zeigen", erwiderte Chris.

Ein Joystick tauchte summend aus dem Boden auf, die Stimme wünschte „Guten Flug", und das Gerät hob fast lautlos ab, drehte sich knapp über dem Landeplatz um neunzig Grad und stieg dann wuchtig in die Höhe.

Lorena schnappte nach Luft, war aber sofort fasziniert vom dem Gerät. Vor Chris glommen dezent auf die Glaskuppel projiziert die wichtigsten Angaben zum Flug. Die drehbaren Trommeln mit den Propellern darin schwankten hin und her und glichen jegliche Turbulenz automatisch aus, so dass der Flug sich anfühlte, als läge man auf einem Wasserbett. Unter ihnen glitten die schmucken Häuser der Altstadt dahin, und die Drohne zog eine sanfte Kurve zum Fluss, der die beiden Seen verband. Wie auf einer türkisfarbenen Autobahn folgten sie dem Verlauf bis zur Seemündung. Chris hatte sich auf dem Hinflug überlegt, ob er mit Lorena unter der großen Brücke durchfliegen sollte, hatte die Idee aber gleich wieder verworfen. Er wollte es langsam angehen.

Nun sagte er nur kurz „Manuelle Steuerung", und das Fluggerät antwortete „Übergabe Steuerung in 3 - 2 – 1. Steuerung manuell, Sicherheitssysteme Stand-by!" Chris zog den schlanken Gleiter tiefer, und sie schossen mit gut hundertachtzig Sachen knapp über den ruhigen See hinweg. Lorena drehte sich um und sah auf dem Wasser eine keilförmige Spur von ihren Luftwirbeln.

Sie schluckte, sagte aber kein Wort.

„Keine Sorge, ich habe das Ding mitentwickelt und bin bei den Testflügen dabei gewesen. Ist alles noch gar nichts. Der Vogel kann noch mehr!", beruhigte Chris sie. „Magst du?"

Lorena nickte – wenn auch ein wenig verhalten. Die Neugier war stärker als der Klumpen in ihrem Magen.

Chris zog den Joystick zu sich, und sofort blieben sie über der Wasserfläche schwebend stehen. Chris dirigierte nach rechts, näher an die imposanten Felswände, die sich über fast den gesamten Südhang erstreckten. Kein Segelboot und keiner der großen Raddampfer, welche die Touristen über den See schipperten, war in Sicht.

„O.k.", meinte Chris. „Die Luft ist rein – das wird ein Spaß, wirst sehen!"

Langsam drehte sich der Rumpf in die Vertikale. Die Trommeln drehten sich, und sie standen für Sekunden senkrecht vor der Felswand und blickten in den blauen Himmel. Mit einem Ruck stieß Chris den Joystick nach vorne. Die Propeller wurden nun doch laut, kreischten und nach ein, zwei Sekunden – es fühlte sich an, wie wenn das Gerät Anlauf holen würde – schossen sie senkrecht der Wand entlang hoch. Lorena stieß einen spitzen Schrei aus und hielt sich an ihren Gurten fest. Für mehr reichte die Luft in ihren Lungen nicht. Sie war so bleischwer, dass sie keinen Finger rühren konnte, das Blickfeld verengte sich zu einem Tunnel, durch den die Felsen rasten. Nach zwanzig Sekunden war der Spaß vorbei. Sie schossen wie eine Rakete über den Grat, Chris verlangsamte, schwang zurück in die Horizontale, und sie glitten auf das Niederhorn zu. Vom Bergrestaurant aus winkten die Gäste, und Lorena meinte auch einige Hände gesehen zu haben, die ihnen den Vogel zeigten. Sanft flogen sie den Grat entlang wieder in Richtung Interlaken.

„Woooow!", hauchte sie und sah auf die Hängekratzer hinüber, welche nun auf ihrer Seite auftauchten. Von unten sahen sie imposant aus, aber hier aus der Nähe waren sie schlicht atemberaubend. Die Wohnungen waren versetzt und jede hatte eine Terrasse. Es gab hängende Gärten und Blumen, die sich in der Senkrechten nach oben rankten. Was musste man von dort aus für eine Aussicht haben, dachte Lorena. Sie flogen weiter links in das Tal hinein, weg von den Seen und da, gerade am Eingang ins Tal, hing eine kleine Hängekratzer-Villa, auf die Chris zusteuerte. Er gab den Befehl für Automatik und wandte sich Lorena zu.

„Hat dir der kleine Ausritt gefallen? Vor uns sieht du meine bescheidene Bleibe. Da schauen wir zuerst einmal, dass du was zum Anziehen und in den Magen bekommst."

Lorena nickte und lächelte verstohlen. Die Männer in dem Alter waren doch alle gleich. Ihr Vater konnte nicht genug vom Rumschrauben an seinem Oldtimer bekommen, Jacko musste sie in ein Lederkombi stecken, um mit ihr um den See zu kurven, und dieser Typ genoss es wohl, wenn seine Begleiterinnen sich ins Höschen machten bei seinen Kapriolen in der Luft.

Die Drohne setzte sanft auf dem Dach auf. Die Kuppel schwang auf, und Chris bedeutete Lorena, sitzen zu bleiben. Er verzurrte das Gerät, stöpselte es ans Netz und klappte eine kleine Leiter auf. Galant hielt er Lorena an den Fingerspitzen, als sie wie auf High Heels in ihren Turnschuhen die Stufen runterstöckelte.

„Danke, der Herr", meinte sie gurrend, strich sich die Haare aus dem Gesicht und ließ ihren Blick schweifen. Vom Dach aus sah man noch die letzten Häuser von Interlaken und den See. Dahinter erstreckte sich im gleißenden Sonnenlicht die Alpenkette mit ihren Viertausendern.

„Fast schon kitschig", grinste sie, und Chris rollte mit den Augen, während sich eine Luke mit einer Treppe ins Haus öffnete. Das Haus bestand aus drei Glaskuben, welche versetzt an den Hang gehängt waren. Im Fels selber gab es Räume für die Technik, Vorräte und den Zugang zum Fahrstuhl, der die Bewohner der Hängekratzer sekundenschnell auf den Talboden brachte. Lorena stand im Wohnzimmer und schaute sich um. Eine riesige, braune Ledersitzgruppe füllte fast den ganzen Raum aus, von dem aus man wie vor einer Kinoleinwand die fünfhundert Meter ins Tal blicken konnte.

Lorena ging zur Glasfront und schreckte ein wenig zurück. Die vordersten zwei Meter des Bodens waren auch aus Glas, und sie sah zwischen ihren Füßen nach unten. Mit offenem Mund drehte sie sich um. An der einen Wand befanden sich das Kommunikationssystem und ein Büchergestell. Der Mann las Bücher! Chris stand an der Rückseite des Kubus hinter der Bar, hinter der sich eine schlichte Küche erstreckte. Er hantierte an der Kaffeemaschine und servierte dann zwei Espressi. Lorena setzte sich halb auf einen Barhocker. Alle Stühle, der Boden, die Küche – alles war weiß, und sie befürchtete, Spuren zu hinterlassen. Nichts stand in der Küche herum, nur auf der Bar befand sich eine Vase mit einer roten Rose. Fast wie in einer Klink, dachte Lorena und Chris meinte ihre Gedanken erraten zu haben: „Ich bin viel unterwegs, und obwohl ich seit einigen Jahren hier wohne, hab ich mich immer noch nicht eingerichtet. Ich mag es gerne ordentlich – mein PCA räumt hinter mir her". Wie auf Kommando schnurrte der weiße Roboter aus seinem Slot in der Küche und säuberte stumm die Kaffeemaschine.

Chris verschwieg, dass er kaum eine Beziehung zustande brachte, die länger als sechs Monate hielt. Er war bindungsunfähig, wie er sich selber eingestehen musste, und suchte sich immer wieder den Kick des Verliebtseins. Seine Partnerinnen wurden ihm schnell fade, und er begann schon bald nach der nächsten Ausschau zu halten. Meist beendete Chris die Sache dann rasch. Sobald er den nächsten Ast in der Hand hielt, hangelte er sich weiter. In Wahrheit hatte er panische Angst davor, mit sich alleine zu sein. Brauchte Anerkennung und das Gefühl geliebt werden wie ein Süchtiger seinen Stoff. Das hatte ihm seine Therapeutin schon vor Jahren gesagt und ihm geraten, einmal für sechs Monate alleine zu bleiben, um mit seinem verletzten inneren Kind Frieden zu schließen. Chris hatte als Antwort versucht, sie zu verführen, und die Therapie war damit beendet. Er wusste natürlich, dass die Psychologin Recht hatte, aber das Alleinsein konnte er ja später einmal üben, fand er.

Lorena zog die Augenbrauen nach oben und meinte: „Nicht schlecht hast du es hier! Fehlt wenig, es dir wohnlich einzurichten. Wanisa könnte dir doch dabei helfen?" Lorena versuchte instinktiv, Chris auf seine

Freundin aufmerksam zu machen. Ihr war ein wenig mulmig zumute mit dem flirtenden Chris.

„Oh – sie findet es eigentlich ganz nett hier", wich er aus. Komm, ich zeige dir, wo du etwas zum Anziehen findest. Sie hat sicher nichts dagegen", meinte er und dachte, dass er ja die ganze Garderobe bezahlt hatte.

Chris winkte Lorena zu der Wendeltreppe, die nach unten führte; sie folgte ihm stirnrunzelnd.

Unten angekommen, wich Lorena einen Schritt auf die Treppe zurück. „Shit", entfuhr es ihr. Der Raum war vollkommen freihängend! In der Mitte stand ein großes King Size Bett mit einem roten Seidenüberwurf, auf dem mit Goldfäden Elefanten eingestickt waren. In der Wand hinter dem Bett war ein eingelassenes Regal mit Buddhafigürchen, Duftlämpchen, Fotobüchern und allerlei Schmuck. Das Schlafzimmer schien offenbar wichtiger zu sein als der Wohnraum, der auf drei Seiten verglast war und einen atemberaubenden Blick bot. Aber auch die Decke und der Fußboden waren aus Glas. Es war, als würde man in der Luft stehen! Wie hielt sich das Ding nur fest? Scheinbar musste der Raum in dem schmalen Teil, in dem sich der Aufgang befand, verankert sein.

Chris winkte Lorena zu der Glasschiebetür neben dem Bett, welche sich lautlos öffnete, als er mit der Hand eine Wisch-Geste in der Luft vollführte. Lorna trat von der Treppe auf den Glasboden und schlüpfte sofort in den Raum gleich neben dem Treppenaufgang. Hinter dem Schlafzimmer befand sich nochmals ein geräumiger Raum mit Ankleide, Schminktisch und daneben dem Bad. Dieser Teil war offenbar in den Felsen eingelassen.

„Darf ich vorstellen – Frieda", sagte Chris und zeigte mit einer galanten Handbewegung auf einen kleinen PCA. Lorena musste lachen. Der PCA war kaum einen Meter groß. Ein kleiner Roboter mit niedlichem, rundem Gesicht. Er, oder besser sie, sah aus wie ein zwergenhaftes Schweizer Hausmütterchen. Frieda rollte heran und beäugte Lorena von oben bis unten.

„Oh – fast vergessen", sagte Chris und fasste sich an die Stirn.

„Sheila – Autorisierung von Besucherin bitte. Lorena, schau bitte Frieda an und sprich ein paar Worte zu Sheila."

Sheila war offenbar der Name des zentralen Kommunikationssystems im Haus. Auch Chris schien alle seine Helfer mit Frauennamen zu benennen. Schon klar, dass Chris es nicht Fred oder Alan benannt hatte.

„Hallo Sheila, ich bin Lorena und zu Besuch bei Christian Locher. Ich werde nicht lange bleiben. Schön, dich kennen zu lernen", stellte sich Lorena in Richtung von Frieda vor und schaute Chris fragend an.

„Hallo, Lorena. Autorisierung abgeschlossen – herzlichen Dank und willkommen", sagte eine dunkle Frauenstimme über ihr.

Chris nickte zufrieden und meinte zu Lorena: „Nun lass ich dich mit Frieda allein. Mach dich frisch und frag nach allem, was du brauchst. Ich mach uns oben etwas zu essen." Er machte eine kleine Verbeugung und verließ den Raum. Die Schiebetür glitt hinter ihm zu.

Lorena blickte prüfend an die Wände und die Decke, um Kameras zu entdecken, sah aber zugleich ein, dass man die niemals sehen würde und Frieda ja auch Augen hatte. Sie zog rasch ihre Kleider aus und legte sie in Friedas ausgebreitete Arme. Sollte er ihr nur zusehen, wenn er wollte – sie musste sich nicht verstecken, dachte sie.

„Danke, Lorena. Im Bad findest du sicher alles, was du brauchst, sonst ruf mich. Ich wasche deine Kleider und lege dir etwas bereit", erklärte nun Frieda mit ihrer hellen Stimme. Wozu brauchte der Mann Besucher, jedes Ding schien ja freundlich mit einem zu sprechen hier, dachte Lorena.

Sie nickte Frieda zu, grüßte mit dem Zeigfinger an der Schläfe und zog die weißen, transparenten Vorhänge zum Bad zur Seite. Himmel! Da gab es eine im Glasboden eingelassene Badewanne. Natürlich auch aus Glas. Man saß also in der Wanne mit dem Hintern hunderte Meter über dem Boden und konnte über den Rand die Alpen betrachten! Sie dachte immer noch über die Konstruktion dieses scheinbar freihängenden Raumes nach.

Lorena wandte sich zur Dusche. Da war der Boden wenigstens nicht durchsichtig.

„Wasser, marsch – aber bitte nicht zu kalt und gerne mit weichem Regenstrahl!", befahl Lorena und gleich darauf ertönte Sphärenmusik, und aus der Decke begann es warm und weich zu regnen. Diese Auswahl kannte sie von sich zuhause. Lorena bediente sich an den vielen kleinen Fläschchen und wusch sich genüsslich im warmen Regen.

Eine gute halbe Stunde später erschien sie, in ein großes, zwangsläufig blütenweißes Badetuch eingewickelt, in der Ankleide. Frieda hatte Kleider an den großen Hänger zur Auswahl bereitgestellt.

Zuvorderst ein schwarzes Etuikleid, kurz und mit tiefem Ausschnitt. Das würde dir so passen, mein Freund, schmunzelte Lorena. Sie entschied sich für einen weißen Hosenanzug. Auch der war ziemlich tief ausgeschnitten und schmeichelte ihren festen Schenkeln und dem straffen Po, stellte Lorena fest, als sie sich im großen Spiegel betrachtete. Sie war nackt in den Anzug geschlüpft. Der Stoff war weder zu transparent noch zu dünn, um intimere Einblicke zu gewähren. Lorena tuschte ihre Wimpern, trug Kajal-Lidstrich auf und ließ die Lippen in natura. Sie räumte Wanisas Tischchen wieder auf und ging, nach einem letzten prüfenden Blick in den Spiegel, barfuß zur Wendeltreppe.

„Verdammt nochmal!", stieß Jacko aus und knallte Polly auf den Glastisch. Er stand auf seiner Terrasse und blickte tief atmend auf die gegenüberliegenden Hänge und den See. Gerade hatte ihn Flo aufgeklärt. Dieses Gör war wirklich zu Chris gegangen. Scheinbar hatte der sie mit seiner Drohne abgeholt und zu sich in seine „Drachenburg" gebracht, dachte Jacko, und sein Magen zog sich dabei zusammen. Er spürte den Puls in seinen Schläfen pochen.

Schon wollte er seine Jacke holen und losbrausen. Aber was würde das bringen? Lorena würde sich wohl endgültig von ihm abwenden, und gewinnen konnte er gar nichts, wenn er jetzt bei Chris auftauchte. Er würde wohl abwarten müssen, obwohl er Schlimmes ahnte. Sein Gehirn projizierte ihm wüste Verführungsszenen bis hin zu Vergewaltigung ins Bewusstsein. Es war nur ein paar Monate her, da hatte er am Busterminal eine junge Frau getroffen, die völlig aufgelöst und spärlich bekleidet auf einer der Bänke gesessen hatte. Sie war direkt von Chris gekommen. Was sie erlebt hatte, war zwar keine Straftat, aber definitiv widerwärtig gewesen. Er hoffte inständig, nicht auch Lorena in ein paar Stunden in diesem Zustand irgendwo würde aufgabeln müssen. Er kannte Chris' Vorliebe für junge Frauen. Da konnte er den Mann von Welt spielen und sich anhimmeln lassen. Wenn die Bewunderung dann nicht zu mehr führte und Chris seine übliche Dosis Bordeaux intus hatte, konnte das hässlich enden. Blaubart kam zum Vorschein, und bevor mehr passieren konnte, suchten die Frauen meist das Weite.

Das Einzige, was Jacko sinnvoll erschien, war, Pit auf Aufklärungsflüge zu schicken. Er klaubte Polly vom Tisch und begann mit seinen Anweisungen. Kurz darauf sah er, wie Lorena in einem weißen Anzug die Wendeltreppe aus dem Schlafzimmer hochstieg. Pit schickte ihm hochaufgelöste live Bilder direkt zu Polly.

Pit zog hoch, und oben auf der Terrasse erblickte er Chris. Der stand mit ausgestrecktem Arm da. Der Wind blähte sein Hemd, und er zeigte deutlich mit ausgestrecktem Mittelfinger in Richtung von Pits Linse. Dann holte er eine Schrottflinte hinter seinem Rücken hervor.

„Weg da, Pit!", brüllte Jacko, und das Bild zeigte gleich darauf einen rasanten Sturzflug den Hang hinunter. Aus dem Lautsprecher ertönte dumpfes Knallen, aber Pit flog wie ein Falke, zog Haken und ließ sich wie eine abgeschossene Taube trudeln. Es war nicht das erste Mal, dass versucht wurde, ihn vom Himmel zu holen. Mehrmals hatte schon die Luftaufsicht Pit mit ihren Drohnen beschossen. Jacko hatte sich ein chinesisches Update besorgt, und seither war er sich sicher, dass man eine Armada losschicken musste, um Pit vom Himmel zu holen. Das Bild zeigte wieder einen ruhigen Flug und die Häuser von Interlaken. Pit war auf dem Rückweg. Jacko deutete mit Zeige- und Mittelfinger auf seine Augen und dann in Richtung Interlaken. Ich sehe dich Chris – das weißt du jetzt! Pass bloß auf!

Lorena stand im Wohnzimmer und sah Chris von der Terrasse hereinkommen und etwas unter die Sitzgruppe stecken. Sein Mund war ein dünner Schlitz und die Augen waren schmal wie die von Kikla. Als er Lorena erblickte, entspannten sich seine Züge, und er lächelte.

„Immer diese Pressefritzen! Manchmal muss ich wohl oder übel eine ihrer Fotodrohnen vom Himmel entfernen, damit sie mich in Ruhe lassen", sagte er betont entspannt zu Lorena. „Komm auf die Terrasse. Du siehst ja umwerfend aus! Lass uns etwas essen."

Lorena hatte das wohlbekannte Schnattern und Grunzen gehört, kurz vor den drei dumpfen Knallern, und sie wusste, das war Pit gewesen. Jacko wusste also, wo sie war. Sie freute sich, dass er ihr offenbar hinterherspionierte, und zugleich war da ein warmes Gefühl in ihrem Bauch. Jacko gab ihr Sicherheit. Er war da, auch wenn er ruhig ein wenig schmoren durfte, fand sie.

Chris hatte flambierte Shrimps mit dunklem Reis und Salat auf Teller drapiert, blutroten Wein in Kristallgläser gefüllt und einen Kerzenleuchter aufgestellt. Die Dämmerung war heraufgezogen und tauchte die Berge in leuchtendes Gold und Orange.

„Oh là là – haben wir ein Date, Herr Locher?", fragte Lorena gurrend, fest entschlossen sich nicht beeindrucken zu lassen.

„Das Leben ist zu kurz für schlechten Wein, schlechtes Essen oder langweilige Begleitung. Das Leben ist ein Date. Das könnte man als mein Motto betrachten", erwiderte Chris und schob Lorena galant den Stuhl zurück.

Die Shrimps waren köstlich und zergingen auf der Zunge. Lorena spürte den Wein vom ersten Schluck ihren Bauch wärmen und ihre Angespanntheit besänftigen. Sie entspannte sich, blickte ins Tal und fühlte sich wie in einem Traum. Hoch über dem Boden in einem Adlerhorst. Nein, wie hatte Jacko, Chris' Zuhause genannt, als sie über ihn gesprochen hatten auf dem Rückweg zum Harder? Drachenburg – genau. Das traf es ziemlich genau.

Zum wiederholten Male prostete Chris ihr zu, die Gläser klangen wie die Glocken in einem buddhistischen Kloster, meinte Lorena.

„Du und Jacko kennt euch schon sehr lange, hat mir Großvater erzählt", begann sie vorsichtig mit ihren Erkundigungen.

„Das kann man wohl sagen. Obwohl wir seit einigen Jahren fast keinen Kontakt haben, kennen wir uns fast wie Brüder", meinte Chris mit schon etwas verwaschener Aussprache.

„Was ist passiert?", fragte Lorena.

„Lange Geschichte...", erwiderte Chris gedehnt und sein Blick schweifte in die Ferne.

„Wenn du nicht magst – o.k.", sagte Lorena gelassen und nippte an ihrem Glas.

Chris begann zu erzählen, ohne den Blick vom gegenüberliegenden, jetzt rot leuchtenden Jungfraumassiv zu wenden. Er schien in Gedanken in die gemeinsame Vergangenheit einzutauchen.

Chris erzählte, wie er und Jacko sich in der ersten Stunde in der Oberstufe beäugt hatten. Sie saßen nebeneinander in der vordersten Reihe. Eine ziemlich beschissene Position, aber sie beide zogen die Arschkarte bei der Verlosung. In der ersten Reihe der Pulte saßen nur zwei – Jacko und er. Schon in den ersten Wochen war klargeworden: Jacko war der smarte Streetfighter, hatte immer ein Ass im Ärmel, wenn es um die Rangordnung auf dem Affenfelsen ging. Er, Chris, war das Mauerblümchen und wäre wohl besser in der letzten Reihe neben Jannette gesessen. Einem pummeligen Mauerblümchen, welches wie er froh sein konnte, nicht die Aufmerksamkeit der anderen auf sich zu ziehen.

In der dritten Woche hatte Jacko mit seinem Hintern den Schlüssel zu einem der Schränke abgebrochen, in dem Schreibmaterial gelagert war. Mitten in einer Rangelei mit einem Mitschüler war beim Herumschubsen der Schlüssel über die Klinge gesprungen. Der Lehrer hatte es in einer der nächsten Stunden bemerkt, als er den Schrank öffnen wollte. Keiner hatte sich der folgenden Inquisition stellen wollen, doch jeder hatte gewusst, wer es gewesen war. Da war Chris aufgestanden und in Jackos Augen, die den Blick von Chris suchten, hatten sich alle Abgründe gespiegelt, welche auf den Verrat folgen würden. Aber Chris hatte frank und frei erklärt, er sei es gewesen. Es sei ein Versehen gewesen. Er sei gestolpert, und es tue ihm leid, dass er es nicht gleich gesagt habe. Zum Erstaunen aller hatte Chris dafür ein dickes Lob vom Lehrer erhalten –

auch wenn er dreizehn Franken mitbringen sollte, um den Schaden zu begleichen. Von da an war Chris unter dem Schutzpatron Jacko in sicheren Gewässern gewesen. Nicht dass Jacko ihn groß beachtet hätte oder mit ihm befreundet gewesen wäre. aber wann immer sich jemand gegen Chris wandte, war Jacko zur Stelle gewesen. Heute würde das wohl als Mobbing deklariert und ein Schulpsychologe würde mit den Eltern und den Kindern eine Supervision abhalten. Alle würden ihre Gefühle ausschütten und sich danach umarmen. Damals war alles viel einfacher geregelt worden. So wie das Wasser von einem Berg den Weg ins Tal findet, zu einem Bach und schließlich zu einem Strom wird. Natürlich eben, aber auch hart den Naturgesetzen folgend, so war damals das Gesetz der Schule gewesen.

Lorena erfuhr, wie die beiden Freunde wurden, und auch Geschichten über Freundinnen, Mofas und einige der Abenteuer, die sie von Jacko bereits kannte. Sie drückte im Geist auf die Taste vorwärtsspulen, und tatsächlich sagte Chris mit einem kurzen Seitenblick, das seien alles Kindheitserlebnisse gewesen, spannend sei es erst geworden, als sie sich bei seinem Auftritt für die NES – der Partei der Neuen Schweiz – wieder getroffen hätten.

Chris schenkte sich nach. Die Karaffe war fast leer, und Lorena hielt ihre Hand über ihr Glas, als Chris nochmals einschenken wollte. Seine Augen waren ein wenig glasig, und er schüttete den Rest in sein eigenes Glas. Sein Blick suchte die inzwischen dunkel gewordenen Berge und Lorena schaute auch zum kleinen Licht auf dem Jungfraujoch, das in der Ferne flimmerte. Der aufgehende Mond beleuchtete den ewigen Schnee. Sie rückte ihren Stuhl näher zu Chris, versetzt hinter ihm, und legte ihr Hand auf seine Schulter. Nun wurde es für sie spannend, und Chris sollte weitererzählen. Der Wein würde helfen und ihre Hand auch. Vielleicht gerade, weil man als Frau rein körperlich einem Mann unterlegen war, hatte sie gelernt, sich auf ihre weibliche Intuition zu verlassen. Sie hatte gelernt, wie man Männer steuern konnte: Konfrontationen und Machtkämpfen geschickt auszuweichen und die tiefe Sehnsucht nach Wärme und Geborgenheit im Schoß einer Frau zu wecken, die es in fast jedem Mann gab – und sei er noch so ein Macho oder ein intellektueller Zyniker wie Altair –, und für ihre Zwecke zu nutzen.

Chris kam wie erwartet in Fahrt. Er erzählte vom NES-Kongress und den darauffolgenden Turbulenzen. Jacko war laut ihm sehr angetan gewesen von den revolutionären Ideen. Sie hatten die Rollen vertauscht. Nun war Chris der Zampano und Jacko im Hintergrund. Darauf seien nächtelange Diskussionen gefolgt, in denen sie über die Themen debattiert hatten, die ihrer Meinung nach für das Volk und die Gesellschaft in der Schweiz längst überfällig waren.

Chris und Jacko waren sich einig gewesen. Die Zeit zum Aufbruch war gekommen. Chris wurde das Sprachrohr, und Jacko hatte mit jkTrust die gewaltige Maschinerie mit den Finanzen versorgt, welche es brauchte, um den Erdrutsch in Bewegung zu bringen.

Chris lachte laut auf: „Dein Großvater war und ist ein Moralist und ein Möchtegern- Gutmensch. Er glaubt bis heute, er hätte mit seinem Geld vom Propeller Patent die Demokratie reformiert. Allerdings mit mir als Initiator und Macher – was er dabei gerne vergisst."

Er drehte sich zu Lorena um und schaute ihr mit flackerndem Blick tief in die Augen. Lorena nickte und strich ihm sanft über die Wange. Jetzt kommt es, dachte sie, und unterdrückte jegliche Reaktion. Sie entspannte sich, und ihre unbändige Neugier auf die Information, die folgen würde, täuschte Wärme, Verständnis und Empathie vor indem sie zustimmend nickte und in Gedanken: „Ja, Baby, weiter so – gib mir alles, was du hast", flüsterte.

Es funktionierte perfekt. Chris drehte sich wieder um, und sie streichelte sanft seinen Nacken. Er fuhr fort, schilderte, wie er seinen Freund Mirko eingespannt hatte. Der hatte eine Werbeagentur gehabt und war mit der Beeinflussung von Bedürfnissen bestens vertraut. Die beiden hatten ein geheimes Programm aus dem Boden gestampft, in dem Studenten und Hausfrauen vorgegebene Beiträge in Blogs auf allen erdenklichen Kanälen gepostet hatten. Die Stimmung war angeheizt worden, und sogar das staatliche Fernsehen hatte Interviews mit vermeintlich engagierten Demonstranten gebracht, die im Dienst von Mirko die genau durchdachten „Key Messages" wie ein Mantra wiederholt hatten.

Laut Chris war Demokratie nicht der Wille einer selbständig denkenden Mehrheit, sondern das Blöken einer Herde Schafe, welche ihnen in den Mund gelegte Thesen und Meinungen verbreiteten. Die Kunst war, sie glauben zu lassen, dies sei aus ihrem eigenen Denken und ihrem freien Willen entstanden.

Darin war Mirko, in Kombination mit Chris, ein wahrer Meister gewesen. Innert Wochen, mit Hilfe der sprudelnden Quellen aus jkTrust, hatten sie einen halben Volksaufstand beieinandergehabt. Die wahre Herausforderung war jedoch die Volksabstimmung über eine Änderung zur Gewichtung von Jung und Alt. Das war der Schlüssel zu allem gewesen. Nur, die Meinungsumfragen hatten keinen Sieg angezeigt – nicht einmal im Ansatz!

„Hmmm", brummte Lorena zustimmend hinter Chris und kraulte sanft sein Haar.

Chris drehte sich um und schaute sie lange an. Dann sagte er leise: „Wir mussten etwas tun. Wir wussten, was wir anstrebten, war mehr als richtig, aber wie konnte man die Mehrheit der alten Säcke dazu bewegen, das Zepter definitiv und für alle Zeiten aus der Hand zu geben? Ich meine, wir sprachen hier von dem nächsten Schritt in der Evolution! Da ging es nicht um ein lapidares Tunnelprojekt oder eine Steuerreform. Es ging um to be or not to be!"

„Hmmm – völlig klar... Ich verstehe dich vollkommen", erwiderte Lorena und legte ihre Arme um seine Brust. Nun würde es kommen. Er würde es rauskotzen – das war ihr völlig egal. Da bahnte sich etwas an, was fundamental war. Viel mehr als die Konkurrenz zwischen ihm und Jacko. Etwas, was der Ursprung war zu allem, was die Schweiz heute war. Sie spürte das Beben in ihrer Brust.

Chris umfasste auf einmal die Hände von Lorena und holte tief Luft.

„Wir entschlossen uns, etwas zu tun, Mirko und ich, erzählte er leise weiter. „Mirko hatte Kontakt zu sehr talentierten und listigen Computerspezialisten.

Um es kurz zu machen: Wir haben die Server der Regierung gehackt und die Abstimmung manipuliert. Fast zwanzig Prozent der Stimmenden haben wir manipulieren müssen. Das war ein Ding! Aber alles hat geklappt – niemals wäre das möglich geworden ohne Jackos Geld. Ich habe im Tagestakt nach Millionen gefragt, und Jacko hat mir schließlich ein Blanko-Budget gegeben. Wir haben die besten Hacker in Osteuropa und Russland in unseren Dienst gestellt. Die waren neben der fürstlichen Bezahlung sogar noch ideologisch interessiert, ein westliches Land zu manipulieren. Damals zumindest... Heute haben sich ja eher global unabhängige Gruppen und Ideologien gebildet. Man könnte die Welt heute eher in Veganer und Karnivoren einteilen oder in Techies und Fundies als in Schweizer und Bulgaren."

Chris nickte ein paar Mal wie ins Jenseits und fuhr fort: „Jedenfalls haben wir die Urabstimmung zur Quote von Jung und Alt schlicht durch Beschiss gewonnen. Ohne dies gäbe es wenig von dem Fortschritt, den du heute als junge, wunderschöne Frau genießen kannst."

Chris hatte sich wieder Lorena zugewandt, und ihre Lippen waren keine zehn Zentimeter voneinander entfernt.

„Jacko tut so, als hätte er eine demokratische Reform unterstützt, der Heuchler – aber im Grunde seines Herzens weiß er, dass er die fundamentalste Entwicklung dieses Landes miterzwungen hat. Dieser Heuchler! Und deshalb – und nur deshalb – verachtet er mich. Weil ich tat, wofür er in hundert Jahren zu feige gewesen wäre", raunte er und strich mit beiden Händen über Lorenas Haar und über ihre Schultern.

Wortlos küsste Lorena Chris. Intensiv und mit gespielter Hingabe. Ihre Lippen umschlossen seinen Mund, und ihre Zunge stieß fordernd zwischen seine Lippen. Sie zog ihn zu sich heran, rieb ihre harten Brustwarzen an ihm, schlang ein Bein um seine Hüften und grub ihre Hände in seine Haare. Dann löste sie sich sanft, schaute ihn lange an und fragte unschuldig: „Und weiß das Jacko von dir? Wer weiß noch davon? Erzähl mir nicht, nur du und Mirko, mein Che Guevara", raunte Lorena und zog Chris noch etwas näher zu sich heran.

Chris versuchte sie auf seinen Sessel zu ziehen und küsste sie wieder wild. Sein Atem ging stoßweise, und Lorena unterdrückte ein Würgen, vom Alkoholdunst provoziert. Sanft drückte sie ihn zurück, ließ aber wohlweislich seine Hand gewähren, die ihre Schenkel umfasste und höher wanderte. Das war es eigentlich gewesen – das Geheimnis, aber nun war nur noch eines wichtig: Wieviel wusste Jacko und war er mitschuldig? Moralisch oder rechtlich, das war Lorena völlig egal. War der Mann, der ihr Großvater war, an der größten Manipulation der modernen Geschichte des Landes aktiv beteiligt oder nicht? Das war alles, was wissen wollte. Dafür war sie bereit weit zu gehen – nicht soweit, dass dieser Gecko mit seinem Ding in ihr Heiligstes vordringen konnte. Das war klar, aber er sollte es glauben, sie begehren, damit sie den letzten Tropfen der Wahrheit aus ihm herausquetschen konnte. Der hormongesteuerte Typ vor ihr würde alles geben, nur um in sie einzudringen. Das wusste sie ganz sicher. Es ging um alles. Konnte sie ihrem Großvater trauen oder war er nur einer derjenigen, die sie aus tiefstem Herzen verachtete?

Ein Opportunist, der vorgab, um das Wohl der Gesamtheit willen jeden Schritt zu tun? Ein Pragmatiker, wie dieses in Lorenas Augen verächtliche Verhalten gemeinhin genannt wurde? Es ging um ihren Glauben an das Gute in dieser Welt. Um ihre Abstammung von einem Mann, der vorgab, ein Guter zu sein. Um ihr ungeborenes Kind und um dessen Zukunft, um ihren Glauben, dass es sinnvoll und richtig war, ein neues Leben in diese so verwirrende Welt zu bringen. Ihm oder ihr all die Scheiße zuzumuten, das Schöne und so unendlich Lebenswerte zu ermöglichen – oder es zu bewahren vor all diesem Schund.

Hatte sie überhaupt das Recht, so etwas zu entscheiden? fuhr ihn durch den Kopf. War sie damit nicht um Längen schlimmer als Chris und Jacko zusammen? Was für eine Anmaßung, zu entscheiden! War es nicht das Recht des werdenden Kindes, dereinst selber zu entscheiden, was es aus dem Erbe der Vorfahren machen wollte?

„Nein, Jacko war nicht involviert in das, was ich mit Mirko gemacht habe. Dazu wäre er nicht fähig gewesen, der Feigling! Jacko glaubt bis heute, er habe mit seinem Geld die Basisdemokratie unterstützt. Den freien Willen und die Entwicklung unserer Gesellschaft – von mir als Kommunikator, mit der NES als Katalysator – unterstützt und damit den Menschen ein Geschenk gemacht zu haben", erklärte Chris. „Ein bemitleidenswerter, naiver alter Mann, aber nichtsdestotrotz ein guter Mann. Ich liebe ihn – forever! Ein guter Mann, dein Großvater!", gab er lallend von sich. Er hatte sich aufgerichtet und sah Lorena fest an. Sie prüfte seinen Blick. War das nun nur, um sie „herumzukriegen" oder ehrlich gemeint?

„Glaub es oder glaub es nicht!", gab Chris von sich und stand mit einem Ruck auf. „Es ist kühl geworden – ich mach uns einen Espresso und Frieda wird dir was Wärmeres bringen", meinte er und schwankte leicht in Richtung Küche.

Lorena war befriedigt. Auch wenn sie den alten Don Juan im Verdacht hatte, die Kunst der Verführung sehr genau zu beherrschen, glaubte sie ihm. Das war keine Show. Dazu war er zu betrunken vom Wein und ihren festen Brüsten. Er schien erleichtert und befreit, die Wahrheit einer unbedeutenden jungen Frau gestanden haben zu können. Sein erster Schuss war abgefeuert. Zu einem zweiten würde es nicht kommen.

Frieda rollte mit einer roten Kaschmirweste heran, die federleicht und trotzdem wunderbar warm war.

Chris winkte Lorena herein. Offenbar hatte er vor, den Kaffee drinnen zu trinken. Lorena setzte sich neben ihn auf die lederne Sitzgruppe. Im Kamin loderte ein Feuer, und offensichtlich hatte der PCA davor ein Karibu-Fell und Kissen drapiert. Chris nippte an einem Cognac und hatte anscheinend entschieden, dass Lorena nichts Alkoholisches mehr trinken sollte. Rote Lämpchen in Lorenas Kopf flammten auf. Es war Zeit, das Feuer, das sie entfacht hatte, zu einer ungefährlichen Glut einzudämmen. Lorena zog die Weste fest um sich, verhüllte ihren tiefen Ausschnitt und nippte an ihrem Kaffee. Die Wirkung davon war das Gegenteil von dem, was sie zu erreichen gehofft hatte. Chris leerte sein Glas in einem Zug und schwang sich neben sie. Bevor sie reagieren konnte, spürte sie eine Hand auf ihrem Busen und die andere fordernd zwischen ihren Beinen.

„Ich muss dir etwas sagen! Ich bin schwanger!", stieß sie hervor in der Hoffnung abzuwenden, was sich anbahnte. Der Mann neben ihr war in

Vollbrand. Sie sah die harte, unbändige Lust in seinen Augen. Alarmstufe Rot!

Sie hatte gespielt. Bewusst und hart am Limit. Doch da gab es eine Grenze, die kein Zweck heiligte. Da war sie ganz wie ihr Großvater. Auch wenn sie wie er vielleicht zu weit gegangen war. Sie war kurz vor dem point of no return − Startabbruch, Schubumkehr und voll in die Eisen.

„Egal, du heißes Luder. Du bist feucht und scharf auf mich. Ich bin das Bindeglied − verstehst du? Ich weiß, du willst mich. Ich bin der mächtigste Mann in diesem Land − wenn auch hinter den Kulissen. Das weißt du sehr genau. Das macht dich an, und du willst mich in dir − wie alle Weiber in diesem verfickten Land. Ich werd dich durchvögeln, dass dir Hören und Sehen vergeht, und du wirst mir dankbar sein dafür. Du wirst das Geilste deines Lebens erleben und noch deinen Enkelinnen davon erzählen!", erklärte Chris in einem Crescendo, als wenn er auf einer Parteibühne stehen würde. Im nächsten Moment zog er sie zu Boden und lag schwer auf ihr.

Lorena entwand sich geschmeidig und sprang auf: „Langsam, langsam, mein Lieber. Nicht so schnell − lass mich auf die Toilette gehen und mich für dich frisch machen", flötete sie und schaute sich fieberhaft um. Wie um alles in der Welt konnte man von diesem Ort fliehen? Jacko − wo zum Teufel steckst du? schrie es in ihr.

Chris erhob sich, ließ sich auf das Sofa fallen und verdrehte die Augen. Lorena ging wortlos die Wendeltreppe nach unten.

„Sheila − ich brauche den Aufzug ins Tal − jetzt! Fahr ihn hoch, und wenn ich vor der Türe stehe, öffnest du und fährst mich ins Tal", raunte Lorena an die Decke des Schlafzimmers.

„Keine Autorisierung", sagte Sheila knapp.

„Wie komme ich aus der Wohnung?", fragte Lorena gepresst.

„Autorisierung nur für den Notausgang auf Level B", erklärte die dunkle Frauenstimme.

„O.k. – ich brauche den Aufzug, und sobald ich vor der Türe stehe, öffnest du!", befahl Lorena und schwang sich die Stufen hoch.

Oben stand plötzlich splitterfasernackt Chris vor ihr. Genau zwischen ihr und der Aufzugstüre. Chris inhalierte aus einem kleinen Gerät zwei zischende Stöße. „Nun bin ich wieder zwanzig und werde es dir richtig besorgen!", stieß er hervor.

Lorena zog den Hosenanzug über ihre Schultern und entblößte mit starrem Blick ihren Busen. Chris näherte sich mit herausgestreckter Zunge ihren Brüsten, und sie zog ihn mit festem Blick am Kinn nach oben. Chris schaute fragend in das versteinerte Gesicht der Schönheit vor ihm.

Da stieß Lorena mit voller Wucht ihr rechtes Knie zwischen seine Beine, danach das linke in seinen Magen, packte den gekrümmten Lüstling an den Ohren und hielt, mit unbändiger Wut, von einem spitzen Schrei begleitet, sein Gesicht mit einem Ruck vor ihr hochschnellendes rechte Knie – und stieß zu. Es knirschte hässlich in Chris' Gesicht. Die Welt um ihn herum explodierte, um in funkelnden Punkten zu verglühen. Der brennende Schmerz auf Lorenas Knie machte ihr bewusst, wohl nicht nur seine Nase gebrochen, sondern auch seine Schneidezähne getroffen zu haben.

Der Mann sackte vor ihr zusammen wie ein nasser Sack. Lorena zog den Hosenanzug über die Schultern und die rote Wollweste darüber.

„Jetzt! Sheila – bring mich zum Notausgang!", stieß sie mit bebender Stimme hervor. Lautlos öffneten sich die Türen des Aufzugs.

Auf Level B rannte Lorena aus dem Aufzug. Ihr Atem ging stoßweise, und sie schlotterte am ganzen Körper, obwohl glühende Wellen durch ihren Körper schossen. Vor ihr lag ein langer, erleuchteter Gang, der durch den Grat auf die andere Seite der Bergkuppe führte. Ein Notausgang, wie er in allen Hängekratzern Pflicht war. Am Ende des Gangs erreichte Lorena eine kleine Plattform und sah den sanften Bergrücken. Ein Weg führte ins Dunkel, aber unten im Tal sah sie die Lichter von Interlaken. Vor ihr war eine Treppe, welche auf einen Wanderweg führte. Sie stand barfuß auf dem Riffelblech und realisierte, dass sie so nie ins Tal kommen würde. Sie sah sich hektisch um. Sie hatte Chris ganz schön zugerichtet, aber wer wusste, wie schnell er wieder auf die Füße kommen würde. Sie wollte nicht erleben, dass sich die Aufzugstüren öffneten und er auf sie zukommen würde.

Links neben ihr war ein Schopf. Sie riss die Türe auf und sah darin mehrere Mountainbikes. In der Dunkelheit war das keine Option, entschied sie. An der Wand gab es ein Regal. Sie schnappte sich ein Paar Fahrradschuhe und eine Goretex-Jacke. Sie probierte die Schuhe an. Wanisa schien etwas kleinere Füße zu haben als sie, aber es würde gehen. Gerade als sie die Schnürsenkel festgezogen hatte, wurde ihr schlecht.

Sie beugte sich vor und erbrach in einem Schwall die Shrimps und den Wein. Sie würgte, bis sie nur noch Galle erbrach, und spuckte in die Lache. Keuchend kam sie hoch, riss eine Leuchte von einem der Fahrräder, zog die Jacke an und wankte los. An der Treppe schaute sie sich kurz um. Kein Mensch war zu sehen. Nur Frieda stand mit blinkenden Augen am Ausgang des Ganges. Sie schaute sie an und nickte. Frieda stand bewegungslos da. Ihre Software suchte wohl gerade im Netz, was Menschen in einer solchen Situation brauchen könnten. Lorena stieg die Treppe hinab. Die Schuhe rutschten auf dem Blech. „Scheiß-Klickerschuhe!", fluchte sie. Die Metalplatten, welche an der Sohle zum Einrasten auf den Pedalen angebracht waren, gaben keinen Halt auf festem Untergrund oder Stein. Sie würde vorsichtig gehen müssen, wenn sie damit heil ins Tal kommen wollte.

Sie ging los. Je weiter sie sich vom Haus entfernte, umso ruhiger wurde sie. Das flaue Gefühl im Magen war verschwunden, und sie fühlte die Stärke ihres trainierten Bodys zurückkehren. Das Kind in ihrem Bauch schien zu schlafen. Jedenfalls spürte sie keine Bewegung.

„Schlaf schön, Liebes – alles wird gut", flüsterte sie leise, während sie mehr rutschend als gehend dem Weg ins Tal folgte. Sie strich mit der Hand über ihren Bauch. Zum ersten Mal hatte sie mit ihrem Kind gesprochen. In dem Augenblick meinte sie auch zu wissen, dass es ein Junge war.

Ihre Gedanken kreisten, und ihr Gehirn schickte ihr wirre Bilder des Tages ins Bewusstsein. Ihre Augen gewöhnten sich nach und nach an die Dunkelheit. Es war sternenklar, und mit jeder Minute begann sie ihre

Umgebung deutlicher zu sehen. Auch ihre Gedanken wurden klarer. Sie musste das mit Jacko klären. Einfach abhauen und nach Hause reisen war keine Option! Sie musste wissen, ob Jacko Opfer oder Täter war.

FÜNFZEHN

Mit einem Ruck schoss Jacko auf. Er hatte die ganze Nacht auf der Terrasse in eine Decke gehüllt verbracht und alle paar Minuten zu Polly gelinst. Er hatte erwartet, dass Lorena sich melden würde oder Flo, falls sie in einen Bus gestiegen wäre. Nichts war geschehen, und er war schließlich eingeschlafen.

Die Sonne beleuchtete die gegenüberliegenden Gipfel. Es musste noch früh sein. Er streckte sich und stakste auf noch steifen Beinen in die Küche, um sich einen Kaffee zu holen. Es war auch jetzt im Mai immer noch kühl am Morgen. Aber Jacko genoss die erfrischende Kälte. Bald würde die Sonne über die Felsen hinter seiner Hütte aufsteigen, und dann wurde es ihm ohne Sonnensegel schon zu warm.

Aus seiner Morgenmeditation wurde nichts. Das war seit Jahren nicht mehr vorgekommen. Jacko hatte gelernt, selbst die interessantesten oder quälendsten Gedanken vorüberziehen zu lassen. Es hatte Jahre gebraucht, bis er sich nur auf den Fluss seines Atems auf seinen Nasenflügeln konzentrieren konnte. Er hatte schon aufgeben wollen, als es langsam zu funktionieren begann. Seine Gedanken zogen wie Wolken am Himmel vorbei, aber er schaffte es, sich solange auf seine Atmung zu konzentrieren, bis der Himmel wolkenlos war. Fortan konnte er seinen Alltag immer ausblenden, um wieder zu sich zu finden.

Heute war die Sorge um Lorena zu groß, um sich konzentrieren zu können. Was war geschehen? Er versuchte sich zu beruhigen, indem er sich einredete, der große Macho und Aufschneider habe nur seine Geschichten erzählt, um die junge Frau zu beeindrucken, und ihr dann angeboten, im Gästezimmer zu übernachten. Sicher saßen sie jetzt beim Frühstück, und Lorena langweilte sich, suchte nach einer Ausrede, um abzuhauen, während Chris sicher literweise Saft soff, um seinen Brand zu stillen. Ja – so würde es wohl sein. Bald würde Flo anrufen und ihm mitteilen, dass er sie abholen solle oder dass Lorena in den Bus gestiegen sei, um nach Hause zu fahren.

Er versuchte es mit Chanten, grummelte sein Mantra und atmete tief zwischen den Abfolgen. Er erhoffte sich klare Gedanken, um einen Entschluss zu fassen, was er denn tun sollte. Abwarten? Die Polizei anrufen? Zu Chris fahren? Alles erschien ihm nicht sinnvoll. Er sang aus voller Kehle sein Mantra ins Tal, als er auf einmal eine Pfote auf seinem Arm spürte und er seine Augen einen Schlitz weit öffnete. Was war das jetzt! Kikla saß wie eine Sphinx neben ihm, ihren Schwanz um sich gerollt, und tappte ihn mit der Pfote an. Das hatte die große Katze in all den Jahren noch nie getan! Jacko schüttelte die Schultern und zischte Kikla an. Als Nächstes stieg ihm der Geruch seiner Achselhöhlen in die Nase. Er stank wie ein nasser Bär.

Er rollte sich aus seinem Lotussitz nach vorne, stützte sich auf die Arme und federte seine Beine nach hinten. Kikla sprang fauchend zur Seite und betrachtete ihn aus schmalen Augen, als er keuchend und fluchend eine Liegestütze an die nächste reihte. Schweißnass stand er auf, zog seine Pluderhosen und das nasse Shirt aus, schmiss beides auf die Holzbank neben der Tür und verzog sich unter die Dusche.

Kurze Zeit später erschien er wieder vor der Tür, in verschlissenen Jeans, schwarzem Shirt und seiner geliebten abgewetzten Bomberjacke. „Hab einen alten Sack im Bad getroffen, aber hab ihn trotzdem rasiert!" rief er Kikla zu und sprang mit federnden Schritten den Hang hinunter zur Straße. Er sah in seiner Kluft nicht nur aus wie ein Teenager, er fühlte sich auch so. Ungestüm und völlig unsicher. Aber er musste hier weg, das Rumsitzen würde sonst seine Unruhe ins Unerträgliche steigern. Dieses „Abgrundgefühl", wie er es nannte, fürchtete er wie nichts sonst auf der Welt. Seine ganze Ohnmacht und Einsamkeit kamen dann wie schwarze Drachen aus seiner Höhle gekrochen und drohten ihn zu verschlucken. Die jahrelange Meditation ließen zwar diese schwarzen Momente selten werden. Ganz verschwunden waren sie seit seiner Kindheit jedoch nie.

Jacko verschloss das Rolltor zu seiner Garage mit einem Blick in den Scanner und schwang sich in den Tesla. Er hatte auf der Fahrt ins Tal einen Entschluss gefasst. Er wollte seine ehemaligen Treuhänderin und Freundin Magda besuchen und sie um Rat fragen.

Magda war wie eine Tochter für Jacko. Er hatte sie eingestellt als er seinen jkTrust gegründet hatte. Sie war eigentlich zu jung und zu unerfahren gewesen für den Job, aber als Jacko aus ihrem Lebenslauf erfahren hatte, dass sie für ein Jahr in Indonesien im Busch als freiwillige Helferin mitgeholfen hatte Schulen für die Kinder aus rohen Baumstämmen aufzubauen, war er sich sicher – Magda war die richtige. Es zeigte sich bald, dass er sich nicht getäuscht hatte. Magda hatte sich fehlendes Wissen immer effizient besorgt, war extrem hartnäckig und erreichte immer was sie wollten. Zudem nahm sie nie ein Blatt vor den Mund und erklärte ihrem Chef frei heraus, wenn sie eine Idee blanken Unsinn oder ein Projekt den Zielen des Trusts entsprach. Dabei scheute sie sich nie in Sitzungen das Wort zu ergreifen und Antragssteller regelrecht mit ihren Fragen zu zerpflücken, wenn sie das Gefühl hatte etwas stimmte nicht mit der geschliffenen Präsentation. Oft waren die Gesprächspartner irritiert und schauten Jacko an bevor sie antworteten. Der hatte jeweils amüsiert gelächelt und mit einem Blick auf Magda bedeutet, dass er die Fragen berechtigt fand und auch eine Antwort erwartete.

Über die Jahre war Magda eine enge Vertraute von Jacko geworden. Er traute ihrem Urteil und traf nie eine Entscheidung ohne ihr Einverständnis. Damit war er auch immer gut gefahren und sie waren ein Traumteam. Jacko der Träumer und Weltverbesserer und Magda die kritische Treuhänderin die dafür sorgte, dass er durch seine hochfliegenden Pläne nicht über den Tisch gezogen wurde.

Als er schliesslich Chris wiedergetroffen hatte und sich für die NES zu engagieren begonnen hatte, entstand eine Krise in der Freundschaft. Magda traute Chris nicht über den Weg und Chris nervte sich gewaltig über die junge Frau, die ihm Weg stand. In dieser Zeit wurde Magda schwanger und bat Jacko aus ihrer Verantwortung zurück treten zu können. Jacko hatte sie schweren Herzens gehen lassen und nie mehr jemanden gefunden, der Magda ersetzen konnte. Natürlich war es einfach gute Leute mit dem nötigen Fachwissen zu finden, aber es entstand nie Vertrauensverhältnis wie er es zu Magda gehabt hatte.

Glücklicherweise blieb die Freundschaft zwischen ihm und Magda erhalten. Genau genommen, war es die einzige Freundschaft überhaupt, welche Jacko in den letzten Jahren gehabt hatte. Wenn es wichtige Entscheidungen zu treffen gab, mit der Ausnahme wenn es um die NES ging, denn dann gerieten sie sich bereits nach Minuten in die Haare, besprach er die nach wie vor alles mit Magda und war dankbar für ihre Meinung.

Leise zischend schlossen sich die Flügeltüren seines Spielzeugs. Er faltete und dehnte knackend die Finger. Er legte seine Hand flach auf das Display, und die Instrumente glommen blau auf dem Armaturenbrett auf. Die Anzeigen bestanden aus einem Glasdisplay über dem Lenkrad und einem riesigen Tablet-Bildschirm in der Mittelkonsole.

„Tesi, wir fahren zu Magda – auf dem schnellsten Weg bitte. Power Mode!", befahl Jacko. Ein völlig beknackter Name für den Wagen, aber er war nicht dazu gekommen, sich einen besseren auszudenken und die Frauennamen, die ihm gefallen hätten, waren alle vorbelastet. Dass es eine Frau sein musste, war hingegen völlig klar. Vor einiger Zeit hatte ihn Magda einmal stirnrunzelnd darauf angesprochen, dass er alle elektronischen Geräte nach Frauen benenne und ihn gefragt, ob er es nötig habe, Frauen Befehle erteilen zu können, die gefügig und ohne weitere Fragen ausgeführt würden? Er hatte gelacht – und Magda auch. Natürlich hatte er darüber nachgedacht. Es war nicht die Dominanz, die er genoss – nein, es war eher die Nähe von Weiblichkeit, von Wärme, die ihn unbewusst dazu bewogen hatte, Frauen um sich haben zu wollen. Auch wenn es nur digitale Wesen waren, so fühlte er sich dadurch einfach gut.

Tesi rollte lautlos an und fügte sich in den Verkehr ein. Jacko verschränkte die Arme hinter dem Kopf und sah durch das Glasdach in den wolkenlosen Himmel. Minuten später erreichten sie die intelligente Autobahn ins Emmental. Jacko blähte seine Wangen, als Tesi in drei Sekunden von dreißig auf hundertachtzig Km/h beschleunigte. Power Mode. Tesi ließ ihre vier Elektromotoren-Muskeln spielen und brachte mit den riesigen Walzen ihre brachiale Kraft auf die Straße. So würden zwar die Batterien zu fünfundsiebzig Prozent erschöpft sein, wenn sie ankamen; das zumindest wurde ihm auf dem Display berechnet. Dann würde noch eine saftige Road Fee fällig werden, wenn er den High-Speed Mode bis zu Magda durchziehen würde. Tesi kommunizierte mit den anderen Fahrzeugen und wusste, was sich Kilometer vor ihr abspielte. Die langsameren Fahrzeuge wichen nach rechts aus, bremsten ab oder beschleunigten in die Lücken, um Platz zu machen. Hinter ihnen verteilte sich der Verkehr wieder wie ein Teppich auf die sechs Spuren. Schwarm-Intelligenz war längst auf der Autobahn zur Pflichtausstattung aller Wagen geworden und ermöglichte praktisch stau- und unfallfreien Verkehr. Je nach gewünschter Ankunftszeit und Verkehrsdichte zahlte man unterschiedliche Gebühren. Zu Stoßzeiten konnte so eine High-Speed Mode Fahrt ein kleines Vermögen kosten, und die brüsken Manöver des Wagens ließen manchen Insassen aus dem Fenster kotzen. Man tat also gut daran, die Reise im Voraus seinem Wagen mitzuteilen. Je nach berechnetem Verkehrsaufkommen und Kosten konnte man immer noch entscheiden, ob man nicht besser eine Drohne nehmen sollte.

Die Mietdrohnen hatten sich explosionsartig entwickelt. Nur drei Jahre nach den ersten Zulassungen und der Regulierung der Luftstraßen für diese Gefährte war der Himmel voll von ihnen. Summende Ketten von ihnen flogen auf unsichtbaren Luftstraßen durch das Schweizer Mittelland. Je nach Wettersituation und Verkehrsaufkommen wurden die Schwärme um die besiedelten Gebiete herumgelenkt. Wenn jedoch im Frühjahr, so wie jetzt, die Vogelschwärme unterwegs waren, mussten oft große Umwege geflogen werden oder man war in bis zu drei Kilometer Höhe unterwegs. Die zentrale Überwachung gab Anweisungen an die Drohnen, die unter sich Abstände und Geschwindigkeit regulierten.

Obwohl viele die SwissTube oder den Wagen vorzogen, war der Himmel oft voller Drohnen. So auch heute, und Jacko betrachtete durch das Glasdach, wie die Trauben von surrenden Vehikeln der Autobahn folgten. Gute Entscheidung, dachte er, zumal Magda das nervöse Brummen, das an eine übergroße Wespe erinnerte, hasste und er deshalb auf dem Gemeindedach landen musste, wenn er sie nicht mit seinem Besuch nerven wollte.

Jacko sah auf das Display. Ankunft 8:12 stand da. Das war etwas früh, entschied er, wies Tesi an, die Autobahn zu verlassen und stattdessen über Land zu fahren. 09:04 – das war besser. Er würde noch beim Bäcker im Krauchtal Croissants besorgen. Der buk noch richtiges Brot, und obwohl Jacko immer alle Croissants selber essen musste, da Magda die fettigen Dinger nicht mochte und auch nicht wollte, dass ihre Töchter davon assen, brachte er jedes Mal welche mit. Für ihn gehörte er sich einfach, was zum Essen mitzubringen, wenn man hereinschneite. Vielleicht sollte er doch vorher anrufen? Aber damit riskierte er nur, dass Magda ihn bitten würde, später oder ein anderes Mal vorbeizukommen. Sie war mit Ihren Yoga Studios, die sie schon vor Jahren aufgebaut hatte, mehr als voll beschäftigt und zog es vor, wenn er zu einem Lunch in die Stadt in eines ihrer Studios kam. Dann folgte jeweils die nächste Lektion, und Jacko musste sich verziehen, wenn er nicht mitmachen wollte.

Tesi bremste fast so brüsk ab, wie sie beschleunigt hatte, zog sich die Bremsenergie in ihre Akkus und rollte auf die Ausfahrt. „Casual-Mode, bitte Tesi", wies Jacko den Wagen an, spürte wie die Federung butterweich wurde und Tesi die Geschwindigkeit deutlich drosselte. Die Akkus würden bei der Ankunft immer noch unter fünfzig Prozent liegen, und er würde Magda bitten müssen, Tesi anstöpseln zu dürfen. Die neuen Batterien wurden zwar in weniger als zehn Minuten aufgeladen. Man musste nicht mehr wie früher stundenlang warten oder einen Power Charger finden, aber Magda war stolz auf ihr autarkes Haus. Seine Batterien würden mindestens einen Sonnentag aus dem Hausspeicher ziehen, und Magda würde Strom vom Netz beziehen müssen. Ihr Haus war mit den neuesten Solarziegeln bedeckt, und wie in den meisten Gebäuden stand im Keller nicht mehr wie früher ein Öltank, sondern ein starker Akku. Spitzenbelastungen im Netz konnten dadurch vermieden und die Kapazitäten der globalen Verteilung gesteuert werden. Die meisten Häuser deckten zwanzig bis dreißig Prozent des Energiebedarfs aus Windrädern, Solarziegeln oder Erdsonden. Dass Magdas Haus fast autark war, lag am tiefen Verbrauch, welche die Hausherrin allen Bewohnern einbläute. Sascha, Magdas Mann, war not amused. Wie Jacko liebte er schnelle Gefährte, besaß mehrere E-Bikes, eine eigene Drohne und einen kräftigen Tesla. Er ließ sich, als Magda mit den Kindern in den Ferien war, eine eigene Leitung zur Garage ziehen.

Jacko schaute aus dem Fenster und sah die saftig grünen Wiesen vorbeiziehen. Auf einigen weideten sogar noch Kühe, und es gab Bauernhöfe, die noch aussahen wie vor hundert Jahren. Stattliche Holzhäuser mit Rundbogen unter dem Giebel, Fenstern mit Holzrahmen, einem Gemüsegarten, einer mächtigen Tenne mit Stall und dem Wohnteil daneben. In den meisten dieser schmucken Häuser wohnten nun reiche Ingenieursfamilien oder man hatte das Haus geerbt und zu einer Art Landsitz umgebaut. Aber vieles sah aus wie früher und strahlte eine ruhige Beständigkeit aus. Die Digitalisierung und die Technologie hatten jedoch auch vor der Landwirtschaft nicht Halt gemacht. In der Schweiz war alles wie seit jeher ein gutes Stück langsamer vorangeschritten und trotzdem waren die Veränderungen fundamental.

Nachdem in den Fünfzigerjahren des letzten Jahrhunderts die Mechanisierung Heerscharen von Knechten, Melkern, Karrern und Mägden auf Fabrikarbeit umsatteln ließ, kam der Bio-Boom. Was mit Maschinen und einem ganzen Arsenal von chemischen Hilfsmitteln, von Dünger über Pestiziden, zu immer billigeren Preisen produziert wurde, musste dem Wandel im Bewusstsein der Konsumenten folgen.

Über Jahre gab es eine Art Zwei-Klassen-Landwirtschaft. Billigste, mit Hilfe von Gentechnik und riesigen Tierfabriken oder Getreidemonokulturen hergestellte Lebensmittel, die meist in Fertigprodukten oder Fast Food flossen oder in den Hard Core Discountern verschleudert wurden, stellten die zweite Klasse. Selbstfahrende Traktoren bestellten die Felder, ausgeklügelte Erntemaschinen lieferten Erdbeeren in verkaufsfertige Kartons abgepackt direkt in die Logistikzentren und karrten Weizen in Sacken abgefüllt von den Feldern in die Lagerhäuser. Der Bauer konnte daheim auf seinem Laptop mitverfolgen, wie die Maschinen selbständig Nachschub an Verpackung oder Treibstoff orderten oder nachsehen, ob der Ernter rechtzeitig automatisch von der Werkstatt aufs Feld fuhr, wenn die Meteo-Vorhersagen ein sich schließendes Erntefenster ankündigten.

Jacko hatte damals auf einer seiner Geschäftsreisen im Flieger einen Veterinär kennengelernt, der eine Hähnchenfarm in der Nähe von São Paulo betreute. Er hatte den Mann auf der Farm besucht und konnte danach nie wieder Hühnerfleisch essen, wenn es nicht von einem Bauern kam, den er persönlich kannte.

Auf der Farm waren hundert Millionen Hähnchen pro Jahr großgezogen, geschlachtet, in mundgerechte Stücke zerteilt, tiefgefroren und in die ganze Welt verschickt worden. Das musste man sich vorstellen! Das waren fast dreihunderttausend Hähnchen pro Tag, die in dieser Fabrik verarbeitet wurden! Dass dies nicht ohne Unmengen von Tonnen Antibiotika, Pilzmitteln und wer weiß noch was für Zeugs ging, lag auf der Hand. Jacko wurde in einen sterilen Anzug gesteckt und mit Helm und Atemmaske in die Stallungen geführt. Genau sechsundzwanzig Tage brauchte es, um aus einem Küken Chicken Wings oder Poulet Geschnetzeltes zu produzieren.

Das Ganze war – von der Anlieferung des Futters bis zum fertig verpackten, gefrorenen Fleisch – eine monströse logistische Meisterleistung. Was dazwischen geschah, ließ Jacko noch heute schaudern. Eine Erntemaschine sammelte in den Ställen die Hähnchen mit einem Greifarm ein, füllte sie in einen riesigen Trichter, an dessen Ende Hunderte von Metern gefrorene und bereits beschriftete Pakete hervorquollen. Alles vollautomatisch. Die Menschen, die dort in einer Art Raumfahrt-Anzügen herumwuselten, kontrollierten und warteten nur die technischen Anlagen. Die Abfälle wurden in vollautomatischen Kesseln gekocht und dem Getreidebrei in den Silos beigemengt.

Der Veterinär hatte Jacko berichtet, er sei als Berater gegen Seuchen beigezogen worden und kontrolliere im Auftrag von europäischen Discountern die Hygiene. Zweimal pro Jahr – öfter würde er es hier nicht aushalten, schon so schlafe er nach einem solchen Einsatz einige Wochen lang schlecht. Jacko hatte stumm genickt, und als er auf einer Palette das Logo eines Schweizer Großverteilers erkannt hatte, war ihm vollends speiübel geworden.

Die erste Klasse der Landwirtschaft richtete sich in entgegengesetzter Richtung aus. In den Zwanzigerjahren wurden nicht nur nachhaltige Bioprodukte aus der Region in gut zwei Dritteln der Läden zum Standard, es setzte sich auch ein neues Bewusstsein durch. Eine Generation wuchs heran, die in der Mehrheit Veganer oder zumindest Vegetarier war. Verlangt wurden nun nicht nur Bio-Produkte und tierfreundliche „Carne Sana"-Schnitzel und wie die Labels alle hießen. Man hatte eingesehen, dass wir Menschen so nicht weiter mit unseren Mitlebewesen umgehen konnten. Diese Einsicht wurde nun beim Einkaufen und Konsumieren einigermaßen konsequent umgesetzt. Bio-Produkte wurden zwar ebenfalls vollautomatisiert angebaut und geerntet. Letztlich konnte der Bedarf nach von Hand gepflückten Bioäpfeln vom Bauernhof niemals gedeckt werden.

Auch Magda würde Jacko zu seinem Kaffee zwischen Kokos- und Mandelmilch wählen lassen. Jacko wusste nicht, ob die Hähnchenfabrik noch existierte. Er wollte es gar nicht wissen. Sicher war er jedoch, dass Magdas Mandelmilch von Tausenden von Hektaren großen Mandelplantagen stammte. Diese wurden mittlerweile von Bienendrohnen bestäubt. Bienen nämlich waren praktisch ausgestorben und wurden nur noch von Romantikern für die Honig-Produktion gehalten. Auch wenn dieser immer verunreinigt war und in der Qualität dem gentechnisch, von Bakterien erzeugten Honig weit hinterherhinkte, gab es einen Markt für diesen vermeintlich gesunden Naturhonig. Die Bienendrohnen jedoch waren völlig immun gegen Wetter oder biologische Spritzmittel – wie sie die Agrarchemie hervorbrachte und von denen alle glaubten, diese seien nun umweltverträglich. So summten auf den riesigen Plantagen Scharen von Dröhnchen aus ihren Ladestationen, um Tag und Nacht und bei jedem Wetter die Blüten zu bestäuben.

Bio sollte anders sein, dachte Jacko, aber was sollte man machen. Alleine um die Milliarde Menschen, die mittlerweile in Westeuropa lebte, mit veganen Bioprodukten zu ernähren, reichten schlicht die Flächen nicht. Ohne Verdichtung der Produktion ging das nicht.

Jacko summte mit seinem Tesla an einem Hof vorbei. Die Kühe grasten friedlich auf der Weide oder standen wiederkäuend in der Landschaft und ließen sich melken. Seit einiger Zeit fuhren kleine Melkroboter auf den Weiden herum und verhielten sich wie hungrige Kälber, wenn ihnen der Chip einer Kuh ein volles Euter signalisierte. Die kleinen Robis saugten die Milch ab, fuhren sie zur Sammelstation, reinigten sich, luden ihre Akkus auf, um zur nächsten Kuh zu fahren. Für die Kühe musste es eine große Umstellung gewesen sein.

Veganer aßen zwar keinen Käse, aber die Vegetarier und alte Leute wie Jacko schätzten einen traditionellen Emmentaler immer noch. Klar, die Veganer hatten schon recht. Die Kühe waren immer noch versklavt, wurden zur Milchproduktion hochgezüchtet. Aber immerhin verbrachten sie die meiste Zeit des Jahres auf den Wiesen, hatten wieder Hörner und einen Stier in der Herde. Artgerecht – wenn auch nicht natürlich. Aber was war schon natürlich? Schließlich waren auch die Menschen immer noch zu einem Teil ‚Sklaven'. Wenn auch nicht Sklaven der Natur oder eines Herrschers, doch ihrer Bedürfnisse und Begierden.

Es gab immer noch einen erheblichen Teil Menschen, die gern ein saftiges Steak oder eine deftige Wurst verspeisten. Auch dafür hatte die Technologie seit einiger Zeit eine Lösung parat. Massenhaft geklonte Kuheizellen wurden im Reagenzglas mit Stierspermien verschmolzen. Im Vier-Zellen-Stadium entwickelten sich, durch Enzyme und Botenstoffe gesteuert, die Zellen statt zu einem Lebewesen nur zu einem Filetmuskel oder zu Rippen und Kotletten. Na ja, nicht so ganz; in reiner Nährlösung klappte das nicht richtig, weshalb man auch eine Art Nieren, Leber und Herzen in einem Sack heranwachsen ließ, um das gewünschte Muskelgewebe zu ernähren. Trotz ethischer und hochphilosophischer Diskussionen waren die meisten Menschen der Ansicht, dieses Gewebe sei kein Lebewesen und daher genauso unbedenklich zu „pflücken" wie ein Apfel von einem Baum. Mittlerweile konnten auf diese Weise Rib Eye Steaks erzeugt werden; in verschiedenen Maserungen erhältlich, schmeckten diese wie am Knochen gereifte Premium Steaks. Was übrig blieb, landete wie früher in den Würsten.

Es gab nach wie vor einige Bauern, die echte Rinder oder Bisons für eine exklusive Klientel züchteten. Dieses Fleisch wurde mit einem Bild des Tieres, das die Herkunft bescheinigte, geliefert; wenn es richtig blutig war, wusste man, dass es echt war. Aber das galt schon fast als perverses Verhalten einer Minderheit – zumindest öffentlich. In kleinen Gourmetkreisen galt echtes Fleisch als Delikatesse.

Es gab sogar einen Tüftler, der Muskelfasern für eine Art Galeere, einen lebenden Motor, herstellte. Das Ding war wie ein alter Verbrennungsmotor aufgebaut. Nur dass an Stelle von Kolben geklonte Muskeln die Kurbelwelle antrieben. Über ausgeklügelte Pumpen und Filter wurde das Gewebe mit Nährstoffen versorgt und entschlackt. Das Problem war nur, dass man diese Muskeln trainieren musste und sie ermüdeten. Was dazu führte, dass man mit einem „Motor" außer Puste an einem Anstieg stehen bleiben konnte und seine „Pferde" sich erst mal ausruhen lassen musste. Tat man das nicht oder war man mit einer Nährlösung schluderig, dachte nicht an Frost und vieles mehr, konnte es passieren, dass man am Morgen, wenn man losfahren wollte, unter der Haube eine stinkende, schleimige Masse vorfand, die statt die Kurbelwelle anzutreiben höchstens befremdlich zuckte. Die Biomotoren verschwanden sehr schnell wieder. Es wurde vermutet, dass an Chimären – Zwitter von Mensch und Tier – zu ganz anderen Zwecken eifrig weiter getüftelt wurde.

Die Kühe auf den Weiden mit ihrer Milchproduktion waren zumindest ganz normale Lebewesen, zwar Nutztiere, lebten aber ein artgerechtes und freies Leben auf der Weide und hatten Kälber, die in der Herde großgezogen wurden. Jacko roch das frische Gras und den Duft der Kuhfladen. Er hatte plötzlich Lust auf ein Stück echten Käse. Er kannte eine kleine Käserei ganz hinten im Emmental. Da wollte er auf der Rückfahrt vorbeischauen.

Rückfahrt? Glühend durchfuhr es ihn: Lorena! Er schaute auf die Uhr. Gut halb neun, und er hatte immer noch nichts von ihr gehört. Wenn er in einer Stunde nichts erfahren würde, musste Pit auf Erkundungstour. Egal, ob der durchgeknallte Typ wieder auf ihn ballern würde.

„Jacko!", schrie Lena begeistert an der Tür und stürmte ihm entgegen. Die Kleine sprang hoch; sie wusste, dass sie gehalten werden würde. Jacko zog Lena zu sich hoch, um sich auf die Wangen küssen und an den Ohren ziehen zu lassen. Dahinter stand Magda mit hochgezogenen Augenbrauen.

„Was ist passiert?", fragte sie direkt. Sie kannte Jacko, erkannte an seiner Haltung und an der Bomberjacke, dass etwas nicht stimmte. Seine Kampfjacke trug er nur, wenn es zu einem Gefecht kam.

Jacko umarmte Lena fest, knuddelte sie und ließ sie mit dem Beutel Croissants zurück ins Haus stürmen. Der kleine Blondschopf hatte blitzschnell erkannt, dass die Aufmerksamkeit der Mutter nicht den Croissants galt und sie in Ruhe eines verdrücken konnte.

Jacko ging wortlos auf Magda zu, umarmte sie und drückte seine Nase in ihr weiches, braunes Haar. Magda löste sich aus der Umarmung, schaute ihm in die Augen und deutete an, mit ihr in die Küche zu gehen. Magda würde im Oktober sechsundvierzig, aber sie sah mindestens zehn Jahre jünger aus. Kleine Fältchen zierten ihr Lächeln, ansonsten sah man ihr die Jahre nicht an. Jacko fand seit Jahren, sie sei schon fast mager, aber Magda lebte aktiv, trieb viel Sport, war eine durchtrainierte, elastische Yogi und vielbeschäftigte, erfolgreiche Geschäftsfrau. Da blieb kein Platz für ein Gramm Fett. Sie war schon fast drahtig, und dieser Eindruck wurde durch das wallende, schwarze Hängerkleid noch verstärkt. Geschmeidig wie Kikla schlüpfte Magda barfuß hinter die Bar in der Küche und warf die Espressomaschine an.

„Mandel", sagte Jacko ungefragt und sah sich nach der Tüte mit den Croissants um. Lena war damit verschwunden, und er würde wohl besser nichts sagen – er gönnte seiner Enkelin die Butter im Gebäck.

„Hanna ist schon in der Schule, Lena hat frei und Sascha ist an einem Kongress in Chennai. Ich halte die Stellung – wie immer", erklärte Magda, während sie den Kaffee in zwei Tassen goss und einen Schuss Mandel-Robi-Bienchen-Milch dazu gab.

Und wie geht es dir – was steht an, Jacko?", fuhr Magda mit warmer Stimme fort. Sie wollte nicht unfreundlich oder hart wirken. Sie wollte nur Jacko ersparen, sich nach ihr, den Kids, nach Sascha zu erkundigen. Auch wenn sie seine Anteilnahme an ihrem Leben schätzte, merkte sie, dass er Sorgen hatte. Echte Sorgen, das spürte sie unter ihrem Bauchnabel, seit er in der Tür gestanden hatte.

Sie ergriff seine beiden Hände, lehnte sich vor und schaute ihrem Freund, der oft wie ein Vater für sie war, diesem eigenwilligen Haudegen, in die Augen.

Jacko rasselte wie ein Protokoll herunter, was in den letzten Tagen passiert war, und schloss mit der Drohung, er werde Chris eigenhändig die Haut abziehen, sollte er Lorena auch nur ein Härchen gekrümmt haben.

„Weiß man, wer der glückliche Vater wird?", fragte Magda mit großen Augen.

„Ehm – nein – aber – nein, ich weiß es nicht, aber was zum Teufel hat das damit zu tun?", stammelte Jacko verdattert.

„Nun ja – sehr viel, denke ich", meinte Magda und fuhr fort: „Lorena ist eine erwachsene Frau. Dass sie zu dir gekommen ist, um sich – wie soll ich sagen? – eine Meinung zu machen, sich besser zu verstehen oder was auch immer, ist eine Sache. Dass du meinst, für sie und ihre Entscheidungen und ihr Tun verantwortlich zu sein, eine andere... Was genau löst das bei dir aus, Jacko? Mit Lorena hat das doch nur zum Teil etwas zu tun!"

Jacko richtete sich auf, zog seine Jacke aus und hängte sie an die Stuhllehne. Er nahm einen Schluck Kaffee, atmete tief aus und ein und hielt die Luft an.

„Jacko? Was ist los?", erkundigte sich Magda mit warmer Stimme und ergriff wieder seine große, starke und nun so hilflos wirkende Hand. Sie schaute in sein Gesicht und in die tränengefüllten Augen.

Mit leiser Stimme und verlorenem Blick begann Jacko zu erzählen, was ihn bedrückte. Was er bis noch vor ein paar Minuten nicht hatte wahrnehmen können – wo die Sorgen um Lorena ihre Wurzeln hatten.

Er erzählte, wie sehr ihn heute noch, quälte, dass er es damals einfach nicht geschafft hatte. Dass er wie besoffen gewesen war von seinem beruflichen Ruhm, der neuen Wichtigkeit, die Führungsjobs ihm verschafften, aber vor allem, dass er so empfänglich gewesen war für die Aufmerksamkeit schöner junger Frauen, die ihm das Gefühl gaben, ein Mann zu sein - ein begehrenswerter Mann! Einer, der erst ganz am Anfang stand, obwohl er schon über vierzig war. Einer, der die Welt erobern, in die Schlacht in ferne Länder ziehen wollte. Sehnsüchte, denen die Frauen in seinem Umfeld ehrfürchtig lauschten, aber damit nicht ihn meinten. Und wenn er sich dann auf eine von ihnen einliess bald merkte, dass es für eine Beziehung keine gemeinsame Basis gab. Es schmerzte ihn, dass er nie eine Familie gegründet hatte und sein einziges Kind bei anderen

Leuten aufgewachsen war. Dass er das vielleicht Wichtigste in seinen Leben verpasst hatte. Und nun war da auch noch seine Sorge um Lorena und ihre Zukunft.

Magda schaute ihren Freund mit grossen Augen an, schluckte ihrerseits und setzte sich kerzengerade hin.

„Du tust dir selber leid, Jacko", sagte sie sanft. „Das ist nun alles fast ein halbes Leben her und Du kannst es nicht mehr ändern. Ja, Jacko – du warst ein richtiges Arschloch und hättest Dich mehr um deinen Sohn und um Lorena kümmern können aber ändern kannst Du das nicht mehr"

Magda schaute in die verwunderten Augen Jackos und fuhr mit warmer Stimme fort: „Jetzt muss ein für alle Mal Schluss sein mit dieser Schuld-Drama-Story. Ich habe keine Lust mehr darauf! Deine Enkelin auch nicht, und wenn du nun meinst, du kannst irgendetwas gut machen, auf dein Karma einzahlen, indem du Lorena vor sich selber zu retten meinst, bist du auf dem Holzweg – steh zu Dir und Deinen Fehlern. Du hast es damals nicht besser gewusst und getan was Dir möglich war - Basta!"

In Jackos Gefühlen türmten sich Wellen auf. Sein Frust, die Angst, in der auch Wut aufflackerte wollten sich herausschreien. Doch sein Bewusstsein sah die Wahrheit, die ihm seine Freundin unerbittlich präsentierte.

Magda rutschte auf dem Stuhl nach vorne und umarmte Jacko, hielt ihn wie ihre Kinder, wenn sie sich ein Knie geschürft hatten, und strich ihm sanft über den Kopf. Sie spürte die Schauer durch seinen Körper fließen, wenn Jacko heftig ausatmete, und wie er mit jedem Atemzug ruhiger wurde. Er richtete sich auf und löste sich aus ihren Armen, schaute sie gerührt, aber mit wieder festem Blick an. Seine Hand strich voller Liebe und Respekt über die Wange von Magda. Wie stark sie war – ein warmes Gefühl ließ die Wogen glätten und die Schauer in seinem Körper verebben.

In seiner Jackentasche summte Polly. Er klaubte sein Handy aus der Jacke. Auf dem Display sah er Flos Bild und das Gesprächssymbol. Er presste Polly an sein Ohr.

„Ja – klar... sehr gut... klar bin ich froh! ... Ja – kannst du dableiben, bis ich komme?" Er schaute auf die Uhr an der Küchenwand. „In maximal vierzig Minuten – und hey... DANKE, Flo!"

Jacko deutete mit der Hand zu Magda, ihm ein paar Sekunden zu geben, bevor er die Fragen auf ihrem Gesicht beantworten würde. Er gestikulierte mit seiner Hand wie in Trance über der Glasplatte von Polly. Dann richtete er sich auf und sagte mit fester Stimme: „Lorena ist aufgetaucht. Flo hat sie am Terminal aufgegabelt. Sie ist etwas durch den Wind und verfroren, aber gesund und unversehrt. Flo hat sie überzeugt, sie zu meiner Hütte zu bringen. In vier Minuten holt mich eine Drohne von deinem Vorplatz ab." Er schaute Magda um Vergebung bittend an. „Tesi hat sich aufgeladen und ist schon auf dem Weg nach Hause. Pit fliegt gerade jetzt zu Chris' Villa, um sich für mich umzusehen. Es tut mir leid, meine liebste Freundin – ich muss los!"

Magda lächelte ihren alten Freund warm an. Da war er wieder, der zielstrebige Manager! Feuerte intuitiv aus allen Rohren und traf aus der Hüfte alles, was nötig war.

„Schick doch Lorena zu mir auf Besuch, wenn sie mag. Ich würde mich freuen, sie kennen zu lernen und vielleicht interessiert sie sich, Deine Treuhänderin und Freundin zu treffen", meinte Magda lachend zu ihm.

„Mach ich", rief Jacko freudig, schon fast auf der Schwelle zur Türe. Er drehte sich nochmals um, umarmte Magda innig und raunte: „Danke... danke für alles! Gib bitte Hanna und Lena einen Kuss von mir, im Sommer werden wir wieder auf dem Grat zelten und Steinböcke beobachten."

Magda nickte stumm und sagte: „Geh, du wirst gebraucht. Und – dich zum Freund zu haben war das Beste was mir passieren konnte. Ich liebe dich!"

Jacko fasste ihre Hände, legte seine Stirn an ihre, drehte sich um und stürmte hinaus.

Wie ein kleiner Junge, dachte Magda schmunzelnd und sah gleich darauf Lena mit blassem Gesicht und Croissantkrusten um den Mund auf sich zukommen. „Himmelarsch!", rief sie in das Dröhnen, welches von draußen ertönte.

Jacko war in die Drohne gesprungen, hatte beim Anschnallen die Kuppel zugeknallt und wies das Bord System an: „High-Speed! – Kosten genehmigt. Mach vorwärts, Baby!"

Die Drohne hob sanft ab, drehte sich und steuerte in einem steilen Winkel knapp fünfzig Meter über dem Boden direkten Kurs auf seine Hütte an. Die Propeller in den Trommeln neben ihm heulten schrill auf, und das Gefährt schoss wie ein Pfeil durch die klare Luft. Der Ausflug würde ein kleines Vermögen kosten; egal – er wollte rasch nach Hause. Wollte zu Lorena! Sie schien unversehrt, aber Jacko spürte, dass da mehr war. Etwas Wichtiges war in Bewegung gekommen. Es schien, ein loses Ende eines Stranges seiner Lebensgeschichte war dabei, den Kreis zu schließen. Diese losen Stränge in seinem Leben baumelten wie nicht angeschlossene Elektrokabel herum. Wenn etwas Wind aufkam, funkte und brenzelte es. Nun sah es aus, als würde ein wichtiges Kabel endlich den Anschluss finden.

Es waren vielleicht die klaren Worte von Magda, die diese Gewissheit in ihm ausgelöst hatten, aber er war sicher, seine Enkelin hielt noch mehr parat.

SECHZEHN

Jacko sah Lorena bereits, als die Drohne aus der Höhe über dem See steil nach unten zog und den Flug mit aufgestellten Trommeln rasant abbremste. Nun schwebte er in sicherer Entfernung von der Terrasse langsam runter. Lorena hatte sich im Korbstuhl aufgesetzt, hielt den Hut fest – seinen Büffellederhut, wie er aus der Entfernung zu erkennen glaubte – und hielt Kikla am Nackenfell fest. Sie trug einen knappen Bikini und hielt einen farbigen Cocktail in der freien Hand. Gottseidank fuhr es Jacko durch den Kopf. Er nickte ihr zu und öffnete die Kuppel. Die Drohne konnte im steilen Gelände nicht landen, aber mittlerweile wusste er, wie man die Türsicherung öffnete. Normalerweise konnte man die Kuppel ja nicht öffnen, bis die Drohne stillstand und die Rotoren zum Stillstand gekommen waren. Er stellte sich auf die Kufen, schloss hinter sich die Kuppel und sprang federnd den einen Meter zu Boden. Sofort zog die Drohne hoch, drehte sich und schoss davon – zum nächsten Kunden.

Als Jacko die Terrasse erreichte, saß Lorena lässig da, nippte an ihrem Drink und kraulte Kiklas Nacken.

„Hallo", sagte Jacko, als er näherkam und nun auch Flo entdeckte. Der war aufgestanden, stellte sein leeres Cocktailglas auf den Tisch und schlüpfte in seine Jacke. Jacko und Flo verständigten sich mit Blicken. Er würde seinem alten Freund einen riesigen Stein in den Garten werfen, dachte Jacko. Flo schien seine Gedanken verstanden zu haben und schüttelte nur stumm den Kopf. Seine Augen blitzten listig, und auf seiner ledernen, tiefbraunen Haut entstanden tiefe Lachfalten. Er strich sein langes, schlohweißes Haar zurück, setzte sein speckiges Baseball Cap auf und streckte Lorena seine rechte Hand hin.

„Bis zum nächsten Mal, junge Dame. Es war mir ein Vergnügen, Sie hier hoch zu fahren", raunte er Lorena zu, die sich ebenfalls erhob und Flo wortlos umarmte.

„Tschau, Jacko – mach's gut! Wir sehen uns – denke ich." Er drehte sich um und stapfte ohne eine Antwort zu erwarten den Hang hinunter.

Lorena blickte ihm nach und sagte leise: „Du hast ja doch Freunde – und was für welche."

Jacko seufzte, ging in die Küche und brachte Lorena ein Glas Wasser. Er musterte sie von oben bis unten. Überall zerkratzte Stellen, ein paar blaue Flecken an den Beinen, rote Striemen an den Fußgelenken. Und nun bemerkte er auch die vielen Tattoos, die sich wie ein Patchwork über Lorenas Beine und Arme, ihr Dekolleté und auch ihren Rücken ausbreiteten.

„Was ist?", fragte Lorena und blickte ihn kampfeslustig an.

„Du scheinst mehr oder weniger unversehrt – du Wildkatze", sagte Jacko mit betont ernster Stimme.

Lorena wickelte sich in ein Strandtuch und setzte sich.

„Willst du erzählen?", fragte Jacko sanft.

Lorena nickte, und ihre Augen wurden feucht.

„Versprichst du, nicht auszurasten und mich nicht zu unterbrechen?", fragte sie leise.

Jacko nickte nur, leckte seine Fingerkuppen und erhob sie zum Schwur.

Lorena erzählte, wie sie wütend und völlig verwirrt einfach nur hatte weggehen wollen. Sich Luft hatte verschaffen, den Lärm aus ihrem Kopf loswerden und wieder ruhig atmen wollen. Wie sie den Hang heruntergeklettert, ein Bad im See genommen und am Ende Flo am Terminal getroffen hatte. Wie Chris sie zu sich in seine Hängevilla mitgenommen hatte und was dann passiert war.

„Der alte Lüstling hat versucht, mich ins Bett zu bekommen, und ich hab das ausgenutzt", berichtete sie emotionslos und starrte in die Ferne.

„Er hat mir seine Geschichte, die Story von ihm und dir erzählt. Gar nicht mal so viel anders als was ich von dir gehört habe... und doch – da war noch was. Das spürte ich ganz genau und hab ihn ein wenig ermuntert."

Jacko hob die Augenbrauen, sagte aber kein Wort.

„Na ja, ich hab ihm ein wenig den Hof gemacht, ihn ein wenig gucken und in Fahrt kommen lassen. Er ist mir ziemlich an die Wäsche gegangen, aber das wird er wohl noch jetzt bereuen. Jedenfalls ist nichts passiert. Mir zumindest nicht – aber er hat es ausgespuckt!"

Jacko erhob sich ruckartig, schnaubte und grollte leise: „Nichts passiert? Das reicht ja wohl! Was fällt dem Arsch eigentlich ein. Das wird er bereuen!"

Lorena brachte Jacko mit einem Blick, ihn an sein Versprechen erinnernd, dazu, sich wieder hinzusetzen.

„Du hörst nicht zu, Granpa. Erstens habe ich ihm schon eine Lektion verpasst, und zweitens war da etwas viel Wichtigeres!"

Jacko blickte seine Enkelin fragend an. Granpa? – das war ja was ganz Neues! Aber was meinte sie, zum Teufel?

„Ich will nur eines wissen", fuhr Lorena fort. „Wusstest du davon oder wolltest du es gar nicht wissen? Ich sag's dir gleich. Wenn ja – dann haben wir uns nichts mehr zu sagen. Auch wenn ich meine Klappe halten werde. Versprochen!"

„WAS sollte ich gewusst haben, Lorena?", fragte Jacko ganz leise und ahnte, dass sich etwas ereignen würde.

Es war, wie wenn das Meer sich weit zurückzieht, man keinen Laut eines Vogels mehr vernimmt und eine unheimliche Stille herrscht. Ein Stillstand. Bis man am Horizont die Welle sich auftürmen sieht. Eine Welle, die noch nicht mal so riesig aussieht, doch mit jeder Sekunde, in welcher sie auf einen zurollt, begreift man, dass dies fatal enden könnte. Dass man sich dringend in Sicherheit bringen musste, obwohl man gleichzeitig wusste, dass es dafür längst zu spät war. Man konnte nur mit Schrecken abwarten und versuchen sich festzuhalten, um nicht in Gefahr gerissen zu werden.

Lorena schaute Jacko lange, tief und forschend in die Augen. Da war nichts. Nicht das kleinste Flackern zu entdecken. Er schien es nicht einmal geahnt zu haben.

Sie strich Jacko sanft über die Wange. Er schaute sie verdutzt an.

Die Welle war da. Er schaute hoch und sah den langsam brechenden Kamm auf sich zu stürzen.

„Es wurde alles gefaked Granpa – alles: die öffentliche Meinung, die Blogs! Das passte ja noch einigermaßen in mein Bild. Alles wird beeinflusst und die Grenze zu Manipulation – ja wo liegt die?", sagte Lorena leise.

Nach einer kurzen Pause umarmte sie Jacko und flüsterte: „Die Abstimmung wurde manipuliert. Sie wäre mit hoher Mehrheit abgelehnt worden. Chris hat Hacker engagiert, welche die Datenbanken manipuliert und das Nein in ein Ja umgedreht haben. Bezahlt hat er das aus deinen Spenden…"

Jacko löste sich von Lorena. Alles drehte sich. Er wurde herumgewirbelt und griff um sich in die Luft. Um sich festzuhalten, um nicht von der Wucht der Welle weggespült zu werden. Er keuchte und stieß dann tief aus seiner Kehle einen gurgelnden Schrei aus. Blanke Wut und Hass durchfuhren ihn, gefolgt von panischem Schrecken. Das war kaum auszuhalten. Die brachiale Wucht von dem, was er gehört, aber nur wie im Traum wahrgenommen hatte, drohte Gegenwart und Zukunft wegzureißen. Alles, was er glaubte, in diesem Land zum Guten, zum Zukunftsfähigen miterrungen zu haben, wurde mit ungeheurer Gewalt aus der Verankerung gerissen.

Jacko setzte sich, bleich und keuchend. Das konnte er nicht auf sich beruhen lassen! Nicht nur, dass Chris seiner Enkelin an die Wäsche gehen wollte – das alleine hätte gereicht, ihm die Haut abzuziehen –, nein, er hatte ihn und die gesamte Bevölkerung auch noch bodenlos betrogen und, was ihn fast am schlimmsten traf, er hatte es auf diabolische Weise seiner Enkelin gebeichtet. Wohl wissend, welche Wirkung das haben würde. Er würde dieses Schwein in Stücke reißen und den Grundeln im See zum Fraß vorwerfen.

Lorena betrachtete ihren Großvater, wie er da zusammengesunken auf dem Korbstuhl saß. Seine Muskeln zuckten, und seine Kiefer kauten den unverdaulichen Brocken.

„Sprich mit mir, Granpa. Erklär mir bitte, wie das alles passieren konnte und was wir, was du tun kannst", bat sie ihn warm.

„Ich werde das Schwein abstechen – das werde ich tun!", erwiderte Jacko dunkel und realisierte im selben Atemzug, dass dies weder ihm, noch Lorena, noch der Zukunft von irgendjemandem auch nur das Geringste nutzen würde.

Er ballte die Fäuste, atmete dreimal tief ein und aus. „O.k. – es gibt eigentlich nur drei Möglichkeiten: Erstens, wir tun, wie wenn nichts wäre, und lassen die Sache einfach wie sie ist. Was er dir angetan hat, das kann ich dann immer noch aus ihm rausprügeln. Zweitens, ich schlag den Sack windelweich, schleppe ihn zu Polizei und zeige uns beide an. Drittens... ja – weiß ich nicht mehr..."

Lorena erwiderte ruhig: „Ich würde dir eher vorschlagen, alles aus ihm rauszubekommen. Von Mann zu Mann, aber ohne Gewalt. Du musst zuerst wissen, welche Tragweite das hat, bevor du überhaupt etwas tun kannst. Dann solltest du dich vielleicht beraten lassen und die Konsequenzen der verschiedenen Varianten überschlafen, bevor du den Dampfhammer sausen lässt."

Jacko blinzelte erstaunt. Seine Enkelin war eiskalt gegenüber der Gefahr und konnte ruhig und logisch denken. Das erfüllte ihn mit Stolz und Bewunderung.

„Was ich immer noch nicht weiß: Waren deine Geldmittel offiziell? War das transparent, oder wie genau lief das ab?", wollte Lorena wissen.

„Ja – das heißt nein. Ein Teil waren Parteispenden und deklariert, aber der größte Teil der Beträge lief über ein Konto in Panama. Das Ganze hat sich ja fulminant entwickelt. Bis vor der Abstimmung waren das alles ganz normale Parteizuwendungen, aber als es dann dermaßen hektisch und schnell gehen musste... Ich Idiot hätte nicht im Traum daran gedacht, dass da was Illegales passiert. Ich dachte, es wäre einfacher und vor allem schneller. Keine Genehmigungsgremien und all der Kram. Dafür fehlte schlicht die Zeit", erklärte Jacko.

„Über welche Summen sprichst du, Granpa?", wollte Lorena wissen.

„Nur in der Zeit der Abstimmung? Fünfzig bis sechzig Millionen vielleicht? Über die ganzen Jahre, bis ich mich zurückgezogen habe, sicher dreihundert", sagte Jacko leise und merkte, wie er selber die Ungeheuerlichkeit kaum fassen konnte. Das würde ihm niemand abnehmen. So blöd konnte kein Geldgeber sein, solche Summen blanko und ohne Fragen zur Verfügung zu stellen und dann zu behaupten, nicht einmal geahnt zu haben, dass hier was faul war.

„Willst du mich verarschen", kam prompt die Antwort von Lorena. „Du willst mir jetzt nicht weismachen, dass du allen Ernstes geglaubt hast, dass da alles in Ordnung war?"

„Doch – glaub es oder nicht, aber ich war immer schon naiv, wenn ich überzeugt war, das Richtige zu tun. Ich habe Chris blind vertraut, und bis vorhin hätte ich sogar meine Hand für diese Sache ins Feuer gelegt. Ich ... ich bin so ein Depp!", stammelte Jacko.

Lorena betrachtete ihren Großvater erneut lange und eingehend. Keine Show. Was hatte ihn nur getrieben? Vielleicht hatte Chris recht. Jacko war ein naiver Gutmensch. Ein Trottel, den man ausnutzen konnte, wenn er nur glaubte, das Richtige zu tun. Sie wusste nicht, ob ihr der Mann im Korbstuhl leidtun oder ob sie ihn verachten sollte. Sie beschloss, mit der Entscheidung abzuwarten, bis sie sah, wie er mit der Scheiße, die er angerichtet hatte, umgehen würde. Für sie war es das, was zählte. Das hatte sie in ihren jungen Jahren schon gelernt. Scheiße bauen war nicht so tragisch. Dann aber zu weinen, im Selbstmitleid zu versinken oder sich als Opfer zu präsentieren, das verachtete sie. Sie spürte einen sanften Stoß im Bauch. Da hatte sie auch Scheiße gebaut. Aber auch da lag es nun an ihr, wie sie damit umgehen würde.

„Granpa – ich habe ein Kind im Bauch, und ich weiß immer noch nicht, was ich tun soll. Zeig mir bitte, dass die Welt heute und morgen eine Zukunft hat", sagte sie. Sie wollte keinen Großvater im Gefängnis und auch keine blutige Spur in den Medien sehen.

Jacko hatte fast eine halbe Stunde geduscht. Eiskalt, bis seine Gedanken ruhig wurden. Dann hatte er sich angezogen. Fast schon feierlich mit Sakko, sauberer Jeans und weißem Hemd.

Lorena klopfte ihm auf die Brust. Sie würde seinen Vorschlag annehmen und zu Magda fahren. Dort würde sie sich geborgen fühlen. Sie würde aus sicherer Entfernung beobachten, was passierte, und vielleicht würde sie ja gerade durch die Gesellschaft von Magda und den Kindern herausfinden, was sie selber zu tun hatte.

Jacko schloss die Tür zu Tesi und schaute Lorena lange nach, als sie lautlos mit dem Wagen ins Tal glitt. Er schwang sich in den Jeep und ließ den brachialen Dieselmotor aufheulen.

SIEBZEHN

„Ich bin's, Jacko – wie du ja siehst. Lass mich rein", sprach Jacko in die Kamera unten am Aufzug zu Chris' Hängevilla. Fast augenblicklich öffnete sich die Aufzugstür, und er stieg ein. Es schien, als wäre er erwartet worden.

Jacko betrat den Wohnraum der Villa und schaute sich um. Es hatte sich nicht viel verändert, seit er vor Jahren bei der Einweihung zum ersten und letzten Mal hier gewesen war. Immer noch sehr spartanisch eingerichtet. Reduziert und doch irgendwie überheblich, fand er wie schon damals. Gläser klirrten, und er wandte sich zur Küche. Hinter der Bar hantierte Chris an seiner Espressomaschine. Guter Kaffee musste von Menschen gemacht werden. Darin waren sie sich einig. Früher gab es da noch einiges mehr, aber heute? Jacko betrachtete aufmerksam Chris' Rücken. Er schien sich seiner Sache sicher zu sein. Als sich Chris umdrehte, zuckte er zusammen. Chris hatte Augen wie ein Pandabär, und auf seinem Nasenrücken klebte ein weißes Pflaster. Auch seine Lippen zierten mehre Tapes. Er grinste schief und zeigte seine Zahnlücke. Zwei Schneidezähne fehlten. „Soll ich Gold nehmen?", fragte er lakonisch.

Jacko brachte kein Wort heraus. Magda hatte wohl recht. Lorena konnte sehr gut auf sich selber aufpassen.

„Der PCA hat mich in meiner Kotze gefunden, als deine Enkelin beschlossen hat, meine Gastfreundschaft nicht länger in Anspruch zu nehmen", sagte Chris, kam mit zwei Tassen um die Bar und deutete auf die Sitzgruppe.

Als sie sich gesetzt hatten, fuhr er fort: „Die Ambulanzdrohne hat mich in die Klinik geflogen. Außer dem, was du siehst, geht's mir auch sonst beschissen. Du brauchst dir also kaum die Mühe zu machen, mir den Rest geben zu müssen." Er lachte auf, fasste sich gleich darauf an die Rippen und verstummte nach einem Hüsteln.

„I see! Wer die Katzen liebt, darf die Krallen nicht fürchten", meinte Jacko und konnte sich ein Grinsen nicht verkneifen. Das hatte er bei seinem ersten Eintrag in ein Poesiealbum, um den ihn das Mädchen seiner Träume gebeten hatte, geschrieben.

„Damit ist die Sache nicht abgetan auch wenn du einem eher leidtun kannst. Deshalb bin ich aber nicht gekommen", fuhr er fort.

„Nicht, ach so, warum dann", erwiderte Chris mit einem zynischen Unterton.

Beide rührten in ihrem Espresso. Chris schenkte sich ein halbes Glas Cognac ein. Nur gegen die Schmerzen, wie er erklärte. Er bot die Flasche Jacko an, obwohl kein zweites Glas auf dem Tisch stand. Der verneinte mit einem Augenrollen.

„Das weißt du ganz genau", nahm Jacko den Faden wieder auf. Chris lehnte sich zurück und meinte, das werde eine längere Geschichte, dazu müsse er etwas ausholen.

„Ich habe alle Zeit dieser Welt", sagte Jacko und lehnte sich ebenso in die Polster, strich mit der Hand über das kühle, weiche Leder und schaute seinen Jugendfreund erwartungsvoll an.

Chris ließ sich Zeit. Er kramte eine Blechdose mit Zigarillos aus der Hosentasche und steckte sich eine an. Er streckte die Schachtel Jacko hin, und der nahm diesmal an. Beide bliesen den blauen, würzigen Rauch zur Glasdecke. Wie Wolken blieben da die Rauchschlieren am Himmel hängen.

Fast wie früher, so gemütlich wie früher", stellte Chris fest. und Jacko brummte zustimmend. Er wollte ihn kommen lassen. Alles erfahren. Das brauche Geduld und Ruhe, hatte ihm Lorena eingebläut.

Chris schien vorbereitet und begann seinen Vortrag:

„Weißt du noch? Wir saßen in meiner Küche, und du hast dich maßlos aufgeregt. Es gab zwei Studien, welche kurz nacheinander publiziert wurden. Eine war die Studie zur Mitarbeiterzufriedenheit. Fünfundsechzig Prozent gaben an, innerlich gekündigt zu haben und keinen Tag länger zur Arbeit zu kommen, wenn sie nicht das Geld brauchen würden.

Die andere war etwas weniger wissenschaftlich. Da hatte ein Witzbold auf Facebook gefragt, wenn man ein Jahr lang Millionär sein oder aber den ewigen Weltfrieden herbeizaubern könnte, für was man sich entscheiden würde? Die Reaktionen waren derart zahlreich, dass ein Meinungsforschungsinstitut die Frage statistisch korrekt, randomisiert und nach Herkunft, sozialem Status und Alter aufsetzte. Mehr als achtzig Prozent aller Befragten entschieden sich für die Million. Für ein lausiges Jahr, wohlverstanden. Du warst daran, den Glauben an die Menschheit vollends zu verlieren."

„Hmm", brummte Jacko und Chris schaute ihn kurz bohrend an, um dann fortzufahren:

„Was haben wir uns die Köpfe heiß geredet. Nächtelang. Wir haben vom Sinn des Lebens über die beschränkten, simplen Algorithmen, welche das Menschsein ausmachen, gestritten.

Weißt du noch? Ich habe dir erklärt, wie ich es sehe. Dass das Leben weder als Einzeller noch als Mensch Sinn macht. Dass man noch nicht einmal dem Leben einen Sinn geben kann. Es entstand ohne Plan aus einer Laune von Mutter Natur. Da war nichts vorher, und da wird auch nichts nachher sein. Es macht ebenso wenig Sinn, Geld anzuhäufen – weil man es bekanntlich nicht mitnehmen kann – wie Erfahrungen, Erlebnisse oder Glück zu sammeln. Auch das kann man nicht mitnehmen. Du hattest eingewandt, dass aber viele in den letzten Wochen ihres Lebens genau das bedauerten: Nicht genug Glück und Liebe erlebt zu haben. Worauf ich noch heute erwidere: Scheiß drauf. Was kümmert es mich, ein paar Wochen etwas zu bereuen oder damit zu hadern. Man wird ja nichts mitnehmen können, und es wird einem hinter dem Vorhang nichts mehr kümmern. Also, statt ein Leben lang darauf hinzuarbeiten, dass man sich beim Abgang zufrieden und erfüllt fühlen wird – was in etwa demselben idiotischen Verhalten wie dem Anhäufen von Geld gleichkommt –, kann man genauso gut sein Leben einfach verschwenden oder dahinplätschern lassen. All die wunderbaren Life Coaches und Erfolgreichen dieser Welt, die einem weismachen wollen, man solle etwas aus seinem Leben machen und jeder besitze ein ungeahntes Potential, sind doch nur Schergen der Unternehmen, die Leute brauchen, die sich die Pumpe aus dem Körper schuften. Oder aber sie waren so verblendet, den Stuss selber zu glauben, den sie auf Foren, Blogs und Büchern von sich geben."

Jacko schnaufte, wie wenn er aus der Tiefe des Meeres an die Oberfläche gekommen wäre. Er bemühte sich geduldig zu bleiben und brummte: „Ja, ich kenne deine Haltung und du kennst meine. Selbst wenn du recht hast, übersiehst du einen wichtigen Punkt: Die Nachkommen. Selbst wenn du selber keine hast, macht es einen gewaltigen Unterschied, wie du diesen Planeten hinterlässt oder wie es einer Gesellschaft geht. Ich weiß, aus deiner Sicht nicht. Wenn das Leben komplett erlöschen würde, wäre aus deiner Sicht weder etwas verloren noch, trotz allen Fortschritts, zu gewinnen. Es bliebe sinnlos."

Chris nickte zustimmend. Jacko fuhr fort: „Erklär mir einfach eine Sache. Wie kommt es, dass ein Nihilist, ein zynischer Stoiker wie du, nicht längst Selbstmord begangen hat, und was noch viel wichtiger ist: Warum um alles in der Welt bist du Politiker geworden und wolltest die Welt zum Guten verändern, den Fortschritt in die Gesellschaft bringen? Hast du eine Utopie an den Himmel gemalt, auf dass dir alle folgen sollten?"

Chris lachte leise, zog an seiner Zigarillo und blies den Rauch in Jackos Gesicht. „Ganz einfach", fuhr er fort, und nach einer Kunstpause, die an Jackos Nerven zerrte wie ein wütender Hofhund an seiner Kette: „Ersteres, weil es geil ist, in Hormonen zu baden. Das Leben schreit nach Befriedigung von Trieben, Bedürfnissen, die sich in etwas gesitteterer Form als Wünsche und Lebensziele manifestieren oder auch nur in Völlerei, Saufen und Rumficken zeigen. Je nach Naturell – meines kennst du ja. –

Das Zweite ist auch ganz einfach", fügte er bei und musterte Jackos hochgezogene Augenbrauen.

„Macht. Macht ist mindestens so geil wie guter Sex – nur hält das Gefühl wesentlich länger an. Ich wollte ganz oben an der Nahrungskette stehen. Die Stiefellecker zu meinen Füßen liegen sehen, über Tod und Leben entscheiden können – wenn es dabei auch nur um Status ging –, ich wollte die Frauen gurren hören, wenn sie mich umgarnten, meinen Geist lobten oder mich für einen dynamischen Macher hielten. Auch wenn sie nur von der Natur getrieben waren, die besten Gene aufzufangen, um auch so einen Erfolgsmenschen auszubrüten. Und – last but not least – Kohle, um mir all meine Wünsche erfüllen oder erzwingen zu können. Jacko, hätte ich statt dir einen stinkreichen Despoten eines Schurkenstaates getroffen, ich schwöre dir, ich hätte ein Nuklearprogramm und die Beherrschung des Planeten mit derselben Energie vorangetrieben wie die politischen Ziele, die wir verfolgt haben und dank meines Instinkts und deiner Kohle erreichen konnten."

Stille. Jacko war am Zug. Er beschloss, sich nicht provozieren zu lassen. Er meinte zu wissen, dass vielleicht ein Teil wahr war, aber nur ein Teil. „So, so", nickte er, richtete sich auf und fuhr ruhig fort:

„Und wie war das mit dem Manifest: Wie wollen wir leben? Kannst du dich daran erinnern? Erzähl mir nicht, dass dies aus deiner Sicht genauso gut ein Plan für einen Offensivschlag mit einem Raketenarsenal hätte sein können. Angerissen hast du das Ding. Du bist mir damit gekommen, die Menschen hätten die Geißeln Hunger, Krankheit und Krieg hinter sich gelassen. Nun gelte es, die Geißel Arbeit zur Existenzerhaltung endgültig zu eliminieren. Die Digitalisierung, welche vor der Türe stand, werde mit ihren künstlichen Intelligenzen, den Robotern, selbstregulierenden Systemen, Schwarmtechnologie und weiß nicht was allem die Arbeit in der bisherigen Form komplett überflüssig machen. Wir malten Schreckensszenarien aus, die aufzeigten, dass sich eine kleine Elite von reichen Spezialisten mit Jobs bilden würde und eine erdrückende Mehrheit, die ganz nach Caligula mit Brot und Spielen in Schach gehalten würde. Wir erschufen daraus etwas Neues, eine Utopie, die inzwischen Wirklichkeit geworden ist."

Chris drückte seine Zigarillo aus und schubste ungefragt die noch glühende von Jacko auch in den Aschenbecher. Nun war es an ihm, die Augenbrauen hochzuziehen – Schluss mit gemütlich, nun kamen sie langsam zum Kern.

„Das war dein Part, Jacko. Ich habe ihn nur übernommen und kommunizierfähig gemacht. Was du damit gemeint hast, habe ich nie wirklich nachvollziehen können. Dass die Leute darauf abgefahren sind und wir das sogar zu einem guten Teil zur Wirklichkeit gemacht haben, verstehe ich noch viel weniger. Wie war das noch?

Die Menschen streben nach individueller Erfüllung. Ein erfülltes Leben besteht aus Gemeinschaft, Identität, Kultur, aus persönlichem Glück – das nicht im Widerspruch zur Gemeinschaft stehen darf. Sie brauchen Sicherheit und Integration in einem Umfeld, das Herausforderungen genauso bietet wie Geborgenheit.

Ich denke, das war schon immer so. Die Menschen träumten davon, reich und unabhängig zu werden. Durch einen Lottogewinn die geistig Minderbemittelten, durch harte Arbeit die meisten oder durch eine erfolgreiche Firma, ein Patent – wie in deinem Fall.

Oder indem man sich das Erwünschte ergaunerte – wie in meinem. Die Gemeinschaft war die Quelle, diesen Reichtum zu erwirken, sie wurde als Mittel zum Zweck respektiert. Später, wenn der Reichtum erreicht war, gab es wesentlich mehr Spielraum und doch blieb man darauf angewiesen, dass eine Gesellschaft funktionierte, wollte man die Privilegien auch ausleben können. So sehe ich das.

Nun sollte dies alles nicht mehr nötig sein. Jeder würde zumindest so viel Wohlstand haben, dass er sich keine Sorgen um eine komfortable Existenz und eine rosige Zukunft machen musste. Die unteren Stufen der Maslow-Bedürfnispyramide würden für alle als gesichert gelten. Es blieben die Selbsterfüllung und die soziale Anerkennung. Es brauchte nur noch einige Weichen, um alles in die richtige Richtung zu lenken.

Was haben wir um das richtige Stellen der Weichen gestritten! Und du hattest recht. Es brauchte zuerst einmal den Mut und den Elan der Jugend, um in diesem blockierten System etwas in Gang zu bringen. Sogar was folgte, hatten wir vorausgesehen. Die Kritiker malten panische Bilder von Heerscharen Alkoholikern und einer explodierenden Unterhaltungsindustrie, welche die Menschen mit ihren Wohlfühl-Programmen zu Zombies mutieren würden. Natürlich würde es die geben – das war uns auch klar –, aber es würde eine kleine auffallende Minderheit bleiben. Nicht viel anders als die Alkoholiker. Nur der kleinste Teil würde sichtbar werden. Der Rest würde brav weiterfunktionieren, wenn auch bis zum Mittag mit einem dicken Kopf."

Jacko nickte. Er konnte die Punkte noch heute auswendig und ratterte sie runter:

1 Konsequente Einführung technologischen Fortschritts unter der Maßgabe des Nutzens für das gesellschaftliche Programm und der Nachhaltigkeit für die Umwelt als Basis für das gesamte Transformationsprogramm.

2 Sicherung der Existenz durch ein erwerbsunabhängiges Grundeinkommen. Abschaffung sämtlicher redundanter Systeme wie Altersvorsorge, Arbeitslosenversicherung.

3 Freier Zugang zu Gesundheitsvorsorge, Spitzenmedizin und alternative Behandlungsmethoden, inklusive psychologischer Therapien und Seminare zur persönlichen Weiterentwicklung. Privatisierung sämtlicher Gesundheitsorganisationen.

4 Förderung der Familien auf Basis von zwei Kindern. Mit ausreichend Bildungsgutschriften, freier Wahl der Ausbildungsstätten, um jedem Kind eine ideale Förderung zu gewährleisten. Professionelle Unterstützung der Eltern und Erzieher, Tagesschulen und Kinderbetreuung für alle.

5 Aufbau einer neuen Bildungsstruktur, welche holistischen und ganzheitlichen Regeln folgte und lebenslang ermöglicht wurde. Freier, kostenloser Zugang zu den Universitäten und Institutionen in jedem Alter, für jede Fachrichtung unabhängig des Alters. Privatisierung sämtlicher Bildungsstätten.

6 Ermöglichung von Wohlstand und eines komfortablen Lebens auf Basis des oberen Mittelstands, durch maximal zwanzig Prozent Arbeitspensum (auf Basis der Vierzig-Stunden-Woche im Jahre 2020 mit einem Einkommen von achttausend Franken pro Monat – was idealerweise auf dem Jahrespensum berechnet werden sollte).

7 Entkoppelung von Erwerbs-/Produktionsarbeit und gemeinnütziger Arbeit – gleiches Gehalt wie unter Punkt vier.

8 Konsequente Förderung von Start-up Firmen und Ermöglichen von unternehmerischer Entfaltung und letztlich persönlichem Reichtum.

9 Jeweils mindestens zehn Prozent des Volkseinkommens sollen in Kulturförderung, Bildung und Entwicklung und Gesundheit fließen.

10 Produktivitätssteigerungen fließen zu zwei Drittel dem Programmausbau und zu einem Drittel der Entwicklungshilfe, Friedensförderung und Umweltschutzprogrammen zu.

Chris lachte laut auf, um sich sogleich wieder seiner schmerzenden Rippen bewusst zu werden. Die Nerven mussten aber ihre Schmerzsignale durch den Vorhang eines zweiten Glas Cognac schicken, um von seinem Bewusstsein wahrgenommen zu werden.

„Karl Marx wäre aus seiner Kiste gesprungen, wenn er dich damals gehört hätte. Du Träumer hast tatsächlich geglaubt, man hätte dein Manifest einfach so den Leuten erzählen können und die hätten zustimmend applaudiert. Die hätten dich in der Luft zerrissen und dich in die Wüste geschickt. Kohle hin oder her. Du weißt genau, wie viele Ängste dein Manifest provoziert hätte. Schon nur, wenn wir es anderen Kumpels erzählten, schüttelten die freundlich die Köpfe und versuchten das Thema zu wechseln.

In einem hast du allerdings recht gehabt: Die digitale, technologische Revolution war die Energiequelle, welche deine Ideen überhaupt erst denkbar machte! Kommunismus 2.0 wurde durch die Automatisierung erst möglich! Kluges Köpfchen!"

„Du hast ja recht", meinte Jacko lachend. Die Erinnerungen an die alten Zeiten ließen seinen Enthusiasmus kurz aufflackern „Ich war und bin ein Träumer und du ein Macher. Deshalb hat es so gut funktioniert. Auch wenn wir noch lange nicht alle Punkte meiner Wunschliste abhaken können! Du hattest auch recht, dass wir zuerst die Macht der Trägheit brechen mussten. Deine Idee der Altersquoten ermöglichte erst die Einführung des UEKs. Damit kam der Stein ins Rollen."

„Hmm", brummte Chris. Es folgte eine quälende Stille.

Nach dem amüsanten Rückblick und den alten Räubergeschichten stand sie auf einmal im Raum: die alles entscheidende Frage.

Chris erhob sich ächzend, schaute sein leeres Glas und die halbvolle Flasche an, stellte beides aufs Tablett, worauf der PCA stumm heranrollte und abräumte. Er griff sich die beiden Tassen, schaute Jacko an und wandte sich der Küche zu. Als er mit vollen Tassen zurückkam, deutete er auf die offene Terrassentüre.

Beide lehnten sich über die Glasbrüstung und schlürften ihre Espressi. Chris ließ den Blick schweifen, während Jacko nach unten ins Tal blickte. Als er ausgetrunken hatte, warf Chris die Tasse in die Tiefe.

„Siehst du", meinte er und deutete mit dem Löffel nach unten. Die Tasse fiel etwa zehn Meter unter ihnen in ein Netz. Ein kaum sichtbares Gewebe, das auch einen Menschen hätte auffangen können, und Pflicht war, damit tief unten niemand von einem fallengelassenen Handy oder einer Tasse auf den Kopf getroffen wurde. Kaum federte das Netz die Tasse ab, wuselten kleine Roboter wie Spinnen den Fäden entlang, um die Scherben einzusammeln.

„Jeder Fortschritt birgt neue Gefahren, Risiken, die wir auffangen müssen, wenn er keinen Kollateralschaden anrichten soll. Eine Sicherung, die rausfliegt, wenn's zu viel wird. Eine Grenze, die zu überschreiten sonst mit einem Kabelbrand die ganze Hütte abfackeln würde", ergänzte Jacko, richtete sich auf und schaute Chris in die Augen.

„Es ist wie beim Roulettespielen. Wenn du verlierst, setzt du das Doppelte, um den Verlust wettzumachen. Du versuchst dabei kühl zu bleiben, obwohl du weißt, dass du die Grenze bereits überschritten hast und den nächsten Verlust nicht mehr decken kannst. Aber irgendwie macht genau dieses `nothing left to lose` es aus, dass du alles auf ein Feld setzt", fuhr Chris fort und stierte in die Tiefe, während Jackos Blick fest auf den Horizont geheftet war.

Dann, leise, wie in ein Selbstgespräch vertieft, begann er wieder zu erzählen: „Du wusstest es nicht, mein lieber Jacko, aber die ersten Meinungsumfragen waren beschissen. Obwohl wir mit deiner Kohle und den besten Public Relations Fachleuten eine Kampagne losrollten, die sich gewaschen hatte.

Ich musste etwas tun. So haben wir Studenten und Hausfrauen angeheuert, in Blogs zu schreiben, auf Facebook, Twitter und wie sie alle hießen, auf Teufel komm raus zu liken. Sie gaben Interviews in den News, nahmen an gestellten Straßenbefragungen teil. Alles was möglich war. Der Zeiger bewegte sich in der Tat in den kommenden Wochen zu unseren Gunsten und blieb zitternd um die vierzig Prozent Zustimmung stehen."

Chris richtete sich auf, blickte Jacko von der Seite an und sagte eindringlich: „Ehrlich, alter Freund, wie hätte es anders sein sollen? Wie sollte eine Mehrheit von Alten einer Minderheit von verrückten, unerfahrenen Jungen freiwillig die Lenkung der Geschicke, der Zukunft, des gesamten Staates überlassen? Unmöglich. Es brauchte eine Revolution! Aber wie? Ich konnte ja wohl schlecht ein Beret mit einem Stern aufsetzen, mit Zigarre und Knarre durch die Straßen ziehen und mit erhobener Faust hasta la vitoria siempre brüllen! Es musste anders gehen...“

Chris schaute Jacko so lange von der Seite an, bis sich ihre Blicke trafen. In Chris' Augen war keine Reue, vielleicht etwas Hoffnung auf Zustimmung oder wenigstens Verständnis. Jackos Augen blickten ihn ruhig, dunkel und gefasst an.

Chris fuhr mit fester Stimme fort: „Dieselben Leute, welche mir bei der Manipulation der Beiträge in den sozialen Medien, den Suchmaschinen geholfen hatten, zugegeben, hart an der Grenze der Legalität, hoben resigniert die Hände, wenn ich nach neuen Ansätzen fragte. Alle bis auf einen: Mirko. Es gäbe da einen Weg, meinte er, aber es könnte teuer werden. Ehrlich, Jacko, das musst du mir glauben. Ich dachte, er hätte eine Idee, die Sache irgendwie noch zu verfeinern, zu verstärken. Ich konnte mir nicht vorstellen, dass dies möglich wäre!

Aber es war möglich. Wir gewannen die Abstimmung, wie du weißt, mit einer Zweidrittel-Mehrheit. Ich hatte die Hoffnung schon aufgegeben, hatte mich klammheimlich aus unserer Zentrale geschlichen und mit einer Flasche guten Rotweins und dem Handy an die Limmat gesetzt, um dem Treiben der Schwäne auf dem Fluss zuzusehen. Ich nahm gerade den letzten Schluck aus der Flasche, als mein Handy klingelte. Man suchte mich überall. Wir hatten gewonnen und die Fernsehfritzen rannten uns die Bude ein. Was folgte, war mein legendäres Interview mit lallender Stimme. Obwohl es alle lustig fanden, ist mir dieser Auftritt bis heute peinlich. Ich stand danach die ganze Nacht auf dem Balkon in unserer Zentrale und winkte den Leuten im Corso hupender Autos zu. Es war eine Stimmung, als wäre Italien Fußballweltmeister geworden. Die Italos feierten, und die Mehrheit, die Schweizer, wie immer schon in der zweiten Runde ausgeschieden, schauten zu, ließen sich anstecken und feierten nach ein paar Gläsern selig mit."

„Ich weiß, ich habe seine Majestät, den Revolutionär, im Fernsehen betrachtet, wie er da winkte und wankte. Ich freute mich mit, und trotzdem war mir mulmig zumute", sagte Jacko, lehnte sich rückwärts über die Brüstung und schaute Chris fragend an.

„Ach, komm jetzt. Natürlich hast du dich gefreut!", meinte Chris, drehte sich nach ihm um und klopfte ihm, immer noch darauf hoffend seine Zustimmung zu finden, auf die Schulter. „Das haben doch wir beide geschafft!"

„Wir drei, meinst du? Wir zwei, dein Spezi Mirko und seine Kumpane – wenn ich richtig verstanden habe", erklärte Jacko reglos.

Chris verstummte und fuhr nach einer Pause, nun wieder leise, fort: „Ja - Am nächsten Tag tauchte Mirko bei mir auf. Er hatte eine saftige Schlussabrechnung in der Hand und erklärte, er werde gleich verschwinden. Er wollte unbedingt die Zahlung online prüfen, bevor er sich aus dem Staub machte. Ich habe übrigens bis heute keine Ahnung, wo er abgeblieben sein könnte.

Na ja, ich wollte zahlen, aber schlussendlich wollte ich wissen, wofür ich denn dein Geld ausgegeben hatte. Für den Sieg, fand Mirko, und als ich nicht lockerließ, erzählte er mir die Story. Er meinte, er wolle mich mit technischem Gedöns nicht aufhalten, aber seine Kontakte hätten schlicht die Server der Bundesverwaltung gehackt. Und zwar so simpel und genial, dass dies niemals auffliegen konnte. Sie hatten ein Nein in ein Ja gedreht. So einfach war das: aus einer Null eine Eins gemacht. Gerade genug, dass es reichen würde und glaubwürdig blieb."

„Willst du mir sagen, du hättest geglaubt, Mirko habe ‚nur' die Meinungen zu manipulieren versucht und hättest nicht gewusst, dass er in Wahrheit die Server gehackt hatte? Dass wir die Abstimmung eigentlich mit einer Zweidrittel-Mehrheit verloren?", fragte Jacko leise.

„Ja – verdammt –, das versuch ich dir die ganze Zeit zu erklären!", rief Chris aus. „So naiv wie du nicht gefragt hast, wozu ich die Millionen brauche und gedacht hast, ich stecke sie in noch mehr Kampagnen, so naiv habe ich geglaubt, dieser Mirko würde einfach noch effektiver die öffentliche Meinung beeinflussen. O.k. – manipulieren vielleicht, aber glaub mir, ich hätte nicht im Traum daran gedacht, dass man die Abstimmungsserver hacken könnte! Das war so abgefahren, dass mir die Spucke wegblieb.

Klar hatte ich ein mulmiges Gefühl dabei, sogar ein klein wenig ein schlechtes Gewissen, ob du es glaubst oder nicht!", erklärte Chris mit beiden Händen gestikulierend und versuchte mit einer betroffenen Miene seine Lüge zu vertuschen.

„Du – ein schlechtes Gewissen? Das ist ja wohl der Witz des Jahrhunderts!", sagte Jacko immer noch ruhig.

Chris sah ihn entrüstet an und blaffte: "Ja, ja, der Übermensch, der Moralist. Im Urteilen warst du schon immer gut!

Und weißt du, was? Was dann kam, war ein wahrer Erdrutsch. Fast im Monatstakt kamen Initiativen zustande, ich musste nur die Punkte deines Programms einflüstern, et voilà, in der nächsten Volksabstimmung erhielten wir die Zustimmung. Was willst du, Jacko? Dass ich dir glaube, dass du dich nie gefragt hast, wo deine, notabene illegale, Schützenhilfe hingeflossen ist? Dieser Witz ist mindestens so gut wie meiner.

Aber drauf geschissen – sieh dir das Land an, sieh dir diese neue Gesellschaft an, die du dir miterdacht hast. Alle Träume sind in Erfüllung gegangen!" Chris schrie nun Jacko an: „Willst du etwa sagen, dass es nicht so ist? Willst du das alles in Frage stellen, nur weil du mir misstraust, weil es nicht nach deinen moralischen Regeln zustande gekommen ist? Fick dich, alter Freund – du tust mir leid!"

Jacko sah sich wie im Traum Chris am Kragen packen, ihn hochheben und ihn über die Brüstung nach unten hängen lassen. Chris hing in seinen Fäusten wie ein nasser Sack, aber er grinste.

„Nur zu – und dann? Was ändert das?", flüsterte er.

Jacko stellte Chris zurück auf den Boden, klopfte mit den Händen seinen Sakko glatt und schüttelte den Kopf.

„Nichts – aber was sollen wir jetzt tun? Und du hast recht, du Dreckskerl! Von außen betrachtet, habe ich genauso viel Dreck am Stecken wie du."

„Nichts... und: selber Dreckskerl", gluckste Chris und stopfte sein Hemd in den Hosenbund.

Jacko warf den Kopf in den Nacken und blickte in den Himmel. Das würde er nicht hier und jetzt lösen können. Lorena hatte recht. Das musste überdacht werden.

„Komm, wir machen eine Tour. Ein Race – wie früher. Komm schon, ich muss dir was zeigen!", sagte Chris fröhlich und zog am Arm seines Jugendfreundes. Jacko folgte ihm kopfschüttelnd, in Gedanken immer noch bei der abstrusen Wahrheit, die er gerade erfahren hatte – wenn es denn die Wahrheit war. Lorena hatte ihm eine andere Version erzählt, eine bedeutend andere. Gerne hätte er die von Chris geglaubt, dann könnte man die Sache ja vielleicht einfach vergessen. Aber warum sollte Lorena ihn anlügen? Chris hingegen war geschickt darin, Leute einzulullen und auf seine Seite zu ziehen.

Als sie aus dem Notfalltunnel kamen, öffnete Chris den Schopf, aus dem Lorena vor wenigen Stunden Schuhe und Jacken genommen und sich in der Dunkelheit auf den Weg gemacht hatte.

„Sind sie nicht wunderschön?", fragte Chris in dem hellerleuchteten, gekachelten Raum.

Da standen vier Carbon Mountain Bikes mit polierten Aluminium-Scheibenrädern. Es waren Prototypen. Chris liebte Elektro-Bikes, ein Steckenpferd von ihm.

Die gab es zwar schon lange, aber diese hier liefen locker achtzig Sachen, waren luftgefedert, mit ABS und Antischlupfregelung. Die Dinger verhinderten sogar die meisten Stürze durch gezieltes Bremsen oder Verlagerung des Schwerpunkts durch Kreisel im Inneren der Räder und im Rahmen. Das war das Neue daran. Selbst in Schräglagen, die normalerweise unweigerlich zum Sturz führten, brachten die Kreisel das Bike in Sekundenbruchteilen wieder in eine stabile Lage, wie Chris mit leuchtenden Augen erklärte.

Er zog sich Schuhe aus dem Regal an. Auch daran waren Sensoren angebracht, um das Rad zu kontrollieren. Zudem zeigten einem Vibrationen im linken oder rechten Schuh an, welchem Weg man folgen musste, sofern man das Navi via Handy aktiviert hatte. Chris streckte Jacko ein Paar Schuhe entgegen und setzte einen Helm auf.

„Komm schon, wir machen einen Downhill bis zur Beiz auf dem Bödeli. Du weißt schon, da wo wir oft gesessen haben. Wer zuerst ankommt, entscheidet. Wenn ich gewinne, gibt es Stillschweigen, und wir sind wieder Freunde, und wenn du gewinnst, gehen wir gemeinsam ins Gefängnis", lachte Chris und forderte Jacko gestikulierend auf, sich bereit zu machen und sich ein Rad zu schnappen.

Jacko schüttelte den Kopf, konnte sich jedoch ein Lachen nicht verkneifen. Was für ein Kindskopf, und ob er wollte oder nicht, er steckte ihn mit seinem Übermut an. Angetrunken wie Chris war, würde das Rennen nicht lange dauern. Er würde gewinnen, aber ob er dafür ins Gefängnis wollte? Jedenfalls war es eine gute Gelegenheit, es Chris heimzuzahlen. Wahrscheinlich würde ihn die Niederlage mehr treffen als ein Sturz über die Brüstung seiner Villa.

„Bereit?", fragte Chris und schaute auf Jacko, der noch an den Einstellungen und am Display hantierte. Chris fasste rüber und stellte volle Leistung und Competition Mode ein. Ohne ein weiteres Wort rollte er über die Treppen auf den Feldweg, trat in die Pedale, beschleunigte, vorauf das Bike vorwärts schoss wie ein Motocross Motorrad.

Jacko klickte seine Schuhe ein und trat in die Pedale, um gleich darauf in die Eisen zu steigen. „Verdammt", brummte er. Das Ding zog los wie eine Rakete, und man spürte kaum die Löcher und Steine auf dem Weg. Dabei fühlte es sich bei jeder Biegung an, wie von einem Magneten auf den Schotter geheftet zu sein. Er würde sich beeilen müssen, um sich daran zu gewöhnen. Chris sah er nur kurz auftauchen, wenn der Weg mehr als hundert Meter gerade verlief, und es schien ihm, der Abstand vergrößerte sich.

Nach mehreren zwanzig Meter-Sprüngen über Felsen folgte er dem Weg in den Wald. Hier war Jacko in seinem Element. Nach zwei Serpentinen entschloss er sich, direkt in der Falllinie den Hang herunter zu jagen. Das Gelände glich dem Hang vor seiner Hütte runter ins Dorf, und Jacko ließ das Bike freilaufen.

Fast hätte er einen Baumstumpf erwischt, der ihn garantiert in hohem Bogen aus dem Sattel katapultiert hätte. Wie von Geisterhand schlug das Bike einen Haken, bevor er merkte, was ihm passierte. Er jaulte laut auf, grinste kopfschüttelnd und jagte weiter den Berg herunter. Von Chris war nichts zu sehen, er war wohl brav den Serpentinen gefolgt. Er hatte ihn sicher schon überholt. Tja mein Freund, dachte Jacko, abkürzen kannst nicht nur du. Er dosierte die Bremsen und bog wieder auf den Weg ein, als der Wald zu dicht wurde.

Vor sich sah er plötzlich das Bike von Chris an einem Baum liegen. Jacko bremste scharf. Die groben Stollen der fetten Reifen fraßen sich knirschend in den Kies, und er kam zum Stehen.

„Chriiiiiss!", rief er amüsiert. „In welchem Baum hängst du?" Er schaute sich um. Keine Spur von Chris. Jacko stieg aus dem Sattel und spähte den steilen Abhang hinunter. Da sah er ihn. Das heißt sein helles Hemd, das in einer Gruppe Jungtannen gute dreißig Meter unter ihm zu liegen schien.

Jacko ließ das Bike auf den Boden fallen und rannte den Abhang hinunter. Kurz vor dem Ziel fiel er auf den Hintern, und er rutschte die letzten Meter zu den Tannen.

Chris lag auf dem Bauch. Er hatte bei seiner Landung eine Jungtanne umarmt. Die konnte seinen Fall jedoch nicht abfedern und war fünfzig Zentimeter über dem Boden abgebrochen. Der spitze Baumstumpf war durch seinen Bauch gedrungen und ragte blutrot aus dem Rücken.

„Scheiße – du hast gewonnen, wie es aussieht", röchelte er, als er Jacko erblickte.

„Nicht bewegen, ich hole Hilfe, du Idiot", raunte Jacko und suchte Polly in seiner Hosentasche. Zum Glück trug er Polly immer in der rechten Hosentasche und nicht in der Jacke. Sonst wäre sie jetzt samt dem Sakko noch oben auf dem Berg. Er drückte die Notfalltaste auf Ortung und den Totenkopf – was so viel wie Lebensgefahr bedeutete. Nach elend langen zehn Sekunden blingte Polly. Hilfe war unterwegs – die Ambulanz-Drohne würde in acht Minuten hier sein.

„Jacko – darf ich dich was fragen?", röchelte Chris und Jacko musste sich neben ihn legen, um ihn zu verstehen.

„Spar dir deine Luft für später auf, mein Freund", sagte Jacko. Ihre Gesichter lagen keine zehn Zentimeter voneinander auf dem Waldboden.

„Ich glaube, ich habe mir in die Hosen gemacht und nicht nur das kleine Geschäft", kicherte Chris, und ein kleiner, schaumiger Faden Blut tropfte aus seinem Mund.

„Das erfährt keiner, großes Ehrenwort, mein Freund", flüsterte Jacko und starrte auf den blasigen Schaum, der sich auf dem Mund von Chris bildete.

Chris nickte und versuchte ein Lächeln. „Mein Freund – das habe ich lange nicht gehört...", stammelte er.

„Schhhh – halt durch, nicht sprechen, die Ambulanz muss gleich hier sein – ja – du bist mein Freund. Mein einziger. Auch wenn du uns ganz schön in die Scheiße geritten hast", sagte Jacko leise und strich ihm Laub und Erde aus dem Gesicht.

„Jacko – hast du einmal in deinem Leben geliebt?" Chris hustete röchelnd und fuhr fort: „Ich meine nicht verliebt. Richtig geliebt; keine Ahnung, wie sich das anfühlt."

„Ja – nein – ich weiß nicht. Vielleicht? Hmm – du stellst vielleicht Fragen... Hab auch keine Ahnung", antworte Jacko und suchte mit den Augen den Himmel über ihnen ab. Wo blieb die verdammte Ambulanz? Er schaute auf Polly. Eine Minute zeigte sie an. Gott sei dank!

„Chris? – Chris, komm schon! Schau mich an – kämpf, verdammt nochmal. So leicht kommst du mir nicht davon", schrie Jacko und ohrfeigte den leblosen Kopf vor sich.

Da summte es auch schon wie ein Schwarm wütender Hornissen über ihm, und ein Tragegestell mit einem daran hängenden Sanitäter schwebte auf sie zu.

„Schnell, er hat das Bewusstsein verloren", keuchte Jacko und half dem Sanitäter die Glocke, die wie ein Sargdeckel aussah, über Chris zu manövrieren. Sie konnten sie nicht absenken, da der Baumstumpf aus Chris herausragte. Der Sani funkte zur Drohne. Aus einer der Docks an der Unterseite senkte sich eine Box mit verschiedenen Werkzeugen zur Bergung. Er zog eine Trennscheibe aus der Box und sägte den Stumpf einen Zentimeter über Chris' Rücken ab. Schaumiges Blut blubberte neben dem Holz aus der Wunde Nun kam der schwierigere Teil. Die Scheibe passte nicht unter Chris' Bauch, und die Versuche, ihn ein wenig hochzuheben, ließen ihn aufwachen und aufschreien. Der Sani wühlte in der Box und zog eine Kabelsäge hervor. Das war ein mit Zähnen besetztes Stahlkabel mit zwei Griffen. Die beiden schafften es, das Kabel unter Chris hindurchzustoßen und zogen nun wechselweise das Kabel hin und her. Jacko fluchte leise, und Schweiß tropfte von seiner Nase. Den Bauch von Chris anzuheben und gleichzeitig hin und her zu ziehen war ein Kraftakt und musste trotzdem so schonend wie möglich geschehen. Ein Knacken und das Aufstöhnen von Chris signalisierten, dass es geschafft war. Im Schaufelgriff drehten sie Chris, möglichst ohne ihn zu krümmen, auf den Rücken. Der Sani betrachtete die Wunde. Was er befürchtet hatte, sah man nun deutlich. Chris hatte in seiner Umarmung die Jungtanne abgeknickt, aber nur ein Teil des Stumpfs war durch seinen Rücken gedrungen. Zwei Sparren zeigten quer nach oben in seinen Brustkasten. Der Sani runzelte die Stirn. Die Lungenperforation war eine Sache, aber hier war wahrscheinlich die Leber zerfetzt worden oder sogar die Bauchschlagader gerissen. Jedenfalls wäre es der sichere Tod des Patienten, wenn er auch nur versuchen würde, den Holzkeil zu bewegen oder gar herauszuziehen. Nun mussten sie Gas geben. In jeder Sekunde pumpte das Herz Blut durch die Verletzungen in den Bauch. Das Verbluten konnte aller Technik zum Trotz nicht aufgehalten werden. Hier musste ein Chirurg ran.

Nun senkte sich die Glocke über Chris und begann seine Vitalfunktionen, seine Verletzungen zu prüfen sowie selbständig Injektionen zu verabreichen. Man hörte schlürfende Sauggeräusche aus dem Inneren und darauf das rhythmische Zischen der Beatmung. Gemeinsam klappten sie die Schaufel unter Chris zu. Der Sani legte Jacko ein Gurtzeug an, und gemeinsam wurden sie in den Rumpf der Drohne gezogen. Das Ganze hatte keine fünf Minuten gedauert, auch wenn es Jacko wie eine Ewigkeit vorkam. Endlich waren sie in der Ambulanzdrohne – nun würde alles gut werden!

Die Drohne zog hoch und raste wie ein Pfeil ins Tal. Der Sani sprach über sein Headset mit der Notfallstation.

„In vier Minuten sollten wir da sein, aber es sieht nicht gut aus", erklärte er und schaute kritisch auf das Display der Glocke. Unter der Kunststoffhülle surrte und wuselte es geschäftig. Jacko richtet sich auf und sah durch das kleine Fenster in die Glocke. Chris war bei Bewusstsein. Seine weitaufgerissenen Augen schauten angstvoll. Jacko nickte ihm unablässig zu und formte mit seinen Lippen immer wieder:

„A l l e s   w i r d   g u t..." Dann bimmelte es in der Glocke, und der Sani drückte Jacko zurück in den Sitz.

„Herzstillstand – er wird reanimiert", meinte er, wie wenn er „keine Suppe, aber Salat" zum Mittagessen bestellen würde. Jacko hörte pulsierende Stromstöße in der Glocke und dazwischen den Sinuston, der anzeigte, dass Chris' Herz immer noch nicht schlug. Der Sani hantierte an den Infusionssäcken, welche der Rechner der Glocke verlangt hatte. Dann stutzte er, schaute aufs Display und sprach kurz in sein Headset.

Sekunden darauf zog die riesige Drohne eine scharfe Kurve.

„Kursänderung", sagte der Sani auf Jackos fragenden Blick. „Herr Locher hat eine Verfügung. Ich habe sie soeben aus der zentralen Datenbank erhalten. Er wünscht, im Falle seines Ablebens cryonisiert zu werden. Wir fliegen nach Bern."

Gleich darauf hob sich die Glocke zischend zur Decke. Chris mit blauverfärbtem Gesicht da. Er sah aus wie tot.

„Die Rea wird eingestellt. Wir haben alle möglichen Maßnahmen getroffen. Der Stumpf hat Herr Lochers rechten Lungenflügel zerfetzt, der Herzbeutel wird durch die Blutung komprimiert. Seine Leber ist gerissen, und wir können die Blutung nicht stoppen", leierte der Sani herunter. Gleich darauf fuhren zwei Sonden rechts und links in den Hals von Chris. Die Schläuche füllten sich mit Blut. Der Sani zog einen Beutel am Fußende aus der Unterlage, bedeckte Chris damit und stöpselte einen Schlauch an. Ein Gasgemisch strömte über Chris, und sofort wich die blaue Farbe aus seinem Gesicht.

„Die Sonden pumpen sauerstoffreiches Plasma in sein Gehirn, und das Gas kühlt Herrn Locher auf ein Grad Celsius ab. So können wir Gehirnschäden vermeiden, bis er in den flüssigen Stickstoff kommt. Mein herzliches Beileid", informierte der Sani.

„Danke", murmelte Jacko abwesend. Er schaute seinen Jugendfreund an. Feigling, dachte er, und dann überkam es ihn doch. Erst tropften nur ein paar Tränen auf seine erdverschmierten Hosen, und dann schüttelte es ihn. Er weinte lautlos, schrie lautlos, strich sanft über den eiskalten Sack, unter dem sein Freund lag.

Langsam legte sich das Beben in Jackos Brust. Du hängst also doch am Leben, du alter Zyniker, willst dich einfrieren lassen, um später wieder zum Leben aufzutauen, dachte er und grinste ein wenig dabei.

Seit Jahrzehnten ließen sich Menschen in flüssigem Stickstoff einfrieren. Kein Mensch wusste, ob man diese Körper je wieder zum Leben erwecken konnte. Bis vor Kurzem jedenfalls nicht. Versuche an Mäusen waren in der letzten Zeit gelungen, aber die Tiere starben dann doch innert Stunden. Man war nahe dran, aber es fehlte noch ein Stück. Ein paar Stunden allerdings würden für einen Download reichen. Auch hier gab es erste Fortschritte, selbst wenn Jacko das Ganze extrem gruselig fand. Das Ziel war, das komplette Bewusstsein, mit allem Wissen, allen Erfahrungen und Erinnerungen vom Gehirn auf eine Festplatte zu speichern. Der Download eben. Auch wenn man damit erste Erfolge erzielt hatte, wusste noch kein Mensch, wie man denn je diese Informationen wieder in einen Körper, in ein Gehirn uploaden könnte. Die Vorstellung, wahrzunehmen, dass man auf einem Datenträger existierte und eventuell hundert Jahre darauf warten musste, wieder in einem Körper mit Sinnesorganen und mit der Umwelt kommunizieren zu können, erschien ihm der schlimmstmögliche Horror, den man sich vorstellen konnte. Wahrscheinlich hatte „man" in einer Datenbank keine Gedanken, schlief das Bewusstsein quasi, aber wer wusste das schon genau? Jedenfalls war das Ganze reine Spekulation. Aber es passte zu Chris. Wenn hinter dem Vorhang nichts war, warum nicht die Pausetaste drücken und warten, bis die Bühne für den nächsten Auftritt bereit war?

Jacko schaute aus dem Fenster auf die vorbeirasende Landschaft. Vielleicht hatte der Tod von Chris auch etwas Gutes? Vielleicht konnte man alles auf ihn schieben. Die Gelder waren gut getarnt, und die Quelle würde sich kaum je eruieren lassen. Das Geld war laut Steuererklärung in Entwicklungshilfe versickert und jetzt nach Jahren alles nachzuprüfen? Etliche der unterstützten Staaten existierten nicht mehr.

Jacko schluckte leer. Dann würde er durch den Tod seines Schweinepriesterfreundes seinen Arsch retten können. Konnte er das mit seinem Gewissen vereinbaren? Gut – er würde dadurch nicht ins Gefängnis wandern und dem Land sogar die größte Krise seiner Geschichte ersparen. Er würde sein letztes großes Projekt angehen können und damit der Menschheit vielleicht zum Sprung in die Ewigkeit verhelfen. Aber war er dann nur eine Spur besser als Chris? Musste er besser sein? Was war wichtiger? Integrität und Ehrlichkeit oder Pragmatismus und das Wohl aller? Auch dann, wenn es, wie so vieles in der Geschichte der Menschheit, auf einer Lüge fußte?

Sein Kopf schwirrte, als die Drohne verlangsamte und zur Landung auf dem Dach der Uniklinik ansetzte.

ACHTZEHN

Erschöpft ließ Jacko Polly auf die Induktionsladeschale zu all den anderen, eifrig blinkenden kleinen Helfern fallen, zog seine verdreckte Hose aus, zog sein Hemd ungeöffnet über den Kopf und ließ sich in das Sofa in seinem Wohnzimmer fallen. „Was für ein höllischer Tag! Fuck!!!", fluchte er laut zum Buddha auf seinem ‚Altar'.

Er hatte zugesehen, wie sein Freund in flüssigen Stickstoff gesenkt wurde, und hatte ihm einen letzten Gruß zugewunken. Dann war er einfach auf der Bank im Gang der Uniklinik sitzen geblieben. Ausgepowert und mit schwirrenden Gedanken. Eine Schwester hatte ihm eine Tablette angeboten. Er hatte abgelehnt, und sie war stattdessen mit einem Becher Kaffee zurückgekommen. Paradoxerweise hatte ihn das Gebräu ruhiger gemacht.

Sein keuchender Atem verlangsamte sich. Er schaute auf seine total verdreckten Kleider und wusste nicht, ob er schreien, weinen oder lachen sollte. Was für ein Tag! Was für Tage! Was war alles mit dem Besuch seiner Enkelin ins Rollen gekommen. Fast wünschte er sich, Lorena wäre nie aufgetaucht. Chris wäre wahrscheinlich noch am Leben und er, er müsste sich nicht der schwierigsten Entscheidung seines Lebens stellen. Natürlich war ihm bewusst, dass Lorena damit nichts zu tun hatte. Genauso gut hätte er bedauern können, ihre Großmutter zu seinem achtzehnten Geburtstag verführt zu haben. Auch dann hätte das alles wohl nie stattgefunden.

„Herr Brevisch?" Jacko fuhr aus seinen Gedanken. Vor ihm standen zwei Männer. Einer schaute ihn fragend an und zeigte ihm einen Ausweis.

„Brevic – itsch – nicht isch. Ja, das bin ich", erwiderte Jacko.

„Wir sind von der Mordkommission und möchten Ihnen einige Fragen stellen", erwiderte der Größere der beiden ungerührt.

Jacko folgte ihnen beunruhigt in ein Besprechungszimmer der Klinik.

„Es wird nicht lange dauern. Reine Routine – wir werden immer bei Unfällen mit Todesfolge hinzugezogen", meinte der Große. Der Kleine schien nur Statist zu sein. Jacko nickte.

„Sind Sie einverstanden, dass wir das Gespräch aufzeichnen und später protokollieren?", fragte der Kommissar, legte sein graues Sakko auf die Lehne des Stuhls und krempelte die Ärmel seines ebenfalls grauen Hemds zurück. In Jackos Kopf blinkten die Warnlämpchen. Graue Klamotten und Routinebefragungen?

„Kann ich einen Anwalt beiziehen?", fragte er bestimmt.

Der Kommissar runzelte die Stirn, nickte und meinte: „Dann ist vielleicht doch mehr dran an dem Unfall bei einer Mountainbike Tour?"

„Ja, das heißt, nein. Es war ein Unfall", erwiderte Jacko und merkte im selben Augenblick, dass sein Entscheid richtig war, Fred beizuziehen.

Fred war ein alter Freund aus seiner Business Zeit, pensionierter Anwalt, der nun Kühe malte. Kühe in allen Farben und Formen. Naive Malerei in Popart umgestaltet – sehr erfolgreich. Rund um den Globus wollten die Leute so eine Kuh in Acryl im Wohnzimmer haben. Fred lebte in Bern und war meistens zuhause an seiner Staffelei. So auch jetzt, als Jacko anrief. Er versprach, in wenigen Minuten bei Jacko zu sein. Das Verhör wurde pausiert.

Die beiden besprachen sich zwanzig Minuten in einem kleinen Raum. Der Kommissar schaute alle zwei Minuten durch das kleine Fenster in der Tür und wirkte genervt.

Danach folgte das Verhör. Jacko beantwortet alle Fragen wahrheitsgemäß. Wie sie ein Rennen verabredet, wie er Chris aus den Augen verloren und ihn schließlich auf dem Waldboden gefunden hatte.

Der Kommissar stellte das Aufnahmegerät aus, schüttelte den Kopf und meinte: „Wozu brauchten Sie denn einen Anwalt? Die Geschichte ist ja ganz einfach und nachvollziehbar! Natürlich prüfen wir Ihre Angaben noch anhand der Protokolle des PCAs und von Drohnenkameras, die das Geschehen sicher zufällig aufgezeichnet haben – aber wenn sich alles bestätigt, können wir den Fall in zwei, drei Tagen abschließen. Ich bitte Sie, solange nicht zu verreisen."

Fred nickte anstelle von Jacko und erwiderte: „Mein Mandant hat nicht vor zu verreisen und steht für alle weiteren Fragen zur Verfügung. Können wir nun gehen?"

Der Kommissar nickte mit einer einladenden Geste, und der Kleine nuschelte: „wdrsehn..." Jacko drehte sich nach ihm um. Er konnte wirklich sprechen, dachte er kopfschüttelnd.

Fred nahm Jacko zu sich nachhause. Kaum waren sie da angekommen, summte und bimmelte Polly unablässig. Die Presse hatte Wind bekommen vom Tod von Christian Locher. Von dem Christian Locher, dem Che Guevara der Schweiz, dem neuen Wilhelm Tell, der die Demokratie und den Fortschritt im Lande neu begründet hatte. Das war eine Sensation und die Umstände seines Todes waren es noch viel mehr.

Jacko war sicher, dass der Kleine geredet hatte. Wieviel bekam er dafür? Wahrscheinlich nicht viel, aber es machte ihn wichtig bei den Journies. Sie würden ihn in Zukunft auf Händen tragen.

Jacko schaltete Polly ab und nahm dankend ein Glas goldenen Whisky von Fred entgegen. Sie saßen in Freds Atelier auf Sesseln voller Farbkleckse.

Fred war ein guter Zuhörer. Er stellte nur Fragen, wenn er etwas nicht verstanden hatte, unterbrach Jacko nicht, um dessen Gedanken und Assoziationen freien Lauf zu lassen; er konnte sich zurückhalten. Eine der wohl wichtigsten Lektionen, die er als Anwalt gelernt hatte. Es war ein mühsamer Weg gewesen, „den Affen" auf seiner Schulter zum Schweigen zu bringen und seine inneren Ratgeber mit Vehemenz dazu zu bringen, ihre Urteile und Schlüsse für sich zu behalten, um objektiv zu zuhören. Denn nur so konnte er ansatzweise verstehen, was in seinen Klienten vorging und welches ihre Beweggründe waren. Eine Fähigkeit, die ihn auch zu einem guten Paartherapeuten oder Coach gemacht hätte. Aber dabei hätte Fred für seinen Geschmack viel zu viel Intimes erfahren müssen und in den meisten Fällen wollten sich die Menschen aus seiner Sicht nicht der Realität stellen, sondern einen Weg finden, so weiterzumachen wie bisher.

Dieser Klient, sein alter Freund Jacko, war anders. Jacko schien sich weniger um sich zu sorgen, sondern darum, was die Wahrheit – wenn es denn die Wahrheit war – anrichten könnte. Nicht nur mit ihm, auch mit den Menschen in diesem Land. Da war ein freundschaftlicher Rat schwierig. Fred versuchte sich vorzustellen, wie er handeln würde, aber das führte nicht weiter. Es ging hier um Jacko.

„Ich kann dir beim besten Willen nicht sagen, was der richtige Weg ist", begann er seine Analyse, nachdem Jacko geendet hatte. Er hatte ihm viel Zeit gelassen. Oft kamen die entscheidenden Details erst, wenn das scheinbar Wichtigste gesagt war. Er hielt die Stille für Minuten aus, bis Jacko ihn nur noch fragend anschaute.

„Lass es mich so versuchen", begann Fred, schenkte die Gläser nach und fuhr fort: „Variante eins – die volle Wahrheit mit deiner, sagen wir mildernd, Naivität. Du würdest wohl als eine Art Landesverräter gesehen werden. Ich schätze, bei guter Führung würdest zu nach zehn Jahren entlassen. Wahrscheinlicher ist jedoch, dass du im Knast sterben würdest.

Variante zwei: Du schiebst das alles auf Chris und spielst den Unschuldigen, derjenige, der sein Geständnis veröffentlicht. Man wird dich anzweifeln, dich angreifen, aber wie du mir versichert hast – und ich glaube, dass du recht hast –, wird man deine direkte finanzielle Beteiligung an dem Betrug nicht nachweisen können. Es besteht die Gefahr, dass dich zwar rechtlich keine Strafe trifft, du aber moralisch sehr wohl abgeurteilt wirst. Was dir wohl egal wäre, so wie ich dich kenne.

Bei beiden Varianten können wir davon ausgehen, dass die Öffentlichkeit von Schulterzucken und Weitergrasen bis zum Volksaufstand reagieren könnte! Kein Mensch kann das vorhersagen...

Deshalb lass mich auch noch Variante drei erwähnen: Du sagst gar nichts, außer zu eurer blöden Schwanzmesserei, dem Rennen auf dem Berg. Dafür wirst du höchstens als Spinner verurteilt, rechtlich droht dir gar nichts. Aber was noch wichtiger scheint: Die Leute können so weitermachen wie bisher!"

Jacko schwieg und nickte. Er ließ den alten Whiskey im Glas kreisen und schaute die Flasche an. Achtzehn Jahre – fast so alt wie die ganze Misere. Dann sah er den schmelzenden Eiswürfel, und es kam ihm in den Sinn, wie ihn in der Zeit, als die Abstimmungskampagne stattfand, ein Heiler in den Bergen gefragt hatte, wie alt er sei.

Er hatte den alten Mann mit den wachen Augen zufällig beim Mittagessen auf einer Alp in einem Bergrestaurant getroffen. Der Weißhaarige hatte ihn fasziniert, und sie waren ins Gespräch gekommen. Er hatte sich ihm als Heiler vorgestellt und erklärt, dass er eigentlich Bauer, aber noch lieber Arzt geworden wäre. Er hatte erzählt, dass er seit langem Pilze und Flechten erforsche, um damit die biologische Grenze des maximalen Alters zu erweitern.

Durch seine Forschung sei er fest der Überzeugung, mindestens hundertzwanzigjährig zu werden. Diese – für Jacko etwas naive Ansicht – hatte ihn hellhörig gemacht, und einen Funken in seinem Unterbewusstsein aufleuchten lassen.

Die folgenden Fragen des Heilers hatten sein Feuer für ein ‚ewiges' Leben entfacht: Der Heiler hatte ihn gefragt, wie alt er denn sei? Er werde fünfundfünfzig, falls seine Mutter ihn nicht angelogen habe, hatte Jacko lachend erwidert.

Darauf hatte der Weißhaarige nur gebrummt und weiter gefragt, ob er wissen würde, aus was er denn bestehe? Jacko hatte als Taucher die richtige Antwort natürlich gekannt: Zu mehr als zwei Dritteln aus Wasser, hatte er geantwortet und sich gefreut, Paroli bieten zu können. Darauf hatte ihn der Heiler gefragt: Wie alt denn dieses Wasser in ihm sei?

Jacko hatte überlegt und, während er das Etikett der Mineralwasserflasche vor ihm anschaute, gemeint: Wenn man der Werbung glauben könne, rund hundertfünfzig Jahre. Das hatte ihn zugleich stutzig gemacht. Er würde also zu zwei Dritteln hundertfünfzig Jahre alt sein?

Der Heiler hatte ihn darauf nur fragend angesehen im Wissen, dass Jacko denken konnte. Und er hatte recht mit seiner Einschätzung gehabt.

Jacko dachte weiter nach und hatte nach einer Pause hinzugefügt, wenn er es genau betrachten würde, selbstverständlich noch viel älter. Seit es Wasser gebe auf dem Planeten, sei es eigentlich immer dasselbe Wasser, welches im ewigen Kreislauf zirkuliere.

Der Heiler habe ihn daraufhin nur gespannt weiter fragend angesehen.

So gesehen, sei er zu zwei Dritteln dreieinhalb Milliarden Jahre alt – vorausgesetzt die Wissenschaft irrte sich mit dem Alter des Planeten nicht, hatte Jacko irritiert nach einer Weile hinzugefügt. Der Heiler hatte freudig genickt und wie ein Lausbub gegrinst.

Jacko war von dieser Begegnung als anderer Mensch ins Tal zurückgekehrt. Nicht nur, dass er nicht mehr wusste, wie alt er eigentlich war – diese neue Sichtweise hatte ihm bisher unbekannte Welten eröffnet. Letztlich hatten darauf auch seine Erfindung des Propellers basiert, der darauf folgende Reichtum, das finanzielle Engagement für eine neue Schweiz. Und das Dilemma, welches er nun zu lösen hatte.

Jacko schaute von seinem Glas mit dem schmelzenden Eis auf in Freds Augen.

„Ich würde Variante eins vorziehen", begann er zögerlich. „Es wäre der einzige Weg, um seinen Vorstellungen von Wahrheit gerecht zu werden", überlegte er laut. Aber wie alt war er denn und wie alt die Wahrheit?

Er fuhr fort: „Aber ich denke, dass würde niemandem nützen, mir nicht, meiner Enkelin und ihrem ungeborenen Kind nicht..."

„Ein Kontraintuitives Paradoxon", unterbrach ihn Fred.

„Ein was?", fragte Jacko perplex.

„Nun, dein Vorschlag widerspricht auf psychologischer Ebene deinem philosophisch- ethischen Grundsatz.

Da wir Menschen sind und nicht Maschinen, sind letztlich alle ethischen Grundsätze einer negativen Auswirkung auf das eigene Leben oder das von nahen Angehörigen unseren Instinkten untergeordnet. Alles andere wäre nicht menschlich – so viel zu deiner Verehrung künstlicher Intelligenz, mein Freund", dozierte Fred.

Der gute alte Whiskey brachte ihn vom reinen Zuhören nun doch ins Diskutieren.

„Hä?", fragte Jacko verständnislos.

„Ganz einfach. Wenn du den Grundsatz hast, nicht zu töten und alles Leben als gleichwertig ansiehst, nun aber vor der Entscheidung stehst, dein Kind zu retten und dafür einen Unbekannten töten zu müssen, was tust du? Deiner Ethik folgen oder deinem Instinkt, deinem Mensch-sein?", fragte Fred gelassen.

Jacko nickte. Er würde versuchen, den Unbekannten unschädlich zu machen. Wenn möglich ohne ihn zu töten, aber er würde es tun, wenn es sein müsste, und er sagte leise:„I see, weiser, alter Freund... Ich werde mich für Variante zwei entscheiden. Ich werde die Schuld auf Chris schieben, damit meinen Arsch retten und Lorena die Möglichkeit eines normalen Weiterlebens ohne Stigma ermöglichen. Aber ich werde hart zuschlagen und der Öffentlichkeit die Wahrheit nicht vorenthalten. Sie wird zu Boden gehen, aber wieder aufstehen. Ich habe dich verstanden!"

Fred lächelte und Jacko stand auf, umarmte seinen Freund. Klopfte auf die Schultern von Fred und raunte: „Du.... ach – nichts, was ich sagen könnte – außer: danke!" Fred hob seine Arme ergeben und nickte. Er freute sich – es war Jackos Entscheid – und war erleichtert, ganz Anwalt, ihm nichts vorgeschlagen zu haben.

Jacko ließ sich von einem autonomen Taxi nach Hause fahren. Er schrak hoch, als das Fahrzeug in freundlichem Ton verkündete: „Ziel erreicht." Jacko rappelte sich hoch und rieb sich die Augen. Richtig, drü-ben auf der anderen Seeseite flackerten die Lichter des Nachbardorfs. Er hatte wachbleiben und mindestens einen Kilometer vor dem Garagen-platz auf der Straße aussteigen wollen. Im Wissen, dass er von den Me-dienleuten gesucht wurde, obwohl sein Wohnort ziemlich geheim war, hatte er unbedingt vermeiden wollen, die Meute hierher zu locken. Dafür war es nun zu spät. Auf der Straße schaute er sich misstrauisch um. Nichts zu sehen. Keine unbekannten Fahrzeuge, keine Menschenseele – alles war wie immer ruhig.

Er stapfte den Hang hoch, betrat sein Haus, ohne ein einziges Licht einzuschalten.

Nun saß er da in seiner Unterhose auf seinem Sofa. Die Zeiger der kleinen Uhr an der Nase des kleinen Modellflugzeugs auf seinem ‚Altar' zeigten auf zwei Uhr. Er wollte duschen und sich die Zähne schrubben, um den pelzigen Belag, den Freds Single Malt hinterlassen hatte, loszuwerden. Sogleich entschied er sich anders: Vorher musste er einen gehörigen Schluck Alkohol haben, um das laute Brummen aus seinem Schädel vertreiben.

Er stand ächzend auf und öffnete die Flasche Talisker Whisky, die er vor zehn Jahren zum Geburtstag erhalten hatte. Er hatte damals gerade mit dem Schnaps Trinken aufgehört, hatte dies aber für sich behalten, um keine Fragen beantworten zu müssen. Die Flasche auf dem Regal diente ihm als Mahnmal. So wie manche Raucher, nachdem sie es schafften aufzuhören, noch nach Jahren eine Packung Zigaretten mit sich rumtrugen. Das Gefühl, nicht gezwungen zu sein und jederzeit eine anstecken zu können, konnte helfen. Außer eben in extremen Momenten. Und so einer war jetzt da. Jacko öffnete die Flasche und schnupperte daran. Gierig trank er in einem Zug einen Viertel der Flasche, hustete und fürchtete gleich darauf, den guten Single Malt gleich wieder in hohem Bogen kotzen zu müssen. Er zitterte am ganzen Körper und schluckte würgend. Dann aber wurde aus dem Feuer in seinem Hals die ersehnte, wohlige und beruhigende Wärme in seinem Bauch. Er trottete ungeduscht zurück zum Sofa, ließ sich fallen und rollte sich in seine Wolldecke. Sekunden später schnarchte er wie ein Bär in seiner Höhle.

„Hallo, Lieber...", hörte Jacko aus der Ferne eine warme Stimme und spürte eine Hand seine Schulter sanft schütteln. Er öffnete ein Auge und sah die Sonne durch das Fenster scheinen, er sah hoch und blickte in das sanfte Gesicht von Magda. Er schloss die Augen wieder und setzte sich mühsam auf.

„Du?", fragte er, nachdem er beide Augen öffnen konnte.

Magda wich sofort zurück und hielt sich die Hand vor die Nase.

Jacko sah furchtbar aus und stank wie ein Penner, der seit Wochen unter der Brücke geschlafen hatte. Jacko wich seinerseits zurück und wickelte die Decke um sich. Nun sah er auch Lorena an der Bar in der Küche stehen. Sie hatte die Hände vor der Brust verschränkt und schaute diskret über ihn hinweg zu Magda.

Resolut bugsierte diese ihren Vater ins Bad und setzte die Kaffeemaschine in Gang. Als Jacko nach einer guten halben Stunde wohlriechend wieder in der Stube erschien, saßen Magda und Lorena auf dem Sofa am kleinen Tisch beim Frühstück. Jacko huschte nach oben, band sich rasch eine Fischerhose um, schlüpfte in eines seiner Schlabbershirts, trabte die Treppe hinunter und ließ sich betont geschmeidig im Lotussitz ihnen gegenüber nieder. Außer den blutunterlaufenen Augen deutete nichts auf das Hämmern in seinem Schädel hin. Er schnappte sich eines der Croissants und trank in großen Schlucken vom bereitstehenden Cappuccino. In seiner Kehle tobte noch immer ein Brand.

Die beiden Frauen ihm gegenüber taten, als wären sie zu einem seit langem verabredeten Brunch gekommen und redeten über das frühe warme Wetter in diesem Mai. Jacko gab sich locker und spielte mit.

„Also Jacko", begann Magda, „wir haben natürlich alles gehört und gelesen. Die Medien, das Internet, die Foren – alles ist voll davon. Es tut mir sehr leid, was mit deinem Freund Christoph passiert ist … Muss furchtbar gewesen sein!"

Jacko runzelte die Stirn und ließ sich aufklären, was offiziell berichtet wurde. Er erfuhr, die Polizei habe am Morgen eine Pressekonferenz abgehalten. Die Spurensicherung der Reifen, die GPS Daten der Bikes und Videoaufzeichnungen von Passagierdrohnen hätten den Verlauf des Unfalls bestätigt. Die beiden älteren Herren seien in einem persönlichen Rennen mit teilweise achtzig Sachen den steilen Hang heruntergerast. Herr Locher habe in einer Haarnadelkurve die Kontrolle verloren und sei bei seinem Sturz von einer Tanne regelrecht aufgespießt worden. Seine Partei und seine Freunde seien entsetzt, das Land habe eine große Persönlichkeit verloren.

„Hmmm", brummte Jacko und ergänzte: „… eine wichtige Persönlichkeit und einen Betrüger."

Magda schaute ihn fragend an und blickte dann zu Lorena. Offenbar hatte diese ihr von Chris' Geständnis erzählt. Jacko konnte es seiner Enkelin nicht verübeln, obwohl das nur bestätigte, dass er handeln musste. Bald würden mehr und mehr Leute davon erfahren.

Lorena fuhr vom Sofa hoch. „Bist du eigentlich komplett durchgeknallt? Du hast mir versprochen, die Sache mit dem Betrug wie ein Erwachsener zu regeln! Stattdessen heizt ihr wie die Testosteron-Affen die Felsen runter. Wolltest du ihn so umbringen? Das ist dir ja gelungen, du Idiot", tobte sie wütend.

Das gemütliche Kaffeekränzchen schien beendet, doch Jacko blieb zu seinem eigenen Erstaunen gelassen. Er tunkte den Rest seines Croissants in den Kaffee und steckte es in den Mund.

Kauend erwiderte er leise: „Wir könnten lange streiten, wer hier durchgeknallt war. Tatsache ist, dass Chris mich förmlich zu dem idiotischen Rennen gezwungen hat. Er war ein Arsch, ein Betrüger und zugleich ein Freund. Einer der wenigen, die ich hatte, und den ich gestern Nachmittag verloren habe."

Lorena schwellte ihre Brust und erhob ihren Zeigefinger, aber Magda fasste ihre Hand. Lorena atmete mit spitzen Lippen aus und setzte sich wieder.

Jacko erzählte den beiden die Variante zwei und schob alles auf Chris. Wohlweislich stritt er nun auch ab, außer den offiziellen Parteispenden je auch nur einen Rappen als Blankoscheck ausgestellt zu haben. Er habe nochmals seine Bücher angesehen und führte auf, was in seiner Steuererklärung stand – so wie er vorhatte, auch die Öffentlichkeit zu informieren. Er würde sich öffentlich dazu äußern und habe sich das reiflich überlegt. Er könne nicht anders handeln, betonte er.

Lorena, die kopfschüttelnd zugehört hatte, schaute ihn erstaunt an. „Du willst tatsächlich allen erzählen, dass das Fundament der Demokratie der letzten fünfzehn Jahre, die ganzen Reformen letztlich auf Betrug basieren?"

„Ja – ich muss es tun. Lügen haben kurze Beine! Und was mit diesem Wissen dann zu tun ist, liegt nicht in meiner Hand. Es muss sich ja nichts ändern", erwiderte Jacko.

Magda fragte nach, ob ihr er sich das gut überlegt habe. Führte an, welche Konsequenzen das auch für ihn selber haben könnte, und Jacko erklärte des Langen und Breiten seine Argumente. Dann trat Stille ein.

„Draußen auf der Terrasse sitzt Bastian. Du weißt schon. Von der Tagesschau. Ihr kennt euch ja gut...", brach Magda das Schweigen.

Jacko schaute sie verdutzt an. Hatte Magda ihm die Meute auf den Hals gehetzt?

„Die hatten uns seit sechs Uhr morgens belagert. Bastian hat uns angeboten, uns zu retten, wenn er dafür ein Exklusivinterview mit dir bekommen würde – ich habe ihm aber nichts versprochen und nichts erzählt", erwiderte Magda, ruhig seinem Blick standhaltend.

Jacko stand wortlos auf und fand Bastian auf der Terrasse, in einem der Korbstühle, eine Zigarillo paffend und über seinem Communicator herumfuchtelnd. Als er Jacko erblickte, erhob er sich und schaute ihn an. Die beiden setzten sich, sprachen kurz miteinander, und Minuten später hörte man eine Drohne surren. Bastian sauste gegen Westen ins Studio.

„Ich habe ein Exklusiv-Interview für heute Abend in der Hauptausgabe der News vereinbart", verkündete Jacko, als er in die Stube zurückkehrte.

Lorena stand auf. „Es ist Zeit für mich zu gehen, Granpa. Das ist mir alles zu viel geworden. Ich möchte nach Hause und einen klaren Kopf bekommen. Für dich geht es um die Wahrheit – für mich um unsere Zukunft", sagte sie sanft und rieb sich ihren Bauch.

Jacko schaute sie lange an. Dann sah er Magda an, die stumm nickte. Er verstand, dass er nichts mehr würde beitragen können zur Entscheidung, die seine Enkelin treffen musste. Er hatte ihr gezeigt, wie er lebte und viel von sich preisgegeben. Mehr konnte er nicht tun.

„Erfüllst du deinem Großvater einen Wunsch und schenkst ihm zwei Stunden, bevor du nach Hause gehst?", fragte er und breitete seine Arme aus. Lorena kam ihm entgegen und ließ sich umschließen. Sie fühlte sich geborgen an seiner Brust. Mehr als sie es je bei ihrem Vater empfunden hatte.

NEUNZEHN

Jacko hob die Arme wie ein Pfarrer am Altar zum Gebet. Über seinen Daumen lagen die Startleinen.

Er prüfte in der stur antrainierten Abfolge wie ein Pilot einer Airline, der seine Checkliste durchgeht, die wichtigen Punkte.

Er versicherte sich, ob bei ihm und seiner Passagierin alle Gurten und Karabiner geschlossen waren. Dann schaute er nach hinten und prüfte das Tuch – der Tandemgleitschirm lag frei ausgebreitet auf dem Gras hinter ihnen. Sein Blick folgte den Leinen von seinen Händen bis zum Schirm. Keine Schlaufen oder Knoten, die Steuerleinen hingen frei. Der Luftraum vor ihnen war frei. Alles war o.k.

Er spürte den sanften Aufwind im Gesicht und sagte zu seiner Enkelin: „So, meine Liebe. Wie ich dir gesagt habe, musst du einfach rennen so schnell du kannst, wenn ich dir das Signal gebe. Es wird zuerst einen starken Widerstand geben bis der Schirm aufgestiegen ist, dann viel leichter werden, aber ich will, dass du unbedingt weiter rennst, bis ich Stopp sage. Auch dann, wenn deine Beine bereits in der Luft sind. Du hörst erst mit dem Rennen auf, wenn ich es sage – o.k.?"

Lorena nickte stumm. Vor ihnen lag der sanfte Abhang der Axalp, tausend Meter über dem oberen Ende des Brienzersees.

Jacko atmete tief durch und wartete wie immer auf das Gefühl der inneren Ruhe vor dem Start. Die Luft strömte von seinen Nasenflügeln tief in seinen Bauch. Das verlangsamte seinen Puls und fokussierte seine Aufmerksamkeit. Dann, wenn es in ihm soweit war, folgte er seiner inneren Stimme und sagte ruhig, aber bestimmt: „Jetzt, Lorena! Rennen, rennen, rennen..."

Lorena legte wie geheißen die Arme nach vorne und rannte mit dem Sitz, der hinter ihr baumelte und bei jedem Schritt gegen ihre Oberschenkel schlug, entschlossen los. Jacko trabte, hinter ihr eingehängt, mit breiten Schritten hinterher, um nicht über ihre Beine zu stolpern. Der Schirm hinter ihnen blähte sich rauschend und stieg hoch.

„Ich komme nicht vorwärts", rief Lorena, während Jacko seinen Blick nach oben richtete. Der Schirm stand nun perfekt aufgebläht direkt über ihnen. Er bremste ihn ab, damit er genau über ihnen blieb und sie nicht überholte. Nun kam die Beschleunigungsphase. Der Wiederstand durch das Hochziehen ließ nun nach, und sie gewannen an Geschwindigkeit. Lorena spürte, wie sie sanft vom Boden gehoben wurde, und strampelte mit den Beinen in der Luft.

„Stopp. Nun kannst du ganz in deinen Sitz rutschen", hörte sie Jackos ruhige Stimme hinter sich. Sie rangelte mit den Hüften und spürte, wie sie bequem in die Mulde des Gurtzeugs rutschte.

Auch Jacko hangelte sich hinter ihr in seinen Sitz. Noch waren sie in der Startphase, und dieser kritische Moment benötigte seine volle Aufmerksamkeit. Vor Ihnen lag der Wald, den sie mühelos überfliegen würden.

Dann glitten sie über die Felskante und schauten auf den tief glitzernden See unter ihnen. Jacko entspannte sich, ließ einen Griff der Steuerleinen los, legte seine Hand auf Lorenas Schulter und fragte: „Geht es dir gut, meine Liebe? Alles in Ordnung?"

Lorena brachte kein Wort heraus, nickte nur und schaute fasziniert nach unten. Sie flog! Lautlos, schwerelos glitten sie über die Bergflanke. Sie fasste die Hand auf ihrer Schulter und drückte sie fest. In ihrem Bauch kribbelte es, und Wellen von Gänsehaut liefen über ihre Arme.

Jacko ließ seinen Blick über das Tal schweifen. Viele der Häuser, welche noch in seiner Jugend hier gebaut wurden, waren verschwunden. Ein rigoroses Programm zur Verdichtung hatte nur die alten, geschützten Bauernhäuser zurückgelassen. Stattdessen waren in den Städten bis zu vierhundert Meter hohe Wolkenkratzer entstanden. Viele sahen aus wie die aufgeschichteten Steinsäulen, die Wanderer manchmal in den Bergen errichteten. Die Gebäude bestanden aus ellipsenförmigen Einheiten mit je zwei bis vier Stockwerken. Darauf war die nächste Rondelle aufgeschichtet. Manche sahen aus, als wären sie lose aufeinandergeschichtet. Auf den Dächern der abgerundeten Scheiben wuchsen ganze Parks und Gärten. Trotzdem hatte es Jahre gebraucht, die Besitzer von schmucken Einfamilienhäusern zu überzeugen, ihr Heim aufzugeben und in einen solchen Turm zu ziehen.

Hier in den Voralpen waren diese Wohneinheiten mit bis zu dreihundert Wohnungen wie Trauben angeordnet, die an den steilen Felswänden hingen. Die Hängekratzer. Etliche fanden zuerst, es sei eine schlimmere Verschandelung der Natur als die vorherige ungehemmte Zersiedelung. Für die Biodiversität im Lande war es jedoch ein Lottogewinn. Innert weniger Jahre siedelten sich Tiere und Pflanzen an. Es gab wieder Bären, Wölfe und Luchse in großer Anzahl. Da nur noch wenige Bauern in der freien Natur produzierten, waren die Konflikte in einem erträglichen Maß geblieben. Nur als Wanderer musste man sich nun im Voraus gut informieren, wollte man nicht eine Begegnung mit einem wilden Bären riskieren.

Die durch die Veränderung neu entstandene Schönheit erschloss sich einem erst von hier aus. Der Blick von oben blendete die Gedanken aus und schaltete Aufmerksamkeit und Wahrnehmung ein. Nichts lenkte hier oben ab.

Jacko war früher oft geflogen, wenn er eine schwierige Entscheidung treffen musste – um in der Luft die klärende Präsenz, dieses nur im Hier-und-Jetzt-Sein zu erleben und nicht weiter nachzudenken. Abends war er jeweils zufrieden, mit einem guten Gefühl zu Bett gegangen, und am nächsten Morgen wusste er, was zu tun war. Nun hoffte er, es könnte auch für Lorena so sein.

Natürlich würde er gerne Urgroßvater sein, dem Kind etwas mitgeben können von seiner Lebenserfahrung. Und trotzdem hatte sich etwas verändert. Er spürte keinen quälenden Druck mehr. Er erinnerte sich, was ihm vor Jahren ein buddhistischer Mönch erklärt hatte: Hoffnung bedeute für Menschen im Westen die Erfüllung von sehnlichen Wünschen; in der östlichen Kultur jedoch sei die Hoffnung der feste Glaube, dass eintreten würde, was das Beste sei.

„Schau mal! Da ist ein Adler oder ein Bussard oder was immer! Nein, es sind sogar zwei!", rief Lorena begeistert.

Jacko lenkte den Schirm in die Richtung der Bergflanke, an der die beiden Vögel majestätisch ihre Runden drehten. Nicht nur um Lorena die Bussarde zu zeigen, auch um denselben Aufwind wie die Vögel nutzen zu können. Gleitschirmfliegen hieß, die Bewegungen der Baumwipfel, der Wellen und der Tiere lesen zu lernen. Raubvögel waren immer ein untrüglicher Wegweiser in die Thermik.

So begann auch das Variometer mit Piepen in immer höheren Tönen anzuzeigen, dass sie am Steigen waren. Der Schirm begann in der Thermik zu rollen und zu wackeln. Jacko spürte, wie sich Lorena verkrampfte und sie einen bangen Blick nach unten warf.

„Das ist der Aufwind, kein Grund zur Sorge! Aber sag mir, wenn es dir zu viel wird. Dann gleiten wir wieder in ruhigere Gefilde", sagte Jacko ruhig zu ihr. Lorena schaute jedoch schon fasziniert den Greifvögeln zu, die unter ihnen kreisten. Die Tiere stiegen schneller als sie beide, und bald umkreiste der erste sie in weniger als zwanzig Meter Abstand. Er stieß ein helles Kreischen aus, flog frontal auf sie zu, um kurz vor ihnen scharf abzutauchen. Lorena drehte sich ihm nach und sah, wie er von der anderen Seite, nun Seite an Seite mit seinem Kumpanen, abdrehte und in Richtung Interlaken flog.

„Ich dachte schon, jetzt greift er uns an", lachte Lorena und faltete beide Hände vor der Brust.

„Dafür waren wir ihm wohl doch zu groß", lachte auch Jacko und meinte: „Wir wären nun hoch genug, um den See zu überqueren. Wenn ich die kleinen Quellwolken da über dem Grat, dem Rothorn und Augstmatthorn richtig lese, könnten wir in der Thermik bis nach Interlaken fliegen. Hast du Lust?"

Lorena nickte eifrig und drehte sich zu ihm um. Auch bei ihr funktionierte es also. Ihre Augen leuchteten, und aus ihrer Stirn war jede Sorgenfalte verschwunden. Sie war im Hier und Jetzt, dachte an nichts.

Jacko prüfte die Höhe auf seinem Fluginstrument, schaute sich die Wellen auf dem See an – unten blies ein kräftiger Talwind, der sie von Interlaken wegtreiben würde –, aber er war sich sicher, dass es in der Höhe klappen würde. Die Sonne stand günstig und heizte nun die Felsen des Grats auf. Er drehte ab, betätigte mit seinen Füßen den Beschleuniger und sah auf dem Instrument, dass sie nun mit über vierzig Stundenkilometer in Richtung des anderen Ufers unterwegs waren. Nach wenigen Minuten erreichten sie die Uferlinie, und sofort danach zerrten kräftige Aufwinde am Schirm. Jacko glich die großen Ausschläge des Schirms aus, drehte ein und achtete darauf, jedes Einklappen der Flügelenden sofort zu korrigieren. In weiten Kreisen stiegen sie auf, und kurz darauf sahen sie über den Grat in das weite, flachere Mitteland. Jacko hielt sich auf der Seeseite des Grates, um nicht durch Abwinde im Tal dahinter zu einer Landung gezwungen zu werden. Das würde Lorena wohl wenig witzig finden. Von da gab es nur die Möglichkeit, zu Fuß in drei Stunden nach Interlaken zu wandern.

Jacko sah Lorenas Schultern zucken, drehte aus dem Aufwind und folgte den Hängen in Richtung Interlaken.

„Ist alles in Ordnung mit dir, Liebes?", fragte er besorgt.

Lorena drehte sich im Sitz und schaute ihren Großvater an, der sich besorgt zu ihr nach vorne lehnte. „Es geht mir wunderbar", gluckste sie leise. Tränen liefen über ihre Wangen. Sie fuhr sich mit der Hand über das Gesicht und lachte mit strahlenden Augen. „Es ist nur...", meinte sie leise.

„Ich weiß. – Es dauert noch eine gute halbe Stunde, bis wir vorne sind und in Interlaken landen werden. Lass es einfach frei. Es sieht dich niemand", sagte Jacko sanft. Er wusste, welche überwältigenden Gefühle so ein Jungfernflug auslösen konnte. Nach seinem ersten Tandemflug war er mit weichen Knien für eine halbe Stunde im Gras sitzen geblieben. Stolz, seine Höhenangst überwunden zu haben und glücklich, sich eine neue Welt eröffnet zu haben.

Hoch über dem Gipfel des Sugiturms sprangen Steinböcke über die Felsblöcke, und Jacko drehte zum See ab, um die Tiere nicht zu verängstigen.

Sanft schimmerte das Grün der Frühlingswiesen bis unter die Felsen des Grats. Weiter unten das dunkle Grün der Tannen und die leuchtenden, zarten Blätter der Laubbäume. Die Harmonie der Natur. Entstanden in Hunderttausenden von Jahren. Jacko war voller Freude, diesen Anblick mit Lorena teilen zu können.

Lorenas Klopfen auf seine Knie holte ihn aus seinen Gedanken. Komisch, dachte er. Noch nie war er beim Fliegen mit seinen Gedanken abgeschweift, er hätte es nicht für möglich gehalten. Lorena zeigte auf die Hängekratzer, welche nun unter ihnen auftauchten. Ganz vorne, beim Eingang zum Seitental, sah man die hängende Villa von Chris. Jacko steuerte darauf zu und stieg in engen Kreisen tiefer. Das Haus lag verlassen da. Man sah die Plastikmarkierungen auf der Terrasse und dem Weg hinter dem Grat, da wo die Polizei Spuren gesichert hatte.

Jacko drehte ein, um über die Villa hinwegzugleiten. Von hier oben sah alles ganz friedlich aus. Keine Anzeichen, dass sich hier erst vor Stunden ein Erbeben ereignet und sein ganzes Leben auf den Kopf gestellt hatte.

„Was wird jetzt mit der Hängevilla geschehen – jetzt, wo Chris tot ist?", fragte Lorena.

„Soviel ich weiß, hat Chris keine Verwandten oder Kinder – man wird sehen, ob er ein Testament gemacht hat", brummte Jacko hinter ihr und dann lauter, wie wenn er die Gedanken von Lorena erraten hätte: „Das würde niemals in Frage kommen – an so einem Ort könnte ich nicht leben!"

„Wir werden sehen, es würde auf jeden Fall gut zu dir passen", meinte Lorena lachend und hielt sich an den Gurten fest.

Der Wind war ruppig hier hinter dem Grat. Jacko drehte ab, um aus dem Windschatten und den Turbulenzen des Grats zu kommen, und ließ den Schirm in Richtung Interlaken abgleiten. Sie waren noch gut tausend Meter über dem Landeplatz, die Luft stieg warm unter ihnen auf. Er würde den Flug noch etwas in die Länge ziehen können. Lorena hatte die Hände wieder vor sich verschränkt und ihre Schultern nicht mehr bis zu den Ohren hochgezogen.

„Was willst du denn jetzt tun", fragte sie.

„Wie meinst du das?", fragte Jacko hinter ihr. Es war eine komische Situation, wenn man sich bei einer Unterhaltung nicht in die Augen blicken konnte, hoch über dem Boden unter einem Stück Fallschirmseide schwebte, und doch erleichterte es vieles. Es war nicht wie am Telefon, dazu war man sich zu nahe, in Körperkontakt. Es war eher, wie wenn man im Dunkeln auf einer Wiese nebeneinanderlag, in den Sternenhimmel blickte und seinen Gedanken freien Lauf lassen konnte. Sich aneinander kuschelte und sich mit Blick in den Himmel über die Fragen des Lebens austauschte.

„Na, alles. Was wirst du beim Interview sagen, und egal ob du da die Wahrheit sagst, willst du einfach weiter in deiner Hütte an deinen geheimen Projekten arbeiten?", fragte Lorena.

Jacko schaute prüfend in den Schirm über ihnen und dann links und rechts unter sich. Dann zog er die rechte Steuerleine kräftig nach unten. Sofort drehte der Schirm scharf ein, und Jacko zog nun die linke Leine nach unten, während er die rechte freigab. Der Schirm bäumte sich auf und zog sofort nach links. Die beiden pendelten wie an einer Kinderschaukel darunter hoch über dem Schirm und sausten wieder unter dem Schirm durch, um auf der anderen Seite erneut hochzusteigen. Die Schaukel pendelte zwanzig Metern rauf und runter, während Jacko weiter im gleichen Rhythmus die Leinen abwechslungsweise kräftig nach unten zog. Das fühlte sich an wie auf einer Achterbahn und zog schön an den Eingeweiden.

„Ahhhhhhhh", schrie Lorena auf, klammerte sich an die Gurten und warf den Kopf in den Nacken. Die Augen fest zusammengekniffen, rief sie gepresst: „Ist das deine Antwort??? – Ich kann auch eine Fehlgeburt in der Höhe bekommen, wenn du das willst!"

Jacko stoppte das Pendeln, und gleich darauf glitten sie wieder ruhig durch die Luft.

„Spinner!", rief Lorena, kniff ihn ins Knie, grinste aber dabei.

„Ich bin mir noch nicht sicher. Mit meinen Projekten werde ich sicher weiterfahren und auch in der Hütte wohnen bleiben – wenn das geht", antwortete Jacko nun auf ihre Frage.

„Aber was willst du im Interview sagen? Willst du wirklich erzählen, was du uns erzählt hast?", fragte Lorena vor ihm und äugte nach unten. Sie sah nun den Landeplatz auf der riesigen Wiese vor dem Grandhotel.

„Ich habe Bastian nichts versprochen. Er kennt auch nicht die volle Wahrheit", erwiderte Jacko und fuhr weiter: „Wir kommen nun langsam zur Landung – ich muss mich konzentrieren."

Aber er wich nur aus, er wusste noch nicht, was genau er erzählen würde.

Jacko flog in das Landeprozedere. Hier auf diesem Landeplatz war das wichtig. Bei schönem Wetter landeten die Tandemschirme der zahlreichen Flugunternehmen fast im Minutentakt. Seit jeher war das ein gutes Geschäft für das Städtchen. Gut hundert Flüge wurden an einem schönen Tag mit den Touristen durchgeführt.

Als Jacko sich in die Landeschlaufe hinter einem anderen Tandemschirm einreihte und den fetten Inder vor dem Piloten baumeln sah, verzog sich sein Gesicht zu einem Grinsen.

Er erinnerte sich, wie er einem Piloten geholfen hatte, der schon zwei Starts mit einem massiv übergewichtigen Inder abgebrochen hatte. Der Pilot war ein mageres Bürschchen – das war auch nötig, um das maximale Startgewicht mit dem Passagier nicht zu überschreiten. Nur setzte sich der Inder jeweils nach drei Schritten ins Gurtzeug, und der Schmalhans konnte unmöglich seinen Passagier hochheben und vor sich her bugsieren. Die Starts endeten mit einem Purzelbaum der beiden, und es dauerte, bis sie sich aus den Leinen befreit hatten, der Schirm wieder ausgelegt war und sie wieder startbereit waren. Vor dem dritten Versuch versuchte der Pilot dem Mann einzubläuen: "I told you! You must run,

run, run!" Der Inder schaute ihn ungerührt an, hob etwas seine Schultern und meinte: „I pay – you run!" Das Gelächter der Umstehenden ebbte erst nach ein paar Minuten ab, und die Antwort des Inders wurde zu einem Insider Joke. Wann immer einer der Piloten etwas nicht tun wollte, kam prompt: I pay – you run! Die beiden flogen dann doch noch. An beiden Seiten einen Helfer postiert, schleiften sie den Inder wie einen Sack übers Gras, bis der Schirm schließlich abhob. Jacko grinste; da war der Flug mit Lorena doch viel einfacher gewesen!

Er drehte in einer Linkskurve in Richtung Landeplatz vor dem majestätischen Hotel. Lorena winkte wild, als sie Magda hinter den Bäumen entdeckte. Magda wirkte etwas genervt, als sie Jacko erblickte, und deutete mit großen Gesten auf ihr Handgelenk. Das sollte wohl heißen, er solle sich beeilen. Bis zur Hauptausgabe der Tagesschau mit seinem Interview dauerte es ja noch ein paar Stunden, dachte Jacko und schüttelte den Kopf.

Nun schwebten sie unter der Linie der umliegenden Häuser, und sofort wurde der Flug wieder unruhiger. Der Talwind, gegen den Jacko anflog, wirbelte hinter den Dächern, und er musste den Schirm immer wieder ausbalancieren. Es flatterte links über ihm, und Jacko sah, dass eine kleine Böe seinen linken Flügel eingeklappt hatte. Nicht ungefährlich, knappe zwanzig Meter über dem Boden. Jacko lehnte sich routiniert stark nach rechts dagegen, zog an den Leinen und mit einigen energischen Rucken pumpte er den Schirm wieder zur seiner vollen Größe auf. Davon hatte Lorena zum Glück nichts mitbekommen. Sie war, wie er sie für die Landung instruiert hatte, schon brav aus dem Sitz gerutscht und schlenkerte mit ihren Beinen erwartungsvoll dem sicheren Boden entgegen.

Jacko ließ den Schirm in den letzten Metern sanft und fast senkrecht nach unten gleiten. Sie setzten so sanft auf, wie man sich von einem Barhocker auf den Boden gleiten lässt. Sofort zog Jacko die beiden Steuerleinen voll durch und zwang den Schirm zu Boden. Er wollte nicht riskieren, von einer Böe nochmals hochgehoben zu werden und dann womöglich mit Lorena eine unsanfte zweite Landung hinlegen zu müssen.

Er klinkte Lorena aus, dann sich und begann sofort den Schirm an die Seite zu ziehen, um Platz für die Nachfolgenden zu machen. Lorena hüpfte wie ein kleines Mädchen in imaginäre Pfützen auf der Wiese rum. Sie breitete die Arme aus, legte den Kopf in den Nacken und drehte sich wie wild um sich selber. Dazu lachte sie laut und rief immer wieder: „Yes, yes, yes!"

Jacko ging auf sie zu und zog sie sanft aus dem Startbereich. Lorena schlang ihre Arme um ihn und küsste sein Gesicht. Jacko lachte und strich ihr die Haare aus dem Gesicht. Ein paar Augenblicke schauten sie sich strahlend an, und dann sprang Lorena an ihm hoch, schlang ihre Beine um seine Hüften und legte ihren Kopf auf seine Schulter. Wie mit einem kleinen Kind in den Armen ging Jacko die paar Schritte zurück zu seinem Schirm.

„Danke, danke, danke...", schrie sie in sein Ohr, und Jacko verzog das Gesicht. Lorena donnerte dabei mit ihrem Helm ungestüm an seinen Kopf. Jacko stellte sie vor sich hin, zog ihr den Helm aus und umarmte sie. „Gerne, Liebes", raunte er.

Nun kam Magda auf sie zu, und Lorena rannte ihr entgegen. Auch sie wurde umarmt und abgeküsst.

„Du hast einen Termin, glaube ich", meinte sie stirnrunzelnd zu Jacko, als er mit dem zusammengepackten Schirm dazukam. Er kannte diesen Blick. Lorena setzte sich in Tesi, und er verstaute sein Zeug im Kofferraum. Er küsste sie zum Abschied auf die Stirn und schloss die Beifahrertüre.

Magda streckte ihm eine Tasche hin. „Du solltest vielleicht einen Anzug tragen?", meinte sie. Jacko nickte, nahm die Tasche und rannte zum Hotel, auf dessen Dach eine Drohne auf ihn wartete. Vom Dach aus sah er, wie Tesi sich durch den Verkehr einfädelte. Lorena war gut aufgehoben bei Magda. Er atmete befreit aus. Alles war in Ordnung. Nun ja, fast. Was fehlte, würde er jetzt richten.

ZWANZIG

Jacko zog sich seine Krawatte zurecht und blickte in den Spiegel, während sein Gesicht und seine Glatze mit einem Pinsel gepudert wurden. Magda hatte gut ausgewählt. Dunkelblauer Anzug, weißes Hemd und eine passende dunkelblaue Krawatte mit dezentem Muster. Genau so würde er auch bei Gericht erscheinen wollen, dachte er und schluckte steif, um seinen Kopf ruhig zu halten. Nur die Schuhe hatte sie vergessen, und so steckten seine Füße immer noch in den Springerstiefeln vom Gleitschirmflug. Das würde man im Bild aber sowieso nicht sehen, wurde ihm versichert. Sehen nicht, aber vielleicht fühlen? dachte er versunken und war sich immer noch nicht schlüssig, ob er nun die Version zwei, den Betrug aufdecken, erzählen oder doch Version drei wählen und nur von dem tragischen Unfall berichten sollte? Die Eins, die volle Wahrheit und seine Dummheit, welche ihm sicher als Mittäterschaft ausgelegt werden würde, kam jedenfalls nicht in Frage.

Warum eigentlich nicht von dem Wahlbetrug erzählen? Vielleicht war es an der Zeit, den Menschen die Wahrheit vor Augen zu führen. Vielleicht war es an der Zeit, dass sich auch die Demokratie wieder wandelte, und was war besser geeignet, als allen mit einem Paukenschlag vor Augen zu führen, wohin so ein entfesseltes System führen konnte. Was passieren konnte, wenn sich völlig Uninformierte – gleich welcher Altersgruppe sie angehörten – aus einer Laune heraus, aus Vorurteilen oder in den Mund gelegten Argumenten, für oder gegen eine folgenschwere Gesetzesänderung entschieden.

Als die pummelige Visagistin die Schürze von seiner Brust zog und ihn mit verkniffenem Mund kritisch musterte, war er sich sicher: Ein Erdbeben konnte nicht schaden und die darauffolgenden Diskussionen würden vielleicht sogar sinnvolle Anpassungen an den heiligen Kühen bewirken.

Lorena verfolgte mit Magda und den Kindern die Sendung. Sie hatten es sich auf dem breiten Sofa bequem gemacht und schauten gebannt auf die Bilder, welche vor ihnen in Lebensgröße in der Luft schwebten.

Jacko wirkte souverän, ruhig und sah gut aus, fanden die beiden. Bastian befragte Jacko zu dem verheerenden Sturz. Er war richtig bissig, hakte nach und versuchte, Jacko in Widersprüche zu verwickeln.

„Ätzend...", meinte Lorena und stopfte sich ein paar Nüsse in den Mund, um etwas zum Kauen zu haben.

„Gehört zum Spiel", meinte Magda nur und langte auch nach den Nüssen. Die Zuschauer sollen ja das Gefühl haben, es werde hier die Wahrheit herausgekitzelt.

„Sie waren lange Jahre mit Christoph Locher befreundet. Hat er Ihnen noch etwas gesagt in seinen letzten Minuten?", fragte Bastian im Studio.

Jetzt kam es. Die beiden Frauen setzten sich auf und beugten sich nach vorne. Nun würde sich entscheiden, welchen Weg Jacko gehen wollte. Wie im Film Matrix. Du nimmst die blaue Pille, und alles bleibt, wie es ist. Du erwachst und weißt nichts von all dem oder du nimmst die rote Pille und wirst die Wahrheit sehen, und nichts wird mehr sein wie es war. Wie würde Jacko sich entscheiden?

„Ja – das hat er!", sagte Jacko im Studio mit fester Stimme.

„Und dürfen wir das erfahren?", erwiderte Bastian und blendete die nervöse Stimme des Sendungsleiters in seinem Ohr aus, der ihn zum Abschluss des Interviews drängte und ihm die Sekunden vorgab, die er noch hatte. Der Sendungsleiter an seinem Regiepult hätte sich nicht träumen lassen, dass er kurz darauf unten im Bild eine Laufschrift mit: „Die folgenden Sendungen verzögern sich um ca. 30 Minuten..." würde einblenden lassen.

„Ja – das müssen Sie sogar. Ich erachte es als meine Pflicht, Ihnen mitzuteilen, was ich erfahren habe. Vielleicht setzen Sie sich aber dazu hin – was ich zu berichten habe, betrifft uns alle, trifft unser Land im Mark", sagte Jacko etwas theatralisch und blickte direkt in die Kamera.

Lorena betrachtete das riesige Gesicht Ihres Großvaters vor sich. „Respekt", murmelte sie und strich sich sanft mit einer Hand über ihren Bauch.

„Was ich Ihnen jetzt berichte, klingt verrückt – ja unglaublich. Ob es wahr ist, werden die Behörden prüfen, auch wenn ich mir sicher bin, dass es die volle Wahrheit ist", setzte Jacko an.

Jacko hielt eine gut zehnminütige Rede ohne jede Unterbrechung von seinem Interviewer Bastian. Etwas, was es eigentlich nicht gab im Zeitalter der schnellen Schnitte und des Wegzappens. Lorena und Magda waren sich sicher, dass es nicht bei ihnen so mucksmäuschenstill war. Als wäre die Zeit stehen geblieben. In Wellen breiteten sich die Erschütterungen aus Jackos Worten bis zu jedem Bildschirm, zu jedem Handy und jedem Blog aus.

Jacko erzählte mit ruhiger, warmer Stimme die Geschichte von der Wahlmanipulation der wichtigsten Abstimmung in der Geschichte des Landes. Dabei hielt der Regisseur das Bild von Jacko in Großformat. Jede Regung in seinem Gesicht, jede Pore seiner Haut waren sichtbar. Jacko war wie splitternackt einem Lügendetektortest ausgeliefert. Einem Test von Millionen Zuschauern. Außer einem leichten Glänzen seiner Glatze sah man keine Spur seiner Anspannung. Er erzählte die ganze Geschichte flüssig, nannte auch die Namen der Involvierten, hielt den Faden und die Reihenfolge der Ereignisse ein. Wie wenn er seine Lieblingsanekdote zum x-ten Male seinen Freunden bei einem guten Cognac schildern würde.

Das konnte er, dachte Magda und nickte zustimmend. Reden aus dem Stegreif halten und dabei überzeugend sein. Sie hatte ihn in seiner Businesszeit ein paar Mal bei solchen Gelegenheiten erlebt und immer gestaunt, woher diese Sicherheit kam. Von dem Mann, welcher so viele Zweifel in sich trug, oft innerlich zerrissen war und ein wackeliges Selbstvertrauen besaß. Aber eben. Wenn es darauf ankam, wuchs wie aus dem Nichts ein anderer Teil in ihm über ihn hinaus.

Jacko beherrschte seine Rede und manövrierte geschickt um jeden Verdacht einer Mittäterschaft oder des Mitwissens herum. Er wirkte glaubhaft. Den ultimativen Test gegenüber seiner Enkelin und Magda, hatte er jedenfalls bestanden. Die beiden Frauen saßen mit der Hand vor dem Mund gebannt da.

Die Kamera schwenkte zu Bastian, der ebenfalls mit offenem Mund Jacko gegenüber an der Studiotheke saß. Das hatte die Schweiz noch nie gesehen! Bastian mit seiner großen, frechen und oft grenzwertig provokativen Klappe war sprachlos. Er sortierte seine Papiere vor sich, räusperte sich und sagte: „Ich bin absolut sprachlos, Herr Brevic." Jacko hob mit einer entschuldigenden Geste die Arme.

„Himmelarsch!!", platzte Lorena in die kurze Stille und nickte wie eine Spielzeugpuppe voller Stolz.

„Das waren die unglaublichen News über den Unfall von Christian Locher, meine Damen und Herren. Ich bin sicher, wir werden uns in Kürze noch viel eingehender mit all den Informationen befassen. Ich gebe zurück zur Tagesschau und verabschiede mich von Ihnen", sagte Bastian nun wieder mit fester Stimme und schaute direkt in die Kamera.

Der Regisseur war für ein paar Sekunden ebenso perplex wie alle anderen im Studio. Das gequälte Gesicht von Bastian hing noch ein paar Sekunden in der Luft, bevor zurück ins Nachrichtenstudio geblendet wurde. Der Sprecher dort räusperte sich und sortierte ebenfalls einige Blätter Papier auf seinem Tisch.

„Ich muss mich gerade informieren, womit wir weitermachen, meine Damen und Herren", erklärte er und drückte demonstrativ den Knopf in seinem Ohr. „Ich höre, wir haben ein technisches Problem", sagte er noch, und dann erschien die übliche Werbung auf dem Bildschirm.

Magda schaltete den Screen aus und meinte mit hochgezogenen Augenbrauen zu Lorena: „Hast du Platz für uns alle?" Lorena nickte stumm und starrte immer noch in die Luft, wo noch kurz zuvor das übergroße Bild ihres Großvaters vor ihnen zu sehen gewesen war.

Als Magda, mit Hanna und Lena an den Händen, kurz darauf mit Lorena das Haus verließ, klingelten und summten bereits sämtliche

Kommunikationsgeräte im Haus. In wenigen Minuten würden die ersten Drohnen mit Journalisten auftauchen und versuchen, noch mehr News zu erfahren.

Magda packte die hastig gepackten Taschen in den Kofferraum, während Lorena Tesi erklärte, wohin sie fahren würden. An den Genfer See, in ihr kleines Appartement.

Während Tesi sich in Richtung Autobahn auf den Weg machte, schickte Magda die Adresse an Sascha. Sie erwartete ihn für den späteren Abend und wollte unbedingt verhindern, dass er zuhause auftauchte. ‚Alles Weitere, wenn du da bist, Liebling‘, tippte sie und stopfte den Communicator in ihre Jacke. Die beiden Frauen grinsten stumm, während Hanna und Lena verwundert durch die Fenster die Lichter der vielen Autos bestaunten. Sie waren gespannt, was die Abenteuerreise zu Lorena, welche ihnen die Mutter versprochen hatte, alles für sie bereit haben würde. Hanna schmunzelte bei dem Gedanken, nicht zur Schule zu müssen, und Lena rollte sich bald an sie und gähnte müde.

Jacko stand im Studio von der Theke auf und schaute Bastian an.

„Hättest du mich vielleicht ein wenig vorwarnen können?", meinte der kopfschüttelnd.

„Eigentlich nicht. Du hättest das Ding aufgeblasen, und ich hätte die Kontrolle verloren über das, was ich sagen wollte", meinte Jacko trocken und wandte sich zum Gehen.

„Wo um alles in der Welt willst du hin?", sagte Bastian und hielt ihn an der Schulter fest. Jacko schaute auf die Hand auf seiner Schulter und dann in Bastians Augen.

„Nachhause, wenn du nichts dagegen hast. Und ja – danke! Danke, für alles", meinte Jacko und wartete darauf, dass die Hand ihn losließ. Aber Bastian dachte gar nicht daran, ihn einfach so gehen zu lassen. Er versperrte Jacko demonstrativ den Weg.

„Du kannst doch nicht so eine Bombe platzen lassen, das ganze Land mit einem Erdbeben durchschütteln und dann einfach abhauen", platzte er heraus.

„Und was sollte ich deiner Meinung nach sonst tun?", erwiderte Jacko ruhig.

„Du musst alles erklären. Da gibt es noch so viele Fragen. Du musst weitere Interviews geben. Wir müssten zur Sendeleitung und gleich die Termine planen. Da müssen wir dranbleiben. Das hat erst angefangen – verstehst du?", schrie Bastian nun.

„Für dich vielleicht. Ich bin kein Newsman. Ich habe gesagt, was ich weiß. Alles andere dürfen jetzt die Behörden klären und du in deinen Talkshows", meinte Jacko und ging um Bastian herum zur Tür. Er wollte zur Garderobe und den Anzug ausziehen. Die Show war zu Ende.

Bastian folgte ihm dicht an seiner Seite, während die Leute in den Gängen stehen blieben, als würde ein Leopard und sein Dompteur an ihnen vorbeischleichen.

„Spinnst du – das kannst du nicht machen", zischte Bastian und schloss die Garderobentüre hinter ihnen.

Jacko schlüpfte ungezwungen aus dem Anzug und wandte sich in Unterhosen wieder Bastian zu: „Was kann ich nicht machen?"

„Na, so tun, als hättest du da drin gerade dein Lieblingsrezept für Apfelkuchen zum Besten gegeben – und dann nach Hause gehen!"

„Nochmals, Bastian, ich habe weder Lust noch Zeit, mich an dem ganzen Rummel und den Diskussionen zu beteiligen", erklärte Jacko, blickte ihn ein paar Sekunden an und stieg dann in seine Fliegerkluft.

„Ich kenne dich anders, Jacko. Du hast mir oft von deinen Gedanken, von deinen Ideen, wie wir die Gesellschaft neu organisieren könnten, erzählt. Jetzt ist der Moment, dies alles dem gesamten Volk zu erzählen. Du könntest die neue Richtung vorgeben – Chris Platz einnehmen", redete Bastian beschwörend auf den vor ihm knienden Jacko ein.

Jacko erhob sich vom Stiefelbinden und meinte: „Dem Volk? Wie sprichst du denn von deinen Zuschauern, Bastian? Und glaubst du allen Ernstes, ich würde mich nach diesem Debakel in meinem Alter mir antun, im Rampenlicht zu stehen, den Leuten versuchen zu verklickern, wie es weitergehen soll? In Wahrheit nur, damit du zu einem Pulitzer Preis kommst?"

Bevor Bastian etwas erwidern konnte, hob er resolut seine Hand und brachte ihn damit zum Schweigen. Er setzte sich auf den Garderobentisch, schaute auf seine baumelnden Stiefel und meinte gegen den Boden gerichtet: „Glaubst du allen Ernstes, ich wäre glaubwürdig? Erstens denke ich, dafür gibt es klügere Köpfe als mich und zweitens habe ich nicht die geringste Lust, mich von euch Medienfuzzis zerlegen zu lassen!

„Aber hör mir zu…", warf Bastian ein.

„Basta! – Ich habe weit Besseres zu tun. Da gibt es nichts zu gewinnen. Weder für mich noch für dich – und, wie hast du es genannt? – auch nicht für das Volk! Verstanden?", schwadronierte Jacko entschlossen und tippte dabei an Bastians Brust.

Es klopfte, was einen erneuten Redeschwall von Bastian verhinderte.

„Herr Brevic?", hörten die beiden von draußen. Jacko öffnete die Tür.

„Müller von der Bundesanwaltschaft – hätten Sie einen Moment Zeit für uns?" Jacko musterte den schwarzen Anzug und den ihm von einer knochigen Hand hingestreckten Ausweis. Er schaute auf in ein paar wache, blitzende Augen hinter einer Brille mit feinem Goldrand.

„Sicher", sagte Jacko, öffnete die Türe ganz und dachte: wie im Film – verdammt!

Drei Monate später.

Jacko griff sich seine Umhängetasche und ging mit federnden Schritten zum Gate. Er ließ sich auf seinen Sitz in der kleinen Suite des Großraumjets fallen und gönnte sich einen Schluck vom Champagner, der ihm serviert wurde. Er musterte den kleinen, aber sehr komfortablen Raum. Das Fenster reichte von der Decke bis zum Boden neben ihm.

Auf dem Beistelltisch lagen ein Pyjama und das übliche Täschchen mit den Utensilien für eine angenehme Reise. Die Decke war mit einer Art künstlichem Himmel ausgestattet, den man je nach Stimmung in ein farbiges Licht, ein Blätterdach oder eine Projektion des Himmels über sich verwandeln konnte. Jacko entschied sich für den Himmel. So entstand die Illusion, man würde quasi oben ohne auf der Reise sein. Jacko fasste neben sich auf den Boden. Das Holz des Riemenparketts erschien ihm echt. Viel mehr interessierten ihn jedoch die riesigen Triebwerke, die er durch das Fenster hinter sich sah und in denen sich die gekrümmten Schaufelräder nun zu drehen begannen. Er prostete den mächtigen Schaufeln zu, deren Formvater er war.

Er klaubte sein Tablet aus der Tasche und öffnete seinen Plan. Die BMW war ihm vorausgereist und schon in der Zollabfertigung in Buenos Aires. Die Seitenkoffer und das Top Case mit der Ausrüstung befanden sich wohl im Laderaum unter ihm. Er rief die geplante Route auf. Endlich würde er die seit dreißig Jahren ersehnte und immer wieder verschobene Tour in Angriff nehmen – seine PanAm mit seiner Fat Lady abfahren. Von Argentinien über Mittelamerika bis nach Alaska. Nur drei Monate hatte er dafür geplant. Er wollte nirgends lange verweilen, auch wenn es von Orten, die ihn brennend interessierten, auf der Strecke nur so wimmelte. Dafür blieb keine Zeit. An seinem Geburtstag, am ersten Dezember, hatte er ein Date mit Professor Do Li in Shanghai. Dann würde sein eigentliches Abenteuer beginnen. Wenn alles glatt lief, hätte er dann mindestens noch viele Jahre Zeit, die Nationalparks und Sehenswürdigkeiten, welche ihn auf der PanAm reizten, ausgiebig zu erkunden.

Er hatte alles bis ins kleinste Detail mit Liz besprochen. Sein Schatz war einfach wunderbar, dachte er bei sich. „Wo warst du nur mein ganzes Leben, liebste Liz?", raunte er und nickte der Stewardess zu, welche mit einem fragenden Blick sein Glas für den Start abräumen wollte. Die hübsche Dame in ihrer adretten Uniform kontrollierte, ob er angeschnallt war, und zog die Tür zu seinem kleinen Palast zu.

Jackos Bauch kribbelte wohlig. „Wo warst du, wunderbares Gefühl, mein ganzes Leben?", sagte er nun laut. Er fühlte sich glücklich und wohlig aufgeregt. Nicht wie ein kleiner Junge. Wie ein Siebzigjähriger, der alles zu seiner vollsten Zufriedenheit regeln konnte und mit sich in Einklang war. Ein Gefühl wie in warme, aufsteigende Luft zu gleiten.

Liz war sein Goldschatz. Nicht nur, dass sie durch nichts und keine Verrücktheiten von ihm zu erschüttern war. Sie hatte auch eingewilligt, ihn nach Shanghai zu begleiten und zu unterstützen bei allem, was zu organisieren war. Sie kannten und liebten sich nun schon fast zehn Jahre. Obwohl sie in völlig anderen Welten lebten, sich oft wochen- oder sogar monatelang nur hörten und auf anderen Kontinenten unterwegs waren – Liz, eine begnadete Künstlerin, war oft für ausgedehnte Fotostudien auf Reisen –, blieben sie immer verbunden. Obwohl oder vielleicht gerade, weil sie so wenig Gemeinsames, völlig unterschiedliche Interessen hatten und auch sonst völlig verschieden waren, liebten sie sich innig und überstanden alle Stürme. Anfangs hatte Jacko ein paar Mal entmutigt und genervt die Flinte ins Korn werfen wollen angesichts all der Missverständnisse, die in ihrer Beziehung entstanden. Liz hatte es gleichmütig hingenommen und jeweils gewartet, bis er wieder wortlos zu ihr unter die Decke kroch und sich an sie schmiegte. Hätte Jacko die Gründe aufzählen müssen, weshalb er Liz liebte, er hätte wohl nur mit den Schultern zucken können. Und genau das war der Zauber – er konnte es nicht erklären –, es war ein Gefühl. Vielleicht war das ja die ominöse Liebe, der er sein ganzes Leben lang hinterhergejagt war!

Liz würde ihn am Pudong International Airport im Empfang nehmen und hatte auch versprochen, ein Weihnachtsfest mit Lorena, Magda, Sascha und den Kindern zu organisieren. Um sein Projekt hatte er ein Geheimnis gemacht. Nur Liz wusste von der Shanghai Mission. Wenn sie gut ging, würde er alle einweihen. Wenn nicht, natürlich auch. Dann aber kaum persönlich, sondern eher mit einer Erklärung, was passiert war. Dann würde er wohl nicht mehr leben. Dafür wollte er sie alle in seiner Hütte haben. Das zu organisieren, war gar nicht selbstverständlich. Schließlich kannten Liz und die anderen sich nicht. Ihre Beziehung gehörte nur ihnen beiden. Über all die Jahre hatte weder er ihre Familie noch sie Magda und Sascha kennen gelernt. Es hatte einfach keinen passenden Moment dafür gegeben.

Die Maschine vibrierte sanft und begann zu beschleunigen. Jacko wurde leicht, aber bestimmt in den Sitz gedrückt und musste seine Bauchmuskeln gehörig spannen, um weiterhin durch das Fenster die Triebwerke bei der Arbeit beobachten zu können. Der Druck ließ nach, und die Maschine schoss nun immer schneller über die Piste. Die beiden Kübel an den Flügeln waren echte Wunderwerke, wie das ganze Fluggerät. Zwar waren die Piloten seit Jahren nur noch damit beschäftigt, die Computer zu überwachen und in einem Notfall – den es eigentlich nie gab – einzugreifen, aber anders als bei den Autos und Lastwagen hatte man sich bei Flugzeugen nie dazu durchringen können, diese völlig autonom fliegen zu lassen. Die vier Triebwerke würden im nächsten Augenblick die über achthundert Tonnen und siebenhundert Passagiere in den drei Stockwerken des Flugzeugs mühelos in die Luft heben. Jacko saß in der ersten Klasse, zuoberst in der kurzen dritten Ebene, die sich nur über das Cockpit und das erste Viertel der Flugzeugs erstreckte und wo sich die wenigen Suiten befanden. Während des Steigflugs verwandelten die Triebwerke den Wasserstoff aus den Tanks in gewaltigen Schub, stießen Wolken aus reinem Wasserdampf aus und beförderten sie in Kürze auf über fünfzig Kilometer Höhe in die Mesosphäre. Da gab es nicht nur kein Wetter und somit keine Turbulenzen, sondern auch keinen Sauerstoff und eine stark verminderte Erdanziehung. Den Sauerstoff führte das Fluggerät flüssig in Tanks mit. Die verminderte Gravitation war sehr angenehm. Sie sparte extrem Energie für den Flug und ließ die Passagiere mit halbem Gewicht auf dem Rücken oder, in der Holzklasse, auf dem Sitzfleisch schlafen. Dafür musste man sich, wenn man zur Toilette wollte, Schlappen mit Magneten anziehen, um nicht zu riskieren, wie betrunken durch den Gang zu taumeln.

Jacko hatte ein eigenes kleines Bad in seiner Suite. Er konnte sich also auch taumelnd dorthin begeben. Obwohl er es sich hätte leisten können, war er noch nie in solchem Luxus geflogen. Das hatte er sich aufgespart. Für heute – für den Tag, an dem es nichts mehr zu verlieren gab.

Genau das machte sein tiefes Glücksgefühl aus. Ein Gefühl, wie es sein musste, in Frieden zu sterben, mit einem Gefühl, es „gut" gemacht zu haben, alles Wichtige erlebt zu haben und für alles, was noch offen war, am Schluss genug Zeit und Mut gehabt zu haben, um es im Guten abschließen zu können.

Nun genoss er jedes Detail seiner Suite in vollen Zügen. Nach dem Dinner auf Reiseflughöhe konnte er es nicht lassen, den Kaffeelöffel in seine Tasche gleiten zu lassen – für seine Sammlung. Eine Marotte, die er seit über vierzig Jahren pflegte und seine Besteckschublade zu einem Erinnerungsalbum machte.

Mit einem herrlich rauchigen Single Malt in der Hand blickte er auf die Lichter der unter ihm gekrümmten Erdoberfläche. Eine Zigarillo wäre jetzt nicht schlecht, sinnierte er und nahm einen kleinen Schluck aus dem Glas. Wie schön die Welt von oben immer wieder war! Und wie geradezu lächerlich und putzig die Probleme der Menschheit waren. Nicht die Leiden oder Nöte von Kranken oder Müttern, die sich um ihre Kinder sorgten, die waren echt, aber das ganze Theater um die Zukunft, die Karriere und was man alles meinte besitzen zu müssen. Dabei war das Leben eigentlich einfach.

Jacko lachte laut, prostete der Kugel und Müller zu, dem Bundesanwalt, den er irgendwo da unten vermutete.

****

Jacko war Müller aus dem Fernsehstudio brav ins Auto gefolgt, um in dessen Büro weiter Auskunft zu geben. Dass er dort in Untersuchungshaft genommen wurde, hatte ihn erstaunt und wütend gemacht. Obwohl es völlig logisch war, wie er sich selber, in der sterilen Zelle auf dem schmalen Bett liegend, eingestanden hatte.

In erster Linie wollte man mehr über die Hintermänner der Wahlmanipulation erfahren. Jacko konnte nicht viel mehr erzählen als das, was er von Chris erfahren hatte. Da konnte er sogar ehrlich bleiben. Die Fragen über seine Rolle, seine Parteispenden waren kniffliger. Jacko war mehr als dankbar um den Beistand von Fred.

Fred breitete in der Zelle seinen Mantel wie ein Zelt über sie beide aus und legte seinen Finger an die Lippen. Er traute dem Versprechen, Kameras und Mikrofone würden während seiner Besuche ausgeschaltet bleiben, nicht im Geringsten. Natürlich sah die Szene höchst dubios aus, aber wenn man ihn darauf ansprechen würde, müsste man zugeben, sie gegen die Regeln doch zu überwachen. Pat!

Er zeigte ihm drei Seiten Papier. Darauf waren die Strategie und die Antworten, respektive deren Verweigerung, aufgelistet, die Jacko befolgen sollte. Fred ließ ihn die Papiere drei Mal lesen, vergewisserte sich, ob er sich alles gemerkt hatte, verstaute das Dokument wieder in seiner Tasche und ließ danach den Mantel wieder nach unten sinken.

Jacko machte seine Sache gut, und Fred tat das Übrige. Er war bei allen Verhören anwesend und schritt sofort ein, wenn er annahm, Jacko könnte etwas Verfängliches sagen, und antwortete an seiner Stelle. Müller bestand jeweils auf einer Antwort vom Mandanten selber, der daraufhin brav das zuvor Gesagte wiederholte. Natürlich durchschaute Müller diese Strategie und versuchte Jacko in der Zelle bei abendlichen Besuchen etwas zu entlocken, woran er einhängen könnte. Jacko blieb aber standhaft. Er mochte Müller irgendwie, und das schien auf Gegenseitigkeit zu beruhen.

Nach vier Wochen hatte sich Mirko der Polizei gestellt. Er war in Thailand gewesen und in die Botschaft geflüchtet. Die unglaubliche Story des Abstimmungsbetruges und den Folgen umrundete den Planeten wie ein Satellit und erreichte jeden Winkel. Rund um die Welt wurde über die Situation der Schweiz gesprochen, was zu tun wäre und, noch erstaunlicher, über die Demokratie als Institution und die Grenzen der heiligen Kuh der freien Welt. Als Mirko in den Nachrichten sein Bild sah und erfahren hatte, dass ein internationaler Haftbefehl gegen ihn lief, hatte er es vorgezogen, sich zu stellen, statt womöglich in einem Thai-Gefängnis Jahre auf seine Auslieferung auszuharren. Aus seiner Sicht war die Sache ohnehin verjährt. Ob die Geschichte wirklich als Landesverrat taxiert werden würde und er deshalb nach so langem in Schwierigkeiten kommen könnte, schien unwahrscheinlich zu sein. So hatte es ihm zumindest sein amerikanischer Spitzenanwalt versichert, dem er dafür ein horrendes Honorar bezahlte. Der war es auch, der ihm dringend geraten hatte, sich zu stellen, da er sich außerstande fühlte, ihn gegenüber der Justiz in Thailand beschützen zu können.

Mirko packte aus. Ohne jegliche Vorbehalte, und wie schon Jacko schob er so viel wie irgend möglich auf Chris. Tote spürten keine Schmach, und man konnte ihnen auch nicht schaden. Er wollte einfach zu seinen süßen Annehmlichkeiten in seiner Villa zurück. Wollte sich wieder mit seinen zahlreichen Gespielinnen auf seiner Terrasse hoch über der Andaman See räkeln. Sein Leben war durch die indirekte Zahlung von Jacko mehr als angenehm.

Mirko erzählte Bastian frank und frei in einem exklusiven Interview, wie naiv er in die Sache gestolpert sei, dass er von Chris erpresst und sogar bedroht worden, ja selber ein Opfer der Machenschaften geworden sei. Seinen luxuriösen Lebensstil konnte er zum Glück mit einer wirklichen Erbschaft erklären. Das Nummernkonto brauchte er dabei nicht zu erwähnen. Zu dem Zeitpunkt wusste man bereits, dass die Sache verjährt war. Offenbar ging es auch jemandem wie Mirko um sein Ansehen. Oder sein Anwalt hatte ihn zu dieser Stellungnahme ermuntert, um sein Honorar noch ein wenig mehr auszuschöpfen.

Das war nicht wesentlich. Viel höher schlugen die Wellen rund um die Diskussion, was denn nun zu tun sei. In endlosen Debatten wurde in allen Kanälen darüber gestritten, ob die Abstimmung über die Altersmehrheit zu wiederholen sei. Extremere Positionen nahmen jene ein, welche laut darüber nachdachten, ob nicht alle Entscheide, die durch den Altersproporz gefällt worden waren, nun ungültig seien und deshalb unter „normalen" Bedingungen – sprich unter den alten Abstimmungsregeln mit Ständemehr und so weiter – zu wiederholen seien. Wenn man sich allerdings überlegte, wie denn die Entscheide rückgängig gemacht werden könnten, war schnell klar, dass dies schlicht unmöglich war. Im Grunde wollte das niemand, aber die Sache auf sich beruhen lassen konnte man auch nicht. Und doch war es eine existenzielle Frage. Man konnte keinen Staat und seine Gesetze auf Basis einer Lüge aufrechterhalten. Nicht wenige bezeichneten die Offenlegung der Tatsachen durch Jacko als Fehler. Als Wahrheit, die niemandem etwas nützte, sondern nur schadete und das Land und das System gefährlich lähmte. Politisch überlebte das keiner dieser Pragmatiker. Die Empörung und die Wut waren zu groß für die von ihnen vorgeschlagenen, rein sachlichen Lösungen. Schwamm drüber und weitermachen war keine Option.

Das Parlament fühlte sich gezwungen zu tun, was im Grunde niemand wollte. Die Abstimmung betreffend die Altersmehrheit sollte wiederholt werden. Jacko verfolgte das Geschehen auf dem kleinen Monitor in seiner Zelle. Er durfte sich die Nachrichten und die Podiumsdiskussionen ansehen. Ein Zugeständnis, welches Fred für seine Kooperation erwirken konnte.

Jacko hatte lautstark von seinem schmalen Bett aus mitdiskutiert hatte. Er hatte sich über die Opportunisten geärgert, die wie in alten Zeiten ihre Segel in den momentanen Wind drehten; über die Träumer, die alles wieder so haben wollten wie am Anfang des Jahrtausends und vergaßen, welche Konsequenzen das für ihren persönlichen Lebensstil haben würde. Es gab auch viel Häme und Spott aus all den ehrwürdigen Demokratien rund um die Schweiz. Von Politikern, die nicht im Ansatz mit der Entwicklung in der Schweiz mithalten konnten und nun mit Lobhudeleien das eigene, rückständige und verkorkste System zu kaschieren versuchten.

Es kam zum Unvermeidlichen: Die Abstimmung wurde wiederholt. Selbstverständlich ohne den Altersproporz. Wenngleich das nicht selbstverständlich war. Auch darüber wurde öffentlich endlos gestritten und am Ende vom Verfassungsrat entschieden. Die Jungen riefen mit Empörung zum Boykott auf und erreichten damit nur, dass die Abstimmung noch deutlicher ausfiel als zu erwarten war. Die Altersmehrheit wurde mit achtzig Prozent abgelehnt, und das System schwenkte zurück auf das alte System. Eine Stimme war eine Stimme. Egal, wer sie abgab und, was Jacko am meisten ärgerte, egal ob sie fundiert und überlegt oder nur dumm und absurd war. In der ganzen Diskussion war die Frage, ob es denn ein neues, cleveres System als das bestehende oder das alte gäbe, unter den Tisch des Volkes gefallen. Offenbar hatte man weder den Mut noch die geistige Kapazität, über einen neuen, dritten Weg nachzudenken. Die wenigen Exponenten von neuen Lösungen wurden als Träumer belächelt oder sogar als gefährlich und subversiv abgetan.

Jacko hatte eine kurze Phase, in der er bitter bereute, der Aufforderung von Bastian, sich an dem Chaos zu beteiligen, nicht gefolgt zu sein. Nun war es zu spät. Bastian kam zwar seiner Bitte für einen Besuch nach, zeigte aber kein Interesse, ihn aus seiner Zelle heraus hörbar zu machen. Es ging ihm nur um seine eigene Haut und seinen Erfolg. Nach Wochen nun in Jacko zu investieren war schlicht zu spät und zu riskant. Bastian provozierte mit Jackos Anregungen nur so viel, wie es seinem Erfolg schmeichelte – nicht einen Millimeter, um etwas für eine Entwicklung, für das Land zu investieren. Jacko resignierte und beschloss, sich um den ganzen Kram nicht mehr zu kümmern; er ließ den Monitor aus seiner Zelle entfernen.

Ein paar Tage später wurde er von Fred abgeholt, der ihm seine Entlassungspapiere präsentierte. Sämtliche Anklagepunkte waren fallengelassen worden. Von Korruption bis zu Beihilfe zu Landesverrat. Niemand hatte Interesse, die Sache auszuweiten.

Fred informierte ihn über den Stand der Dinge. Das alte Abstimmungsrecht war wiedereingeführt und die neuesten Initiativen waren nach alter Sitte in Bausch und Bogen abgelehnt worden. Der Verfassungsrat hatte auch verfügt, dass Entscheide und Gesetze, welche davor in Kraft traten, nicht angefochten werden konnten. So weit so gut, ließ Jacko vernehmen, und er folgte Fred zu seinem Wagen. Der setzte ihn vor der Garage neben seinem Jeep ab, drückte ihm seine Rechnung in die Hand und verabschiedete sich mit: „Bis zum nächsten Mal, mein Freund..."

Jacko hatte die folgenden Volksbefragungen in seiner Hütte mit verfolgt. Eines minderte seinen Groll entscheidend und ließ ihn die ganze Geschichte loslassen und nach vorne blicken: Die Abstimmung über das neue Gentechnikgesetz wurde ganz und gar verworfen.

Dabei ging es darum, ob die umstrittene CHRISPR Technologie neu auch außerhalb der Grundlagenforschung in kommerziellen Anwendungen eingesetzt werden dürfte. Weiter wollten die Initianten durchsetzen, dass Chimären, also Mischungen von menschlichem Erbgut mit dem Erbgut von Tieren, erzeugt werden durften.

Die CHRISPR Technologie, die Genom Editierung, wollte der kommerziellen Manipulation von zukünftigen Menschen die Türe öffnen. Mit dieser Technik wäre es möglich geworden, fast alle Eigenschaften von Nachkommen frei zu bestimmen. Eine wahre Pandorabüchse, wie Jacko fand, obwohl er selber ja mit Professor Do Li genau in dieser Richtung unterwegs war. Aber er nahm für sich in Anspruch, das Sinnvolle aus der Technologie zu nutzen, damit die Menschheit entscheidend vorwärts zu bringen, nicht einfach höher, besser, weiter Menschen zu züchten. Aber das zu erklären war fast unmöglich.

Mit der Chimären-Geschichte wollte man nichts anderes als Hochleistungsmenschen für die Sportarenen herstellen. Ein Tennisspieler mit der Kraft eines Gorillas würde wohl jeden Grand Slam für sich entscheiden.

Das war vom Tisch – vorläufig zumindest. Jacko war sicher, dass in Asien genau diese Dinge bereits in vollem Gange waren. Es war nur eine Frage der Zeit, bis sich interessierte künftige Eltern ihre Eizellen in Korea oder China designen ließen. Schließlich war er selber bereit, genau von diesen Technologien für sein eigenes Experiment zu profitieren. Trotzdem war er froh, dass dem ungestümen Sprint der Technologie in eine nicht durchdachte Zukunft durch die Alten seines Landes ein Marschhalt verordnet wurde. Langsamer könnte vielleicht doch schlauer sein.

****

Die Stewardess erkundigte sich bereits zum dritten Mal, ob er noch etwas von dem Talisker möchte. Er nickte ergeben und ließ den goldenen Single Malt im Glas kreisen, bevor er ihn in einem Zug trank, dann aufstand, um seinen Pyjama anzuziehen und sich die Zähne zu putzen. Als er aus dem Bad auf seinen zum komfortablen Bett ausgefahrenen Sessel wankte, lag das nicht unbedingt an der reduzierten Schwerkraft. Er kuschelte sich in die Decken und schaute neben sich nach unten. Es war stockdunkel da unten. Sie mussten sich über dem Atlantik befinden.

EINUNDZWANZIG

„Wo ist denn Jacko?", quengelte Lena und ließ sich von Magda den Weihnachtskeks aus der kleinen Hand nehmen.

„Du hast schon genug von den süßen Dingern gegessen, mein Schatz. Jacko kommt sicher bald", meinte Magda und setzte ihre Tochter Sascha auf den Schoß. Ganz sicher war sie sich zwar nicht. In der Einladung zur Weihnachtsfeier in seiner Hütte stand nur, sie sollten bitte alle kommen und es sich bequem machen. Er würde nachfolgen, ihnen etwas Wichtiges erzählen und mit ihnen allen ein wunderschönes Weihnachtsfest feiern. Aber wann er kommen würde, stand da nicht. Nun waren sie schon über eine Stunde hier. Sie mit Kindern und Sascha und Lorena mit ihrem Sohn, dem sie den Namen seines Vaters gegeben hatte: Altair – nach dem Namen des hellsten Sterns im Sternbild Aquila. Der arabische Name bedeutete «der fliegende Adler». Nach dem Gleitschirmflug mit Jacko und der Begegnung mit den Bussarden fand sie den ungewöhnlichen Namen sehr passend zu der Entscheidung, die sie danach getroffen hatte. Zudem hatte sie damals vorgehabt, zu ihrer Geschichte zu stehen und ihrem Sohn seinen Vater später einmal vorzustellen. Dazu war es nicht gekommen. Er war bei einer Tauchexpedition spurlos verschollen.

Lorenas Bruder Nik war nicht erschienen, obwohl sie ihn so gerne dabei gehabt hätte. Er hätte es als Verrat an seinem Vater empfunden, wie seine Schwester nun zu Jacko zu gehören. Selbst wenn Rolf nichts dagegen gehabt hatte. Es war vielleicht einfach noch zu früh für Nik.

Von Jacko keine Spur und auch keine weitere Nachricht.

Das Wohnzimmer der Hütte war heimelig geschmückt. Überall brannten Kerzen, einige in hohen Gläsern, andere in Mandarinen gesteckt. Schon als sie am Heiligabend angekommen waren in der Dämmerung, flackerten auf der Wiese vor dem Haus, rund um den steinernen Buddha im Garten und auf der Terrasse, Dutzende von Kerzen. Alles war festlich und mit viel Liebe vorbereitet. Das ganze Haus war mit kleinen Tannen-zweigen geschmückt, und vor der kleinen Bar, welche die Küche vom Wohnraum abtrennte, stand ein kleiner Tannenbaum. Schlicht ge-schmückt, mit Lebkuchenherzen, bemalten Glaskugeln, und Bienen-wachskerzen. Darunter lagen Pakete. Alle von Jacko selber eingepackt, im selben roten Geschenkpapier. Magda hatte schon beim Betreten der guten Stube geseufzt, als sie die Bescherung sah. Wie jedes Jahr, meinte sie, und schüttelte lächelnd den Kopf. Jacko vereinbarte jedes Mal, dass nur die Kleinen beschenkt werden sollten, aber Jahr für Jahr kaufte er für alle Ge-schenke.

Nun saßen sie alle hier und warteten. Die Kinder begannen zu quen-geln, und bei allen meldeten sich der Hunger und die Neugier auf die Ge-schenke. Wo blieb Jacko nur? Er musste in der Nähe sein. Die Kerzen hatten höchstens einige Minuten gebrannt, bevor sie eintrafen. Am meis-ten aufgeregt war Lorena. Sie hatte mit ihrem Sohn die größte Überra-schung für Jacko parat. Er wusste noch nichts von der Geburt und auch nicht, dass sie sich entschieden hatte, die Mutterrolle zu übernehmen. Ein Entschluss, der sich jeden Tag besser und richtiger anfühlte.

Es fiepte und summte vor der Tür. Sascha stand auf und öffnete. Vor ihm schwebte Pit im sanften Schneegestöber, hatte eine lächerliche kleine Nikolausmütze auf der Zentraleinheit und hielt ein kleines Geschenkpaket in seinen Tragehalterungen. Die Kinder sprangen kreischend um ihn herum, so dass er sich sofort in eine sichere Höhe zurückzog. Nun hatte sich auch Kikla vom Sofa erhoben und stand fauchend in der Tür. Sascha schob die Kinder samt Katze ins Haus zurück, damit Pit mit seinen Roto-ren wieder runterkam. Das tat er sofort und schnarrte dazu Jingle Bells. Jacko war ein Kindskopf, aber ein liebenswerter, dachte Sascha, löste die kleine Box und kam damit zurück in die Stube. Alle sahen ihn fragend an, doch er zuckte nur mit den Schultern. Magda forderte ihn mit einem Ni-cken auf, die Box zu öffnen. Drin lag nur ein Memory Stick, den Sascha in den Fingern drehte und dann in die Kommunikationseinheit an der Wand steckte. Der Projektor an der Decke ging an, und auf dem Tisch erschien Jacko als Hologramm. Er hatte die Größe eines Babys, stand in einem Smoking feierlich vor ihnen und blickte sich um. Als sich alle um den Tisch gesetzt hatten, startete die Animation.

Der kleine Jacko auf dem Tisch drehte sich und schaute in die Runde, dann begann er zu sprechen.

„Meine Liebsten, ich bin euch so dankbar, dass ihr alle gekommen seid. Dass ihr alle mit mir diese ganz besondere Weihnacht feiern wollt. Dass ich hier als kleine Animation vor euch stehe, bedeutet: Leider hat etwas nicht so geklappt, wie ich mir das gewünscht habe. Was ihr hier seht, ist sozusagen das Resultat meines Plan B."

Magda, und Lorena schauten einander ungläubig an, Sascha verdrehte die Augen und meinte: „Das darf nicht wahr sein! Unser Freund wird immer sonderbarer!" Er lachte und wollte aufstehen, um sich einen Drink zu holen, aber Magda hielt ihren Mann auf dem Sofa fest.

„Keine Sorge – das Essen kommt in wenigen Minuten, sobald ich euch die Sache erklärt habe. Es wird auch ohne mich ein wunderbares Fest für euch alle werden und – ich freue mich, dass ihr alle da seid", fuhr der kleine Jacko auf dem Tisch fort.

„Wie ihr wisst, habe ich mir meinen Traum erfüllt und bin die Pan Americana bis nach Alaska gefahren. Ich habe euch allen ja in den letzten Wochen immer wieder Bilder davon geschickt und hoffe, ihr könnt ein wenig verstehen, wie wundervoll diese Reise für mich war. Der Besuch von Lorena und ihrem ungeborenen Kind haben mich tief bewegt, und wie wir alle wissen, ist damit einiges ins Rollen gekommen. Nie hätte ich mir träumen lassen, dass so was passieren könnte. Ja – ich habe mich vor der Welt gesträubt, wollte meine Einsiedelei und meine Projekte fortführen. Zum Glück konnte ich das nicht mehr. Mein erster Schritt war diese Reise, mit deren Plänen ich euch alle seit bald dreißig Jahren genervt habe."

Hanna und Lena rutschten auf dem Sofa rum und angelten sich neue Kekse aus der Dose. Magda ließ sie gewähren. Als hätte Jacko das wahrnehmen können, fuhr er fort:

„Die Kinder haben Hunger, und die Geschenke warten – stimmts, Kids?"

Hanna, Lena und Kathie stimmten gemeinsam in ein quietschendes „Jaaa Jackoooo" ein. Die Kinder saßen wie vor einem Kasperletheater auf dem Boden und warteten auf das Krokodil.

Nun meldete sich auch Altair, begann leise zu quengeln und unruhig zu strampeln. Er wollte kein Krokodil, sondern an Lorenas Brust. Als Altair zufrieden nuckelte, fuhr Jacko fort.

„Also, meine Lieben... um es kurz zu machen: Ich hatte noch ein zweites Abenteuer geplant. Von Alaska aus bin ich direkt nach Shanghai in die Privatklinik von Frau Professor Do Li geflogen. Ich hatte in den letzten Jahren mit ihr an einer Therapie gegen das Altern gearbeitet. Das heißt, eigentlich sie. Ich habe nur mit Geld und verrückten Ideen dazu beigetragen. Eine meiner Ideen, einen Ansatz zur Therapie – und darauf bin ich schon ein wenig stolz – haben wir erfolgreich an Affen und Hunden testen können. Nur eben, die Forschung war immer illegal in der Schweiz, und in China mussten wir sie geheim halten, um nicht die großen Gentech-Konzerne auf unsere Spur zu bringen.

Mein Vermächtnis sollte sein, den Menschen ein mindestens doppelt so langes Leben wie bisher zu ermöglichen oder sogar die Unsterblichkeit. Ja, Magda – ich weiß –, es ist verrückt und wer weiß, was daraus werden wird! Ich habe mir das jedoch gut überlegt...

Deshalb habe ich mich mit Professor Do Li darauf geeinigt, dass ich der erste Patient sein würde. Nicht zuletzt, weil ich gerne noch länger bei euch allen bleiben möchte – jetzt wo alles für mich so stimmig geworden ist!"

In der Hütte war es totenstill geworden. Der Plan war verrückt und raubte allen den Atem. Noch schlimmer war aber, dass offenbar etwas schiefgelaufen sein musste. Sonst wäre Jacko jetzt hier!

Die Kinder spürten die Spannung und hielten die Kekse unbeachtet in den kleinen Händen.

„Wie gesagt, dass ich nicht hier bin, heißt, dass etwas nicht so gelaufen ist wie geplant", fuhr Jacko fort. „Was genau, weiß ich noch nicht – jetzt, wo ich diese Aufnahme mache. Ich blende euch am Schluss die Telefonnummer von Liz ein. Sie wird euch alle informieren. Ach ja – Liz. Ihr kennt sie noch nicht. Sie ist seit einigen Jahren meine Partnerin. Wir sind einfach nie dazu gekommen, es euch zu sagen. Verzeiht mir bitte. Sie ist eine sehr liebe Frau. Bitte nehmt sie in euren Kreis auf. Bleibt mir, euch von ganzem Herzen frohe Weihnachten zu wünschen. Ich liebe euch!"

Der Kleine auf dem Tisch verneigte sich und blieb als Standbild stehen. Darüber schwebte die Telefonnummer von Liz, welche Magda sofort in ihren Communicator tippte.

Bevor sie die Nummer wählen konnte, klopfte es. Sascha öffnete die Tür. Draußen stand Flo als Weihnachtsmann verkleidet und deutete auf die große Drohne weiter unten. Sascha half ihm mit Ausladen, und bald standen sie mit dampfenden Schüsseln und einer gebratenen Gans in der Stube. Unter einer zweiten Haube verbarg sich ein Pilzgericht – für die Veganer. Jacko hatte an alles gedacht. Magda legte den Communicator zurück in die Tasche.

Vor dem Auspacken der Geschenke wurde immer zuerst gegessen. Wenn die Kinder mit dem Geschenkpapier die gute Stube verwüstet haben würden und sich den sicher pädagogisch unmöglichen Geschenken von Jacko widmeten, würde sie Liz anrufen, nahm sich Magda vor. Sie hoffte von ganzem Herzen, sie würde gute Nachrichten erfahren.

ZWEIUNDZWANZIG

Zur selben Zeit dämmerte in einer Vorstadt von Shanghai, in der Privatklinik von Professor Do Li, bereits der Morgen.

Jacko öffnete seine Augen einen Schlitz weit. Seine Zunge klebte am Gaumen und fühlte sich an, wie wenn er eine ganze Packung Zigarillos geraucht hätte; sein Kopf brummte, als hätte er dazu mindestens eine Flasche guten Cognac geleert.

Liz bemerkte seine Regungen, sprang auf, und er sah ihr Gesicht zum Küssen nahe vor sich. Sie steckte ihm ein getränktes Wattestäbchen in den Mund, und Jacko saugte gierig den nach Limonen schmeckenden Saft.

Jacko hatte sich viele Jahre über die Altersforschung und das maximal mögliche Alter von Menschen informiert. Anfangs hatte er nur die Artikel in der Laienpresse verfolgt, aber sich im Laufe der Zeit so viel Wissen angeeignet, dass er problemlos hochwissenschaftliche Artikel in Fachzeitschriften und Magazinen verstehen konnte. Er begann, auf der ganzen Welt an Kongressen zum Thema Langlebigkeit teilzunehmen. Unsterblich zu werden war für die meisten Menschen eine Horrorvorstellung. Warum? Weil sie damit die ständige Zunahme von Altersbeschwerden in Verbindung brachten. Ein Denkfehler, wie Jacko für sich sehr schnell erkannte. Könnte man die Lebensspanne schon nur um hundert Jahre erweitern, würde der Fehler in der Evolution – wie er ihn nannte – korrigiert werden. Die Weisheit, welche aus seiner Sicht nicht vererbbar oder lernbar, sondern nur aus Erfahrungen entstehen konnte und deshalb beim Tod unweigerlich verloren ging, könnte ausgedehnt werden. Der Einfluss der Weisheit auf die Geschichte der Menschheit wäre dann fundamental. So zumindest seine Theorie.

Philosophen, mit denen er diskutierte, machten ihn aber auch auf den dann fehlenden Einfluss des Mutes und der Zuversicht der Jugend aufmerksam und malten ein Bild völliger Stagnation und fehlerhafter

Schlüsse auf die Zukunft aufgrund von lange in der Vergangenheit liegenden Lebenserfahrungen. „Das haben wir schon immer so gemacht" oder „Das haben wir schon mal versucht" oder „Was passiert, wenn es schief läuft?" seien Argumente, mit denen sämtliche Innovationen eingeebnet würden.

Das alles interessierte Jacko wenig. Es ging ihm ganz klar auch um sein eigenes Leben. Das hatte er sich von Anfang an eingestanden. Auf einem der Kongresse lernte er schließlich die junge chinesische Wissenschaftlerin Do Li kennen. Ein Glückstreffer für beide. Jacko traf jemanden, der klug und verrückt genug war, seine Ideen zu verwirklichen und mit ihm einig war, was den Fehler der Evolution betraf. Auch wenn er sich nie wirklich sicher war, ob seine Meinung nur aus chinesischer Höflichkeit nicht angezweifelt wurde oder Do Li sich einzig den Forschungsfond von ihm nicht verscherzen wollte.

Vor genau drei Jahren hatte Jacko sich mit fluoreszierenden Steinkorallen und einem Süßwasserpolypen, der Hydra Vulgaris, beschäftigt. Beide Tiere schienen ewig leben zu können. Einerseits, weil sie die Telomere, den Reparaturmechanismus, mit dem die Zellen Schäden an der DNA beseitigen konnten, scheinbar unbegrenzt erhalten konnten. Dies im Gegensatz zu den menschlichen Zellen, die nur einen begrenzten Vorrat an diesen Telomeren hatten. Andererseits, weil diese Tiere zeitlebens aktive Stammzellen bildeten, die gealterte Zellen und ganze Organe ersetzen konnten. Beim Menschen gibt es nach der Geburt keine dieser unspezifischen Zellen mehr, welche diese ursprünglichen Fähigkeiten von Embryonen besaßen. Von beiden Spezies gab es Exemplare, die nachgewiesenermaßen mehrere hundert Jahre alt waren.

Frau Doktor Do Li, inzwischen Professorin geworden, bestätigte Jackos Ideen durchaus. Nur war das Problem, dass Korallen und Polypen nicht gerade menschliche Eigenschaften in ihrem Organismus besaßen. Die Wissenschaftlerin fand zwar menschliche Gensequenzen, welche mit denen der beiden Tiere hätten kombiniert werden können. Mehr als Witz erwähnte sie Jacko gegenüber, dass dies nur mit einer massiven Virusinfektion, die quasi die gesamten Zellen eines Menschen befallen müsste, zu bewerkstelligen wäre. Ohne diesen zu töten, wohlverstanden.

Das Virus könnte theoretisch die Gensequenz einbauen, sich selber von der Zelle vermehren lassen und so nach und nach alle Zellen verändern, war Do Li überzeugt. Auch sei es ihrer Meinung nach möglich, ein Virus so zu züchten, dass es bei seiner Vermehrung die Wirtszelle am Leben lassen könnte.

Jacko ließ diese rein theoretische Strategie von Professor Do Li nicht mehr los. Es brauchte mehrere Monate und am Schluss die sanfte Drohung, das gesamte Projekt einzustellen, bis Do Li sich überreden ließ, ein Virenlabor einzurichten. Die Sache war weder billig noch einfach. Unter keinen Umständen Viren durften entwischen, und es durfte kein Mensch wissen, woran da geforscht wurde. Das Team bestand deshalb aus nur fünf Wissenschaftlern, und im Keller der Klinik wurde ein High-Tech Labor eingerichtet, um die nötigen Viren herzustellen. Die Viren mussten die entsprechenden Gensequenzen des Polypen und der Steinqualle tragen und diese Sequenz in das Genom der menschlichen Zellen einpflanzen können. Und sie mussten sich durch ein antivirales Mittel komplett wieder aus dem menschlichen Organismus entfernen lassen.

Do Li und ihren Mitarbeiterinnen gelang es erstaunlich schnell, mit der CRISPR Technologie ein solches Virus herzustellen. Die Biester aber mit einem geeigneten Mittel wieder komplett abzutöten, sie nicht ansteckend zu machen, war wie eine Suche nach der Stecknadel im Heuhaufen.

Vor sechs Monaten – gerade als Jacko sich auf die Pan Americana vorbereitete – kam es zum Durchbruch. Infizierte Hunde und Affen zeigten eine fast vollständige Infektion ihrer Zellen, eine bleibende Veränderung des Genoms mit den gewünschten Sequenzen, und das Virus ließ sich mit einem Medikament abtöten. Zumindest zeigten die Laborwerte das an, auch wenn Do Li ihre Zweifel hatte, ob sich noch Viren in Knochen oder Nervenzellen versteckt hielten. Fünfzig Prozent der Versuchstiere starben an der Infektion – der Rest zeigte erstaunliche Entwicklungen. Für die Tests wurden alte Tiere ausgewählt und ihre Fähigkeiten, zum Beispiel einen Baum hochzuklettern oder einen Parcours zu rennen, genau festgehalten. Nach der Therapie waren die überlebenden Tiere innert Wochen wieder auf den Leistungen einer jungen, unbehandelten Kontrollgruppe.

Die Therapie schien zu funktionieren. Zumindest bei fünfzig Prozent der Affen und Hunde.

In nächtelangen Video-Konferenzen konnte Jacko schließlich Do Li überzeugen, einen Menschenversuch zu starten. An ihm, Jacko! Ohne dieses Risiko würde es niemals einen Durchbruch geben, argumentierte er. Auch wenn die Chancen, daran zu sterben oder unter schweren Nebenwirkungen dahinzusiechen enorm groß waren, wollte er das Experiment wagen. Ihm lief die Zeit davon. Er wollte nicht nochmals fünf Jahre oder länger warten. Dann wäre er vielleicht zu gebrechlich für einen solchen Versuch.

Vor genau drei Wochen wurde ihm das Serum injiziert. Die Infektion lief zuerst ganz normal ab. Er bekam etwas Fieber und fühlte sich schwach wie bei einer Grippe. Als die Viren sich jedoch nach ein paar Tagen massiv in ihm vermehrt hatten und begannen, jede Zelle in seinem Körper zu infizieren, wurden die Symptome heftig. Er hatte hohes Fieber, begann in Krämpfe zu verfallen, hatte epileptische Anfälle. Do Li beschloss, ihn in ein künstliches Koma zu versetzen und begann sofort mit den Gegenmaßnahmen. Das antivirale Mittel schien zuerst nicht richtig zu wirken. Der Viral Load in seinem Blut blieb über Tage unvermindert hoch, und Do Li stellte sich schon darauf ein, den Körper von Jacko in einem Hochtemperaturofen mitsamt allen Virenbeständen verbrennen zu müssen. Zusätzlich zu den schweren Nebenwirkungen bei Jacko zeigte sich auch, dass alle Tiere, welche mit ihm in seiner hermetischen Kabine in Kontakt kamen, infiziert wurden und allesamt innert Stunden an dem Virus starben. Es gab Dutzende von Mutantenstämmen, und Do Li fürchtete, die Kontrolle zu verlieren. Vor zwei Tagen jedoch begann das Fieber zu sinken, und auch der Viral Load zeigte seit Tagen kein einziges Virus in seinem Blut und Speichel mehr an.

Die ganze Zeit hatte Liz in einer Art Raumanzug an seiner Seite ausgeharrt und das Labor seit der Injektion nicht mehr verlassen. Sie hatte keine Ahnung mehr, ob es Tag oder Nacht war, was für Wetter draußen herrschte, sie hatte jegliches Zeitgefühl verloren. Sie schlief nie mehr als ein, zwei Stunden, dafür mehrmals in vierundzwanzig Stunden. Die Uhr und die Displays der Monitore zeigten zwar in Echtzeit an, was draußen auf der Welt geschah, aber alles fühlte sich an wie in einem Film. Stumm hatte sie den Verlauf bei Jacko beobachtet, sich von Do Li informieren lassen und vor zwei Tagen, am dreiundzwanzigsten Dezember, den Umschlag mit den Plan B-Instruktionen von Jacko geöffnet.

Sie war eine ausgeglichene, zurückhaltende Frau in den Fünfzigern, eine engagierte Fotografin, und konnte die Leidenschaft, die Risikobereitschaft von Jacko nachvollziehen. Wenn sie ihre Bilder schoss, nahm sie ebenso wenig Rücksicht auf sich wie Jacko in diesem Experiment. Wenn es darum ging, etwas Fundamentales aufzuzeigen, sich vollständig dem Resultat hinzugeben, dann war sie seine Seelenverwandte.

Nun strich sie sich eine ihrer blonden Strähnen aus dem Gesicht, benetzte ihre Lippen und schaute Jacko mit ihren stahlblauen Augen voller Liebe an.

„Du darfst noch nichts trinken, Liebling. Geht es mit den Stäbchen?", fragte sie und streichelte Jackos Gesicht. Do Li versuchte darauf zu bestehen, dass auch Liz weiterhin den Virenschutzanzug trug, aber was sollte sie machen? Beide schienen genau gleich verrückt und versessen zu sein, wenn sie sich etwas in den Kopf gesetzt hatten.

Jacko nickte und lächelte schwach. Er schien sie zu erkennen – ein gutes Zeichen für einen, der noch vor Stunden halb tot war!

„W...lchen Tag?", presste Jacko hervor.

„Heiligabend", antwortete Liz.

„Shit...", hauchte Jacko und schloss seine Augen wieder.

Liz erzählte ihm, dass alles wie geplant geklappt habe und er sich jetzt nicht sorgen solle.

Professor Do Li kam ins Zimmer und atmete tief durch. Sie wollte sich nicht anmerken lassen, wie aufgeregt sie war. Sie hatte nicht mehr damit gerechnet, dass Jacko aus dem künstlichen Koma aufwachen würde. Vor zwei Tagen hatte sie die Medikamente abgesetzt, damit er vielleicht noch kurz aufwachen würde, um sich zu verabschieden. Das hatte sie mit Liz vereinbart. Auch sie war einverstanden, ihn aus dem Schlaf zu holen, selbst wenn das für seine Genesung ein hohes Risiko bedeutete. Dann, wie durch ein Wunder, setzte die Besserung seines Zustands ein.

„Da ist ja einer aufgewacht", schmunzelte Do Li, während sie die Infusion kontrollierte.

„Das hättest du nicht gedacht – ich weiß schon", antwortete Jacko mit leiser, aber klarer Stimme.

„Nein", gab Do Li unumwunden zu und lächelte ihn an.

„Was ist passiert", wollte Jacko wissen. Er musste sich gewaltig anstrengen, um nicht gleich wieder wegzudämmern. Er machte sich daran sich aufzusetzen, wurde aber sofort von Liz und Do Li wieder in die Kissen gedrückt. Er rollte mit den Augen, worauf Do Li das elektrische Bett aktivierte und ihn sanft aufrichtete. Jacko staunte nicht schlecht, als er endlich nicht nur die Decke des Zimmers sah, sondern die Blumen und die riesigen Fotografien an der Wand, die ihn beim Tauchen zeigten, und auch seine Hütte auf dem Berg.

„Wir dachten, wir wollen es dir vertraut machen, falls du doch noch aufwachst", schmunzelte Liz und strich ihm über das Gesicht.

Jacko schüttelte den Kopf vorsichtig und brummte: „Dann habt ihr mich tatsächlich abgeschrieben. Aber jetzt erzählt. Wie ist es gelaufen?"

Do Li informierte in knappen Sätzen, was abgelaufen war.

Die Infektion hatte wie geplant den gesamten Körper erfasst. Jedoch war nicht vorhersehbar gewesen, wie stark sein Immunsystem reagiert hatte. Eine virale Infektion, die praktisch das gesamte Gewebe und jede Zelle betrifft, gab es eigentlich nicht. Zumindest keine, die man überlebt hätte. Do Li musste seine Immunantwort lahmlegen, was ihn wiederum für alle möglichen Infekte anfällig machte. Glücklicherweise hatte jedoch die Abschirmung mit Antibiotika gut funktioniert. Vor zehn Tagen hatte sie das antivirale Mittel infundiert. Das hatte geklappt, trotz der vielen Mutilationen, und die Viren waren seit drei Tagen weder in seinem Blut noch in seinem Gewebe nachweisbar. Sie hatte die Immunsuppression ausgesetzt und gestern die Quarantäne aufgehoben – sein Blutbild war fast normal. Für einen Mann in seinem Alter. Die Bemerkung konnte sie sich nicht verkneifen und wusste, wie allergisch Jacko darauf reagieren würde.

Der Test war erfolgreich. Jacko ruderte unwirsch mit den Armen. Er war also der Alte geblieben.

„Ja, ja! Aber was ist mit der Wirkung?", wollte Jacko ungeduldig wissen.

„Das kann man noch nicht sagen. Die Zellen, welche ich untersucht habe, zeigen die gewünschte Mutation. In einigen habe ich sogar einen Telomer Vorrat wie bei einem Zwanzigjährigen gefunden. Du weißt, das sind die Reparatur Kits der Zellen, welche Schäden, sprich das Altern, rückgängig machen können", führte Do Li aus.

Jacko sagte kein Wort und schaute Do Li weiter fragend an.

„Du hast auch eine gehörige Menge an undifferenzierten Stammzellen. Wir werden nun sehen, ob sie Zellen in deinen Organen mit der Jugend ersetzen werden. Das wird man, wie auch die Regeneration der bestehenden Zellen durch die Telomere, erst in ein paar Wochen, vielleicht Monaten sehen. Vielleicht auch nie... oder...", fuhr Do Li ungerührt fort.

„Oder?", fragte Jacko.

„Du weißt, dass wir keine Ahnung haben, was die Mutation noch für Folgen haben wird. Darüber habe ich dich aufgeklärt. Es kann sein, dass sie entarten oder weiß Gott was in deinem Körper anstellen. Keine Ahnung."

Liz nickte nur. Sie hatte den Bericht fast täglich von der Professorin gehört.

„Wunderbar", stöhnte Jacko und ließ seinen Kopf auf das Kissen fallen.

„Morgen beginnen dein Training und die Tests", meinte Liz mit feuchten Augen. Sie realisierte erst langsam, dass Jacko immer noch hier war. Dass es aufwärts ging. Do Li wiegte ein wenig den Kopf, nickte dann aber eifrig, als sie Jackos Blick auffing.

„Nun wird es aber Zeit", meinte Liz und zog ihren Communicator aus dem Schutzoverall. Sie ließ auf Projektionsmodus die Bilder von seinem Zuhause über dem Bett von Jacko schweben.

Jacko staunte und meinte: „Wann war das?"

„Vor einer Stunde", antwortete Liz lachend. Do Li verließ mit einem Handzeichen, das maximal zehn Minuten bedeuten sollte, den Raum.

Jacko schaute die Bilder an, während ihm Tränen über die Wangen rollten. Alle waren gekommen! Wie schön sie waren! Die Kinder strahlten, und Magda und Lorena schauten ein wenig streng in die Kamera. Sicher waren sie „not amused" über die Neuigkeiten seines Videos, aber zumindest sah Jacko keine Wut in ihren Gesichtern. Eher Sorge und Staunen.

„Das Beste kommt zum Schluss", meinte Liz und wischte auf dem Display.

Lorena erschien in der Projektion mit ihrem kleinen Sohn auf dem Schoß.

Jackos Mund klappte auf, er zeigte auf das Kind und sah Liz ungläubig an. Liz nickte mit feuchten Augen. Sie wusste, wie sehr sich Jacko gewünscht hatte, Lorena werde das Kind behalten. Wie er in den letzten Monaten immer wieder vorsichtig danach gefragt hatte. Nicht Lorena, aber Magda und Sascha. Doch niemand konnte oder durfte etwas verraten. Lorena war auf Tauchstation gegangen. Und obwohl Jacko wusste, dass sie den Kontakt zu Magda hielt, erfuhr er weder von der Geburt noch von der Entscheidung, das Kind zu behalten.

Jacko schloss die Augen. Aus seinen Lidern tropften Tränen, und sein Körper zuckte. Liz umarmte ihn, und Jacko ließ los. Er schluchzte nun hemmungslos. Liz wusste nicht, ob aus Freude, dass er noch lebte, aus Bedauern, dass er nicht am Weihnachtsfest teilnehmen konnte, oder dass er einen solch gefährlichen Selbstversuch gewagt hatte, statt seine Großvater- und Urgroßvaterrolle zu übernehmen. Oder wegen all dem zusammen. Es war egal. Sie fühlte, wie auch sie ein warmer Schauer durchlief. Auch ihre Spannung löste sich, und sie musste heftig schlucken. Weinend lagen sie sich in den Armen, strichen sich über die nassen Gesichter, lachten, küssten sich und weinten wieder. Es war, als wären sie einem lebensbedrohenden Sturm entkommen, und die ersten Sonnenstrahlen brächen durch die Wolken. Warme Strahlen, die zeigten, dass das Leben weitergehen würde.

Liz nahm Bilder von Jacko und ihnen beiden auf und schickte sie an Magda. Eine Videoverbindung war leider hier nicht möglich. Der ganze Datenverkehr wurde verschlüsselt und der Ursprung verwischt. Eine Sicherheitsmaßnahme, um die Geheimhaltung zu gewährleisten.

Postwendend kam eine Mitteilung mit sechs Herzen zurück. Eines von jedem seiner Gäste die nun seine Familie waren.

Jacko strahlte über das ganze Gesicht. Er konnte es kaum erwarten, rauszukommen.

Weihnachten würde er nachholen und ein rauschendes Fest organisieren. Wo wusste er bereits. Die Hängevilla von Chris gehörte ihm seit einigen Wochen. Er hatte auf Lorena gehört und das einzigartige Haus gekauft. Flo hatte den Auftrag, die Villa neu einzurichten, und Jacko hatte auf seiner Reise täglich Anweisungen gegeben, Möbel und Farben ausgewählt. Er konnte es kaum erwarten, die Villa einzuweihen. Nun würde Flo noch Sicherheitsgitter für krabbelnde Kinder anbringen müssen, dachte er schmunzelnd und atmete mit einem wohligen Seufzer aus.

EPILOG

Lorena zupfte eine der weißen Lilie aus dem Strauß und warf sie in das offene Urnengrab. Sie lehnte sich an ihren Sohn Altair und strich sanft die strohblonden Haare aus dem Gesicht ihrer Enkelin. Altair hielt seine sechs Monate alte Tochter in den Armen, drückte sie an sich und legte einen Arm um seine Mutter.

Es war ein sonniger, klarer Herbstmorgen mit feinem Nebel, der sich über dem farbigen Laub auflöste. Der Friedhof in Burgdorf lag ruhig da. Nur wenige Menschen besuchten die Gräber ihrer Liebsten. Meist sehr alte Menschen und doch jung im Gegensatz zu dem, der hier gerade begraben worden war.

Jacko war hundertzweiundzwanzig Jahre alt geworden. Er hatte bis zum Schluss um sein Leben gekämpft, wollte noch so viel erleben, war immer noch voller Träume und Ideen. Dann war er doch an Altersschwäche gestorben. Seine Organe stellten nach und nach ganz langsam ihre Dienste ein. Die Gentherapie vor zweiundfünfzig Jahren war erfolgreich gewesen. Jacko lebte bis vor einem Jahr fit wie ein gesunder Fünfzigjähriger, bis seine Zellen die Abnutzung doch nicht mehr korrigieren konnten. Er liebäugelte noch damit, sein Bewusstsein „down zu loaden", das heißt auf einem Speichermedium in Form von Daten speichern zu lassen. Diese Entwicklung auf dem Weg der Menschheit zur Unsterblichkeit war in den letzten Jahren fortgeschritten. Aber die Vorstellung, womöglich auf dem Speichermedium noch ein Bewusstsein zu haben, konnte Jacko nicht ertragen. Lebendig begraben zu sein war das Schlimmste, was er sich sein Leben lang vorstellen konnte, und er ließ es deshalb bleiben. Ganz zuletzt war er nur noch neugierig, ob etwas nach dem Tod kommen würde oder eben doch nicht, wie er ahnte. Die Hoffnung jedoch war für ihn, wie für alle Sterbenden, sehr tröstlich.

Er übertrug sein Vermögen an Lorena und ihre Forschungsprojekte, kaufte sich ein Familiengrab in seiner Heimatstadt und ließ los.

Lorena sah auf ihre Familie, Jackos Freunde Magda und Sascha, deren Kinder Lena und Hanna mit ihren Männern und ihren Kindern, die sich schon auf den Weg gemacht hatten und langsam hinter den großen Eichen in die Sonne schritten. Magda kehrte sich zu Lorena um. Ihre Blicke trafen sich, und Lorena nickte, sie werde bald nachfolgen.

Da gingen sie, eine Gruppe Menschen, mit vier fast Hundertjährigen und Urenkeln, die eine unbekannte Lebenserwartung hatten. Vielleicht vierhundert Jahre – so hätten Experten zumindest geschätzt.

Professor Do Li hatte es geschafft, das gelungene Experiment in der Wissenschaft publik zu machen. Die Bedingung von Jacko, seine Anonymität zu wahren, konnte zumindest die ersten Jahre eingehalten werden. Die Therapie wurde verfeinert, hatte viel weniger Nebenwirkungen, musste aber alle zehn Jahre wiederholt werden. Wie eine Impfung gegen Starkrampf.

Zwei Nebenwirkungen hatte die Altersgentherapie doch. Die medizinische war, dass die Menschen nach der Therapie praktisch steril waren und nur ganz selten schwanger wurden. Klappte es trotzdem, war das Kind meist schwer behindert, worauf die Sterilisation vor der Therapie zur Pflicht wurde.

Die therapierten Menschen waren Chimären. Nicht mehr pure Menschen, sondern eine Mischung aus Mensch, Süßwasserpolypen und Steinkorallen. Da war es ganz natürlich, dass diese Menschen mit unbehandelten keine Nachkommen mehr zeugen konnten. Zudem musste die Therapie vor dem zwanzigsten Altersjahr gemacht werden, sollte die maximale Lebenserwartung erreicht werden. Als Ausweg ließen sich die Menschen ihre Samen und Eizellen einfrieren. Erst wurden damit Leihmütter gesucht, welche die Kinder austrugen. Bald jedoch gab es eine technische Lösung. In einer künstlichen Gebärmutter wuchsen die Babys bis zum neunten Monat heran, um danach „geerntet" zu werden – und zur Welt zu kommen.

Die zweite Nebenwirkung war eine gesellschaftliche. Die Therapie blieb extrem teuer, und es bildete sich eine Gruppe von rund drei Millionen Menschen weltweit, die sich nun nicht nur ein besseres Leben leisten konnten, sondern ein längeres. Ein wesentlich längeres.

Das führte nicht nur zu erbitterten Diskussionen, sondern zu gewalttätigen Protesten. Die Folge war ein Verbot in Europa und den USA. Was dazu führte, dass wie damals, als Abtreibungen verboten waren, die Reichen einfach in Länder reisten, wo die Behandlung legal oder zumindest geduldet wurde.

Das Bevölkerungswachstum des Planeten hatte sich zwar auf knapp neun Milliarden Menschen stabilisiert, aber das waren zu viele. Der Planet konnte so viele Menschen kaum mehr tragen. Die Ressourcen waren trotz aller Technologie knapp, die Arten auf rund zehn Prozent der Vielfalt vor hundert Jahren zurückgegangen. Zudem waren weite Teile der Erde nicht mehr bewohnbar. Es war warm geworden – sehr warm. Kanada und Sibirien waren inzwischen so dicht besiedelt wie früher Indien.

Da war die Aussicht, dass bald alle fast ewig leben könnten, eher eine düstere Prognose. Dazu kam, dass die meisten der Altmenschen, wie sie von den anderen genannt wurden, sich komplett anders verhielten. Die Lebensplanung und der fehlende Druck, etwas aus seiner Zeit zu machen, führte bei den meisten zu einer Mischung aus Müßiggang und Langeweile. Trotzdem waren sie extrem ängstlich. Schließlich konnte man trotz der biologischen Fähigkeit uralt zu werden immer noch an einem Unfall oder bei einem Verbrechen sterben. Viele verließen ihre Häuser kaum mehr und verbarrikadierten sich darin wie in Festungen.

Lorena legte den Rest der Lilien auf den Grabstein. „Jacko Brevic 1962–2084" stand in feinen Lettern auf dem Grabstein aus Titan. Ein letzter Wunsch von Jacko; wenigstens sein Grabmal sollte für die Ewigkeit gemacht sein.

Lorena dachte darüber nach, ob sie selber, ihr Sohn und ihre Enkelin Sophie dereinst auch hier begraben werden würden?

Ihre Eltern und ihren Bruder Nik hatte sie vor dreißig Jahren verloren. Rolf und Angelika hatten sich nicht gentherapieren lassen, obwohl ihnen Jacko dies immer wieder angeboten hatte.

Der Verlust seines Sohnes hatte Jacko schwer getroffen. Danach hatte er unbedingt Lorena und Altair adoptieren wollen, um ihnen seinen Namen zu geben samt der Sicherheit durch sein Vermögen. Obwohl alle seine Idee verrückt fanden, setzte sich Jacko durch und überwand nach fast zwanzig Jahren auch die rechtlichen Hürden.

Nun würde Altair mit seiner Frau noch für einen Stammhalter sorgen müssen – wenn auch der Familienname Brevich weiter erhalten werden sollte. Vielleicht nicht auf diesem Planeten. Altair und seine Frau waren Teilnehmer an einem Kolonisationsprojekt. Die Raumfähre sollte in wenigen Jahren so weit sein und mit hundert Menschen eine Außenstation auf dem Mars gründen.

Lorena war die leitende Wissenschaftlerin von Biosphere III. Einem Forschungsprojekt, bei dem bereits am Anfang des Jahrhunderts versucht worden war, in einer Glaskuppel eine Ökosphäre zu schaffen. Das Projekt war damals kläglich gescheitert. Die Pflanzen konnten den Sauerstoff nicht genügend produzieren, das kleine Meer in der Mitte der Kuppel verschlammte, und die Forscher mussten die Türen der Glaskuppel öffnen, um zu überleben.

Seit drei Jahren gab es eine Neuauflage des Projekts unter der Leitung von Lorena. Man hatte inzwischen viel dazugelernt, und die Technologie eröffnete völlig neue Möglichkeiten zur Energiegewinnung und Genmanipulation von Bakterien und Pflanzen.

Die Kuppeln in der großen Wüste, welche auf der Hochebene von Spanien erbaut worden waren, bildeten die ideale Simulation für die Umwelt auf dem Mars. Und sie funktionierten perfekt.

Seit drei Jahren lebten an die fünfzig Wissenschaftler in den Kuppeln von dem, was ihre Umwelt ihnen zu bieten hatte. Außer den synthetischen Lebensmitteln wurden auch Früchte angebaut, es gab Tiere, Insekten, Blumen und Bäume. Es fühlte sich an wie eine heile Welt, wenn Lorena Politiker durch die Kuppeln führte. Ein kleiner Fusionsreaktor lieferte praktisch unerschöpflichen Strom, und mit dem Energieüberschuss würden auf dem roten Planeten auch die vorhandenen Moleküle in der Atmosphäre in Sauerstoff umgebaut werden, um dereinst eine Umwelt wie auf der Erde zu schaffen. Das würde allerdings ein paar tausend Jahre dauern. Immerhin ein Hoffnungsschimmer, die Erde von der Überlast der Bevölkerung zu befreien. Oder als Menschheit dort und auf weiteren Planeten zu überleben – falls es mit der Erde eines Tages doch schieflaufen sollte.

Lorena schlenderte mit Sophie auf den Armen und in Begleitung von Altair den anderen nach. Da vorne gingen sie, die Freunde und deren Nachkommen des feinfühligen Abenteurers Jakob – Jacko – Brevic. Ein bunter, lebendiger Haufen von Persönlichkeiten – seine Familie! Sie war dankbar, Teil davon geworden zu sein.

Lorena lächelte und blickte zurück zum Grab ihres Großvaters. Jacko wäre stolz und er würde unbedingt dabei sein wollen beim nächsten Abenteuer: dem Sprung auf einen neuen Planeten – zu einer zweiten Heimat und einer neuen Zukunft der Menschheit. Da war sie sich ganz sicher.

Autor

Stefan Prebil arbeitet und schreibt in seiner Alphütte hoch über dem Brienzersee.

Nach einer Karriere im Top Management rund
um den Globus, besteht seine Tätigkeit heute aus
Beratung von Firmen im Technologie Bereich,
Coachings und dem Schreiben von Romanen.

Seine Erzählungen handeln von persönlichen
Beziehungen, außergewöhnlichen Biografien, im
Kontext mit gesellschaftlichen Entwicklungen und dem rasanten techno-
logischen Fortschritt.

Zeitfracht Medien GmbH
Ferdinand-Jühlke-Straße 7
99095 Erfurt, Deutschland
produktsicherheit@kolibri360.de